KB170363

현대시 교육론

현대시 교육론

2010년 9월 20일 초판 1쇄 발행
2017년 2월 28일 개정판 1쇄 발행

지은이 윤여탁 · 최미숙 · 최지현 · 유영희
펴낸이 윤철호 · 김천희
펴낸곳 (주)사회평론아카데미

편집 고하영
디자인 김진운
본문조판 아바 프레이즈
마케팅 정세림 · 남궁경민

등록번호 2013-000247(2013년 8월 23일)
전화 02-326-1182(영업) 02-2191-1128(편집)
팩스 02-326-1626
주소 03978 서울특별시 마포구 월드컵북로12길 17

ISBN 979-11-88108-04-6 93810

현대시 교육론

윤여탁 · 최미숙 · 최지현 · 유영희 지음

사회평론

개정판 서문

초판을 낸 지 6년 반 만에 개정판을 내놓게 되었다.

그 어떤 시대보다 교육과 사회의 관계는 한층 더 긴밀해졌다. 교육이 사회의 변화를 이끌기도 하지만, 동시에 사회의 변화가 교육의 변화를 추동시키기도 한다. 무엇이 원인이고 무엇이 결과인지 분간하기는 어렵다. 하지만 분명한 것은 숨 가쁘게 변화하는 사회의 흐름 속에서 시 교육 스스로 할 수 있는 것 혹은 해야 하는 것에 대한 고민을 멈추지 않았다는 점이다. 물리적으로 보면 6년 반이라는 시간은 그리 길지 않은 기간일 수도 있다. 그럼에도 살아 움직이는 유기체와도 같은 시 교육의 관점에서 보면 치열하게 고민하고 성장하면서 많은 변화를 이루어 냈던 긴 시간이기도 하다. 필자들을 불러내어 원고와 씨름하도록 만든 이유도 바로 여기에 있다. 그 시간 동안 이루어 냈던 결실을 우리 모두가 공유하기 위해서는 바로 개정판이 필요하다는 결론에 이르렀기 때문이다.

개정판은, 초판과 체제와 목차는 같지만 그간 새로운 방향을 모색해 온 시교육의 관점과 내용을 담고 있다. 개정판을 통해 보완하고자 한 것은 다음과 같다.

우선, 그동안 현대시 교육의 발전을 위해 노력한 학교 교실, 시 교육 연구

현장, 시와 함께했던 우리 사회 곳곳의 목소리를 담아내고자 했다. 새롭게 축적된 시교육 연구의 내용을 보완했으며, 학교 현장의 다양한 시도들 그리고 다양한 미디어의 변화에 따른 시 향유 방식의 변화와 그것을 둘러싼 시 교육계의 고민을 담아내었다.

둘째, 초판 이후 이루어진 국어과 교육과정의 개정 내용을 보완하여 서술하고자 했다. 특히 창의성과 인성을 갖춘 통합형 인재 양성을 목적으로 하는 2015 개정 국어과 교육과정의 내용 보완에 주안점을 두었다. 교육과정의 변화는 시교육의 틀과 내용에 많은 영향을 주는 것이기에 그 변화의 내용을 이해하는 것이 매우 중요하다.

초판에서 얘기했던 내용 중 일부를 다시금 잠시 언급할 필요가 있겠다. 긴 흐름으로 볼 때 이 책에 담은 내용 역시 여전히 현재 논의 과정에 있다는 점이다. 현재 진행 중이며, 앞으로도 지속적으로 논의해야 할 내용이다. 이제까지 그랬던 것처럼, 이 책의 내용을 디딤돌 삼아 시 교육을 고민하는 수많은 사람들과 소통하고자 한다. 이 책은 그 소통을 위한 디딤돌이자 매개체이다. 그러한 소통을 통해 시교육의 내용이 한층 풍부해지고 견고해졌으면 하는 것이 필자들의 공통적인 바람이다.

이제 또 봄이 오면 새 학기가 시작될 것이다.

새 봄을 맞이하기 위해 긴 겨울 맹추위 속에서 함께 고군분투했던, 국어교육의 동반자 고하영 선생님의 노고에 감사의 마음을 전하고 싶다.

2017년 2월

저자 일동

현대시 교육을 학문의 대상으로 삼고 연구하기 시작한 지 20여 년이 훌쩍 지났다. 이 책은 현대시 교육을 키워드로 해서 논의한 이런 저런 고민을 담고 있다. 20여 년이라는 시간에는 한참 부족한 논의를 담고 있지만, 이 책을 출발점으로 하여 현대시 교육에 대해 좀 더 치열하게 고민하고자 한다. 이 책에 담은 내용 대부분은 현재 논의 과정에 있는 것이다. 현재 진행 중이며, 앞으로도 논의해야 할 항목이다. 다만 이 책은 그 출발점을 제공하고자 하는 것이며, 따라서 이 책은 현대시 교육에 대한 필자들의 출발점이기도 하면서 동시에 현대시 교육을 고민하는 수많은 사람들과의 소통을 위한 매개체이기도 하다.

현대시가 시집이나, 초·중·고등학교 교실, 대학교 강의실에만 머무는 것이 아니라 거리에서, 각종 미디어에서, 궁극적으로 우리들의 생활에서 즐기고 생활화하는 대상이 되는 것, 그것이 바로 현대시 교육의 궁극적인 목표일 것이다. 이 책이 그러한 목표에 다가가는 데 조금이라도 도움이 되기를 필자들은 바라고 있다. 물론 이 책이 현대시 교육에 관한 모든 내용을 다루고 있는 것은 아니다. 부족한 부분을 채우는 보완 작업은 현대시 교육에 관심을 갖고 있는 모든 사람들과의 소통을 통해 함께 이루어질 것이라고 믿는다.

이 책은 총 3부로 구성되어 있다. 현대시 교육의 위치를 되돌아보면서 전체적인 방향을 어떻게 설정해야 하는지, 현대시 교육 내용의 틀을 무엇을 중심으로 구조화할 것인지, 그리고 그것을 구체적으로 실천하기 위해서는 어떻게 해야 하는지 등의 순서로 내용을 담았다. 제1부에서는 현대 사회에서 현대시와 현대시 교육이 어떤 위치를 차지하고 있으며, 현대시 교육은 그 동안 어떤 길을 걸어왔는지, 그리고 현대시 교육의 방향에 대하여 서술하였다. 제2부에서는 교육 현장에서 현대시 교육을 계획하고 실천하는 데 필요한 항목을 중심으로 서술하였다. 현대시 교육론의 흐름, 현대시 교육과 교육과정, 그리고 교사와 학습자, 교과서와 제재 등의 내용이 그것이다. 그리고 제3부는 현대시를 어떻게 가르치고 어떻게 평가할 것인가를 주로 다루었다.

이 책을 기획하고 출판하기까지 여러 사람들의 노고가 있었음에 감사드린다. 우선 서울대 대학원생들의 꼼꼼한 검토는 원고를 수정하고 보완하는 데 많은 도움이 되었다. 그리고 항상 의미 있는 책을 내고자 고군분투하는 사회평론사의 윤철호 사장님께 감사드리며, 꼼꼼한 원고 검토와 편집에 노력을 아끼지 않는 김태균 선생에게도 감사의 말을 전하고자 한다.

2010년 8월

저자 일동

차 례

제 II 부

제 III 부

I

제1장

현대사회와 현대시의 소통

1. 현대시와 문화

1) 현대사회와 문화 개념의 변화

현대시 교육에서 현대시와 문화를 관련시킬 때, 먼저 주목할 수 있는 큰 변화는 현대시와 같은 문화가 전통을 계승한 것이라거나 천재적인 영감의 산물이라는 점을 거부하고 실천으로서의 문화라는 맥락에서 민중문화, 대중문화에 주목하는 것이다. 그러나 민중문화와 대중문화를 바라보는 이와 같은 관점의 변화는 산업화와 중산층의 성장, 노동 계급의 성장이라는 현대사회의 변화에 곧바로 발맞추기를 하지는 못했다. 초창기 인문학적 문화론을 피력한 아놀드(M. Arnold)도 보호주의의 관점에서 속물적 대중문화 또는 민중문화의 확산을 경고했으며, 20세기 들어 대중문화를 주목하기 시작했던 초기 문화 연구자들—예를 들면 리비스(F. R. Leavis)를 주축으로 하는 '스크루티니(scrutiny)' 그룹—과 『문화 개념에 대한 단상』(1948)을 통해 이들에 대해 반대 입장에 섰던 엘리어트(T. S. Eliot) 등도 마찬가지였다. 이들은 20세기 새로운 기술의 산물인 대중문화의 도덕적 심각성이나 미학적 가치의 결함을 지적하였다(G. Turner 1995: 56~58).

초기 문화 연구자들은 대중문화의 출현을 20세기 산업 기술의 산물이라고 인정하면서, 이 문화가 전통적인 문화와 문명을 대치하고 있음을 걱정하고 있었다. 다분히 고급문화만을 문화로 간주하였던 이와 같은 엘리트주의적인 관점의 극복은 호가트(R. Hoggart)나 윌리엄스(R. Williams)와 같은 노동자 계급 출신이거나 홀(S. Hall)과 같은 이민자 출신의 문화 연구자들이자 대학에서의 연구나 교수 경험보다는 성인 교육을 담당했던 경험을 가졌던 사람들에게서 이루어진다. 물론 이들의 주된 관심 영역은 현대시와 같은 고급문화가 아니라 노동자들이 향유하는 민중문화, 매체(media)를 통해 전파되는 대중문화였다. 따라서 확장된 이들의 문화 개념, 즉 대중문화를 학문적 문화 연구의 대상으로 승격시킨 관점은 엘리트 문화와의 갈등이라는 시각으로, 이들의 문화 생산이나 향유는 문화적 실천으로 간주되었다.

문화 연구자들은 드라마나 영화, 사진과 같은 대중문화, 노동자나 여성, 이민자와 같은 영국 민중들이 향유하는 문화에 관심을 가지고, 문화 텍스트를 분석하고 이를 소비하는 시청자나 독자들을 민족지학의 관점에서 연구하였다. 즉 커뮤니케이션 이론이나 기호학, 민족지학, 역사학, 사회학 등과의 경계에서 문화 산물을 연구하고 있다.

이런 맥락에서 이들의 문화 연구는 민중주의 또는 문화적 평가의 민중주의적 기준을 적용한 것이라고 평가되며, 고급 문화적인 엘리트주의와 모더니즘에 기초한 프랑크푸르트학파의 현학적인 연구에 대한 반작용(B. Agger 1996: 37~38)이라고 규정되기도 한다. 어떻든지 확대된 문화 개념에 의하면 우리 현대시의 경우 정전으로서의 지위를 확고히 하고 있는 순수 서정시나 새롭게 정전으로서의 지위를 획득하고 있는 모더니즘 계열의 시보다는 농민시, 노동시, 여성시, 키치(kitsch)시 등과 민중이나 대중에게 쉽게 향유되는 시들도 교육과 연구의 대상(윤여탁 2008)이 될 수 있으며, 이와 같은 시의 생산, 분배, 소비가 실천으로서의 문화, 문학이라는 맥락에서 조명될 수 있다.

2) 확장된 문화와 현대시 연구

확장된 문화 개념을 현대시 연구에 적용할 때, 다음으로 주목할 것은 문화의 소통 맥락에 대한 관점의 변화다. 이 점은 문화를 일상생활에서의 실천이라고 보면서, 문화의 실체를 문화 상품으로 규정하고 있는 맥락과 밀접한 관련이 있다. 그동안은 현대시를 포함한 문화 상품은 이를 생산하는 작가, 작가가 만들어 낸 시 작품 그 자체 또는 시 작품을 수용하는 소비자인 독자의 관점에서 바라보고 연구하였다. 그런데 확장된 문화 개념의 관점에서는 이와 같은 문화 상품을 독자에게 공급하는 분배자의 역할을 새롭게 주목하게 된다.

특히 드라마와 같은 대중문화 상품의 경우에 시청자는 생산자가 만들어내는 드라마의 진행이나 내용에도 영향을 끼치게 되며, 생산-상품-소비라는 맥락보다는 생산-분배-소비(B. Agger 1996: 34~37; G. Turner 1995: 155~194)의 맥락이 중요하다고 보고 있다. 즉 자본이나 권력으로 대표되는 분배자가 문화 상품을 분배하면 소비자가 이를 수용하는, 즉 소비자의 역할이 더 증대된 소통 맥락이 설정되는 것이다. 그래서 그동안의 문화론이 주로 생산자에 주목했던 것에 비하여, 새로운 문화 개념에 의하면 분배자와 소비자도 문화 권력으로 자리를 잡게 된다. 이와 같은 관점에 따르면, 독자나 시청자를 수용만 하는 수동적 소비자로 보는 것은 엘리트주의의 관점이다. 그 대신 이들은 수동적인 소비자가 아니라 생산에 개입하게 되는 생산자로서의 소비자[생비자(生費者), prosumer]로 그 위상이 재정립된다.

비트겐슈타인 등의 언어 철학에서 소비자인 독자는 언어 자체에 의해서가 아니라 언어의 구체적인 작용, 즉 언어 놀이(word play) 속에서 그 모습

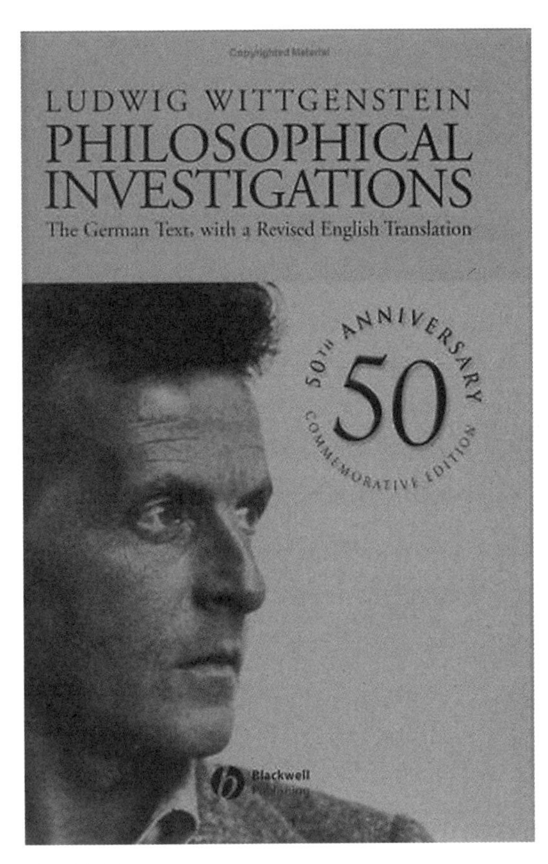

Copyrighted Material
LUDWIG WITTGENSTEIN
PHILOSOPHICAL INVESTIGATIONS
The German Text, with a Revised English Translation
50TH ANNIVERSARY
50
COMMEMORATIVE EDITION
Blackwell

비트겐슈타인

을 드러낸다[다케다 세이지(竹田青嗣) 2005: 94; G. Pitcher 1987: 265~266; P. Farb 1997: 111~160]. 시 읽기 또는 해석 행위 자체는 생산-분배-소비의 맥락 가운데 놓이는 시 작품과 독자가 벌이는 놀이와 같은 것이다. 이 언어 놀이는 게임(game)이라는 경합(競合)의 속성과 유희(遊戱)의 속성을 포함하고 있는 개념으로, 문화 연구자들이 분석 대상으로 삼았던 시청자 연구에서 잘 나타난다. 물론 이들의 연구는 대중문화를 이데올로기 담론의 실천으로 해석하거나 대중문화 제작자들과 시청자 사이의 역학 관계, 대중문화 소비자들 사이에서 드러나는 관점의 차이나 권력 관계 등을 해명하거나 이를 민족지학의 차원에서 관찰하는 것에 주된 관심을 기울이지만 말이다.

이처럼 확장된 문화 개념은 대중문화의 소비와 소비에 결정적인 역할을 하는 분배에 주목하고, 이 맥락 요인들이 문화 권력으로 작용함에 주목한다. 이 점은 한국 현대시의 생산과 분배, 소비에 자본이라는 권력이 작용하고 있음을 이해하게 하며, 현대사회의 변화에 따라 변화하는 소비자의 역할이 시 쓰기라는 생산의 맥락에도 절대적인 영향을 끼치고 있다는 사실을 밝혀준다. 그리고 고급문학으로서의 한국 현대시 역시 이와 같은 문화 상품의 하나로, 대중문학이나 대중문화와 경쟁해야 하는 것이라는 점도 상기시켜 준다.

특히 20세기 후반의 문화 연구자들의 문화 연구 시각은 분명히 이전의 고급문화나 정전 중심의 문화 연구자들과는 전혀 다른 출발점에 서 있었을 뿐만 아니라 그들의 연구 결과도 달랐다. 그것은 대학으로 대표되는 학문 세계에 뿌리 깊게 자리 잡고 있었던 엘리트주의, 권위주의와 같은 도제적(徒弟的) 병폐(B. Agger 1996: 346~347)에 대한 도전으로, 학문 역시 고고한 학문의 상징인 상아탑(象牙塔)을 벗어나 일상생활 속에서 실천되거나 일상생활 속으로 틈입(闖入)되어야 한다는 것이었다.

일찍이 영국의 문화 연구자들은 도제적 학문의 본거지인 대학의 학과로 대표되는 학문 체계에 도전했고, 기존의 대학 구성원들의 기반이었던 인텔리겐치아 계급과는 다른 계급 출신[노동자 계급, 친숙한 이방인(familiar stranger)이나 디아스포라(Diaspora)로 표현되는 이민자]으로 자신들의 문화를 학문적 연구 대상으로 승격시켰다. 이를 통하여 민중문화, 대중문화의 가치에 주목했을 뿐만 아니라 문화를 생활화, 민주화하려는 기획을 했으며, 문화 텍스트에 대한 새로운 해석을 가함으로써 새로운 문화 연구와 학문 연구의 정치적 세력화를 꾀하기도 했다.

이와 같은 맥락을 우리 한국 사회의 학문계 또는 시 연구자들에게 적용하면, 우리 역시 여전히 이 문화 연구자들이 기획했던 바를 제대로 구현하지 못하고 있다. 이 점은 유럽의 고등교육계에 비하여 더 엘리트주의였던 미국의 고등교육계를 비판하면서, 미국의 민중주의적인 교육적 투신이 보다 일상생활에의 투신으로 나아가야 한다는 애거의 비판에서 시사받을 수 있다. 그는 버밍엄 학파의 문화 연구에 대해서 그 자체의 박식함과 이론적 정식화의 한계에도 불구하고 아카데미와 기술적인 아카데미적 전문 용어로부터 빠져나오고 있다고 평가하고 있다. 이러한 점에서 버밍엄 학파는 포괄적인 사회 이론에 의해 제공된 구조적인 이해들을 활용하여 문화적 작품과 실천을 다룰 수 있는, 이론적으로 세련된 문화 연구의 유일한 최상의 예라고 밝히고 있다. 이와 같은 평가를 바탕으로 하여 그는 지배 문화에 저항하고 새로운 문화를 창출하기 위해서는 문화 연구를 활용하는 사람들의 일상생활 속에서 신진 대사된, 아카데미화된 문화 연구를 목표로 해야 하고, 이 비판적인 일상생활 속으로의 신진 대사의 과정은 다음과 같은 요소를 포함해야 한다고 밝히고 있다.

① 문화 연구가 민중문화의 정치적인 기능들과 직접적으로 연계되어야 한다.
② 문화 연구는 우리가 읽고 보고 듣고 쓰는 방식들을 바꿈으로써 우리가 문화 세계를 경험하는 방식들을 변혁하는 것을 도와야 한다.
③ 문화 연구는 그 기술적인 학술적 전문 용어를 잘라내고 그 대신에 보다 넓고 보다 공적인 방언(vernacular)을 개발해야 한다.
④ 문화 연구는 그 이론성을 보유하면서 동시에 공적인 담론을 주도할 수 있는 방식들을 발견해야 한다.
⑤ 문화 연구는 특히 민중적인 문화들과 관공적인 문화들 사이의 경계선과 관련하여 민중적인 것의 영역을 재규정하여야 하며, 그리하여 인간 활동을 파편화하는 제도적 차별화의 경험과 실천을 깨뜨려야 한다(B. Agger 1996: 328~329).

이와 같은 맥락에서 이 부분에서는 한국 현대시 연구계의 학문적 담론이었던 일련의 연구 경향에 대해 문화 연구적 관점에서의 비판을 가해 보고자 한다. 이를 토대로 하여 문화 연구, 즉 문화 상품의 관점에서 현대시를 연구하는 방법을 대안적 차원에서 살펴야 한다. 이와 같은 논의는 현대시를 바라보는 연구자의 개인적 견해와 관점에 대한 문화론적인 차원의 문제 제기라는 점에서 의미가 있다.

2. 소통으로서의 현대시 교육

1) 문화 소통론과 현대시

20세기 문화 연구자들이 민중문화, 대중문화를 분석했던 연구 방법론이 우리의 현대시 연구에 주는 시사점은 무엇일까? 문화 연구의 관점에 의하면, 현대시 역시 문화 상품의 하나로 생산-분배-소비의 맥락에 놓인다는 소통론의 관점에서 바라보아야 한다. 이 점을 인정한다면, 현대시 연구 역시 비판적 관점에서 문화 상품으로 위상을 재정립해야 한다. 이를 통하여 비판 문화 이론의 시각에서 이데올로기 실천으로서의 담론 행위로 현대시 작품을 간주하여야 한다.

그리고 이와 같은 문화 연구의 관점에 따르면, 소비자의 적극적인 역할을 고려해야 한다. 이 점은 문화의 수용 또는 독자에 대한 연구를 문화 연구의 핵심적인 쟁점으로 보고 있다는 점에서 문화의 생산과 분배 못지않게 문화의 수용이 중요하다는 야우스(H. R. Jauss)나 이저(W. Iser) 등이 주장한 수용미학의 관점과도 닿아 있다. 그런데 문화의 수용자에 관심을 가질 것을 주장하는 수용미학과 같은 문학 연구 방법은 민중문화의 수용이 문화적 생산뿐만 아니라 문화적 수용까지도 변화시키기를 원하는 비판적 문화 이론가들보다는 수용자의 반응을 연구하는 양적인 경험주의자들의 연구 주제가 되고만 한계(B. Agger 1996: 332~333)를 보여 주었다.

이에 비하여 20세기 문화 연구자들은 적극적인 생산자로서의 소비자로 시청자나 독자에 주목하고 있다(D. Buckingham 2004). 이와 같은 문화 연구는 우리의 현대시 연구에 많은 시사점을 던져 준다. 그런가 하면 전자 매체로 대표되는 미디어라는 기술 문명의 발전에 따라 전 세계적으로 닥친 문학의 위기, 시의 위기를 인식하지 못하고 권위주의, 경건주의에 빠져 있다가 시와 같은 문학 작품이 독자로부터 멀어졌기 때문이라는 시각도 있다. 이처럼 대중매체와 그 생산물이 범람하는 현대사회의 맥락에서 시의 운명을 생각해야 하고, 이런 문화 상품들과 경쟁할 수밖에 없는 위기의 시를 대상으로 읽기/쓰기를 해야 하는 현대시 연구라는 학문 체계 역시 비슷한 진단이 가능하다.

이미 독자들은 낯선 시보다는 대중가요의 가사를 더 친숙하고 가깝게 접하고 있다. 또 독자들은 현학적인 시 읽기보다는 우리의 생활 속에서 만날 수 있는 이야기나 사건, 감정 등과 관련되는 가벼운 시 읽기를 선호한다. 그런데 우리 시 연구자들은 전문가가 아니면 알기 어려운 이론의 프리즘을 통과시킨 시 읽기의 결과물을 뜻도 알 수 없는 현란한 제목을 붙인 글이나 책으로 엮어 내고 있다. 그래서 많은 시 연구가 연구자들만의 글쓰기라는 테두리를 벗어나지 못하고 있다. 이런 문제점은 어려운 것으로부터 거리를 두려는 독자를 고려한 전문가들의 시 읽기와 글쓰기로 이어지는 시 연구를 지향할 때 극복될 수 있다.

그렇다고 해서 기존에 여러 연구자들이 해 왔던 현대시 연구 방법론의 포기를 선언하는 것은 아니다. 다만 문화 연구자들이 주장했던 것처럼 민중적인 문화와 관공적인 문화의 해체적 심문을 통한 이론적 읽기와 쓰기를 통해서 생활 속에서 실천하는 방안을 찾아야 한다는 애거의 주장(B. Agger 1996: 360~361)에 귀를 기울일 필요가 있다. 또 이와 같은 문화 연구의 시사점은 고급문화인 현대시를 포기하고, 민중문화나 대중문화를 교육과 연구의 중심에 놓아야 한다는 것이 아니다. 오히려 학문이나 사회를 연구하는 대학이나 이 대학에서 학문을 연구한 도제들이 문화 연구의 시각을 고려한 학문 연구 방법을 적극적으로 고려해야 한다(김문환 1999: 16~18)는 것이다. 학문 연구가 대학의 학과라는 제도적 장치를 중심으로 이루어지는 우리의 상황에서는 더욱더 그렇다.

이처럼 현대시를 바라보는 관점 또는 현대시를 연구하는 관점의 변화는 이미 우리 현대시를 교육하는 장면에서는 널리 퍼져 있다는 점도 기억할 필요가 있다. 우리 시가(詩歌)의 리듬을 이야기하기 위해서 대중가요인 랩(rap)의 압운적(押韻的) 자질이 더 효과적이고, 시의 이미지나 표현 기법을 설명하기 위해서 광고의 언어를 예로 들기도 한다. 대학에서 시를 연구하는 전문가들보다는 수준 낮은 독자인 학생과 같이 시를 감상하기 위해서 영화나 그림과 같은 제재를 활용하기도 한다. 그리고 이와 같은 시의 독자이자 또 다른 연구자인 선생님들의 시 읽기/쓰기를 두고 문학을 포기했다거나 문학 연구의 질적 하향화라고 평가 절하할 수는 없다.

거듭 현대시 역시 현대의 문화 상품일 뿐이고, 그렇기 때문에 분배자가 적극적으로 개입하는 소통 맥락에 놓이며, 문화 상품 소비자로서의 독자에 주목해야 한다는 점을 강조하고자 한다. 아울러 현대시를 연구하는 방법 역시 문화 연구의 관점을 비판적으로 받아들여 재정립해야 한다.

2) 문화 소통으로서의 현대시 교육

확장된 문화론의 관점에서 한국 현대시의 위상과 현대시 연구 방법의 효용성에 대해 살피면서, 우리는 한국 현대시가 대중으로부터 외면당하고 있음과 현대시를 보는 방법 역시 고급문화 또는 고급 예술로서의 가치와 효용에 무게를 두고 있음을 반성하였다. 그리고 이와 같은 문제점을 해결하기 위해서 문화론의 시각을 확보할 필요가 있으며, 문화 소통론의 관점에서 시의 쓰기와 읽기가 새롭게 이루어져야 한다는 사실을 명심해야 함을 밝혔다.

이를 위해서 주로 영국을 중심으로 전개된 문화론의 추이(推移)를 살피면서, 문화 상품으로서의 지위를 인정받고 있는 대중문화론의 관점에서 현대시를 바라볼 필요가 있다. 즉 문화론의 시각에서 한국의 현대 문학 또는 현대시의 쓰기와 읽기가 이루어져야 하며, 시 분석과 지식 암기 중심의 전통적인 현대시 연구 방법에 대한 반성도 필요하다.

구체적으로는 현대시의 특성을 대중가요와 같은 대중문화, 광고나 인터넷과 같은 새로운 매체 언어와 관련시켜 가르쳐야 한다. 같은 맥락에서 현대시를 연구하는 방법 역시 문화 연구의 방법을 도입함으로써 한국 대학의 학문 영역을 중심으로 정착된 도제적 학문 체계의 외연(外延)을 확대해야 한다. 이를 위해서는 다양한 매체의 발달로 대표되는 현대 사회의 소통 방식에 관심을 가져야 하며, 이런 특성을 고려한 시 쓰기와 시 읽기가 이루어져야 한다. 달리 말하면 한국 현대시 창작과 수용, 연구에 문화 소통론의 도입이 절실히 요청된다는 사실이다.

Buckingham의 저서(정현선 옮김) 표지. 전자매체 시대를 살아가는 아이들과 미디어의 관계를 살피고 있는 책. 급변하는 미디어 사회의 현대시 교육에 많은 시사점을 준다.

아울러 한국 근·현대시에 대한 연구, 시 교육에 대한 이런저런 논의가 학자나 전문가들만의 진단으로 끝나지 않아야 한다. 현대시 연구와 교육도 독자 또는 학습자와의 소통이 이루어져야 의미가 있다. 즉 시에 대한 해설이나 연구가 시를 읽는 대중 독자들의 이해에 도움이 될 수 있어야 하며, 이를 위해서는 시를 읽는 수용자의 맥락을 고려해야 한다.

3. 현대시 교육에서의 작가, 텍스트, 독자

제7차 국어과 교육과정에서는 문학교육의 목표를 "문학의 수용과 창작 활동을 통하여 문학 능력을 길러, 자아를 실현하고 문학 문화 발전에 능동적으로 참여하는 바람직한 인간을 기른다"(교육부 1997: 151)라고 규정함으로써 문학의 수용뿐만 아니라 문학이 창작이나 생산이 문학교육의 목표라는 점을 강조하고 있다. 그 이후 거듭된 교육과정 개정 속에서 문학의 창작이나 생산의 교육은 문학교육의 핵심적인 목표로 자리매김하게 되었다. 2015 개정 국어과 교육과정에서도 이러한 흐름을 이어받아 문학 과목 교육의 목표를 "문학 작품의 수용·생산 활동을 통해 창의적인 문학 능력을 기르고, 문학의 본질과 양상에 대한 이해를 심화하며, 타인 및 세계와 소통하며 자아를 성찰하고 문학·문화의 발전에 기여한다"(교육부 2015: 123)라고 규정하고 있다.

문학의 생산 활동은 작가 또는 시인이 작품을 창작하는 문제뿐만 아니라 독자가 문학 작품을 수용하여 재구성하는 활동이나 감상문 쓰기 활동(김동환 1999)까지를 포함한다. 이 관점에 따르면 문학교육은 작품(텍스트)의 생산 주체인 작가와 이를 수용하는 주체인 독자들의 제반 활동과 그들이 생산하는 텍스트를 대상으로 한다. 또 독자로서의 학습자와 교사, 안내자로서의 교사가 이 관계망에 작용하게 된다. 여기에서는 현대시 교육에서 작가, 텍스트, 독자의 개념과 관계에 대해서 먼저 개괄하고자 한다.

1) 생산자로서의 작가와 작가로서의 학습자

현대시와 현대시 교육에서 작가는 일반적으로 시인에 국한된다. 그러나 앞에서도 밝힌 바와 같이 현대시 교육의 장에서는 시를 창작하는 시인 외에도 시를 감상하는 독자의 창작 활동도 포함된다. 즉 독자는 능동적인 측면에서 습작시 쓰기나 패러디(parody) 시 쓰기, 감상문 쓰기 등을 통하여 2차 텍스트를 생산하는 작가의 역할을 담당한다. 따라서 시인뿐만 아니라 감상자도 텍스트 생산자라는 맥락에서 작가로 볼 수 있다.

만나기만 하면
싸우고, 다투고……
우리 집의 장남으로
오빠의 자리는
얄밉기만 하다

며칠만 떨어져
살고 싶은 마음이
굴뚝같았지만
막상 오빠가 없을 때면
그 빈자리는 너무 크다
큰 바위돌도, 내 친구들도……
아무도 채울 수 없는
오빠의 그 큰 자리가
텅 비어있을 때면
왠지 모르게 나의 마음 한구석은 이가 빠진 듯
허전하기만 하다

– 어느 중학생, 「오빠에 대한 그리움」(「엄마 걱정」(기형도) 패러디 시)

그동안 현대시 교육은 주로 작가로서의 시인에 주목해 왔다. 즉 시인이 무엇을, 왜, 어떻게 시 작품으로 창작하였나를 규명하고, 이를 교육 내용으로 삼고자 했다. 시인론이나 표현론의 관점에서 시를 학습하고 연구하는 활동들이 그 대표적인 예이다. 하지만 오늘날 시인은 의미의 생산자라는 측면에서 새롭게 조명되고 있다. 그리고 같은 맥락에서 독자 역시 의미의 생산자로서 그 중요성이 부각되고 있다. 의미의 생산자라는 측면에서 보면 독자는 작가의 기능을 일부 공유하고 있다고 할 수 있으므로, 이제 학습자는 독자로서도 또한 작가로서도 기능한다는 관점이 타당성을 얻게 된다.

작가로서의 학습자의 관점에서는 시 창작 교육이, 작가로서의 독자라는 관점에서는 시 감상 교육이 중심에 놓인다. 이 중 전자의 문제는 시 창작론이라는 이름을 가진 책이나 교과목이 이를 목표로 하고 있으며, 후자의 문제는 시의 이해나 감상이라는 명칭을 가진 책이나 교과목에서 주로 다루고 있다.

2) 학습 대상이자 생산물로서의 텍스트

일찍이 수용미학자들은 작품(work)과 텍스트(text)를 구분하였는데, 이들은 독자나 학습자를 만나기 이전의 객관적인 존재를 텍스트라고 명명하였다. 그리고 독자나 학습자에 의미가 부여된, 즉 이들에 의해 해석된 텍스트를 작품으로 규정하였다(차봉희 1985: 67). 이런 측면에서 문학교육에서 교수·학습의 대상으로 삼는 것은 텍스트라고 할 수 있다. 그동안 이런 교육의 대상인 텍스트는 정전이라고 할 수 있는, 문학사적으로 대표적인, 그리고 교육적으로 문제가 없는 제재(題材)들이었다. 그러나 최근에는 학습자의 습작이나 대중문화뿐만 아니라 광고와 같은 일상적인 제재로 그 영역을 확대하고 있다(윤여탁 2003).

이처럼 텍스트라는 개념은 일차적으로 시인의 시, 다른 사람들의 습작물, 대중문화 등 독자나 학습자들의 교수·학습의 대상을 지칭한다. 그리고 이 일차적 텍스트를 학습함으로써 텍스트는 작품으로 전환되고, 이를 통하여 학습자들에 의해 생산되는 감상문이나 학습자의 패러디 시 등 2차 텍스트가 나오게 된다. 또 이와 같은 수용의 맥락과는 다른 생산의 맥락에서 학습자의 습작 텍스트가 생산되며, 교수·학습의 장에서는 이 텍스트 역시 학습자나 독자가 이 텍스트와 접촉함으로써 나름의 의미가 부여되면서 작품으로 변환된다.

이런 측면에서 현대시 교육에서 일차적으로 의미가 있는 것은 학습이나 해석의 대상이 되는 텍스트이지만, 시 교육이 궁극적으로 지향해야 하는 것은 학습자들에 의해 의미가 부여된 작품이다. 특히 문학교육에서는 학습의 대상이 되는 제재로서의 텍스트보다 학습자들에 의해 생산되는 텍스트 또는 그 교수·학습 활동 자체가 중요해지고 있다. 즉, 현대시 독서나 현대시 교육은 텍스트에 대한 독자와 학습자의 반응을 확인할 수 있는 텍스트 생산으로 나아가야 한다.

3) 능동적인 학습 주체로서의 독자

현대시 교육에서 독자의 중요성은 앞에서도 언급한 바 있다. 현대시 교육이 이루어지는 문학 교실에서의 독자는 학습자로서의 독자인 학생(학습 독자)과 안내자로서 독자인 교사로 구별된다. 과거의 문학 교실에서는 이 중에서 고급 독자라고 할 수 있는 교사가 중심이 되어 자신이 알고 있는 텍스트에 대한 지식이나 경험을 학습자에게 일방적으로 전달하였다. 이때 학습 독자는 텍스트의 정보나 교사가 구성한 정보를 수동적으로 받아들이는 존재였다. 엄격하게 말하면 독자라기보다는 지식이나 정보의 수용자였다고 할 수 있다.

그러나 현대의 문학 교실에서는 학습 독자가 중요하다. 이 경우에 교사는 안내자, 조언자의 역할을 하며, 학습 독자가 중심이 되어 문학 텍스트의 수용과 생산 활동을 주관하게 된다. 이때 고려해야 할 사항은 학습 독자는 백지(白紙) 상태로 존재하는 일방적인 수용의 대상이 아니라 나름의 생각이나 감정이 있는 능동적인 주체라는 사실이다. 따라서 이 능동적인 주체들은 텍스트에 대해 서로 다른 생각들을 표현하게 되며, 문학에 대한 지식이나 경험을 주체의 관점에서 구성하는 활동을 하게 된다. 그리고 독자 반응 이론, 대화주의 이론, 과정 중심 이론, 구성주의 이론 등(최지현 외 2007: 288~320)이 도입되면서, 문학 교실에서의 교수·학습 활동은 작가나 텍스트, 교사보다는 학습 독자에 초점을 맞추어 진행되고 있다.

또한 현대시를 교수·학습하는 문학 교실에는 교사와 학습 독자 외에도 비평가라는 전문 독자가 존재한다. 이 전문 독자로서 비평가는 현대시 텍스트에 대한 해석의 전범(典範) 역할을 하는 비평 텍스트를 생산하며, 학습 독자의 교수·학습 활동이나 텍스트 생산에서 비계(飛階, scaffolding)(김재춘 외 2007) 역할을 하는 비평문을 문학 교실에 제공한다.

참고문헌

교육부(1997), 『국어과 교육과정』, 교육부.

교육부(2015), 『국어과 교육과정』, 교육부.

김동환(1999), 「비평적 에세이 쓰기」, 『문학과교육』 7호, 1999, 봄.

김문환(1999), 『문화교육론』, 서울대학교 출판부.

김재춘 외(2007), 「비고츠키의 교수·학습 이론」, 『교수·학습 활동의 이론과 실제』, 교육과학사.

윤여탁(1993), 「대중문화와 교육」, 『선청어문』 21집, 서울대학교 국어교육과.

______(2003), 「우리 시 교육의 현주소를 말한다—제7차 교육과정 교과서의 분석」, 『시인세계』 2003년 봄호, 문학세계사.

______(2008), 「한국의 문학교육과 정전: 그 역사와 의미」, 『문학교육학』 제27호, 한국문학교육학회.

윤여탁 외(2008), 『매체언어와 국어교육』, 서울대학교 출판부.

임영호 편역(1996), 『스튜어트 홀의 문화 이론』, 한나래.

차봉희 편저(1985), 『수용미학』, 문학과지성사.

최지현 외(2007), 『국어과 교수·학습 방법』, 역락.

다케다 세이지(竹田青嗣)(2001). 윤성진 옮김(2005), 『언어적 사고의 수수께끼』, 서광사.

Agger B.(1992). 김해식 옮김(1996), 『비판이론으로서의 문화연구』, 옥토.

Buckingham D.(2000). 정현선 옮김(2004), 『전자 매체 시대의 아이들』, 우리교육.

Farb P.(1975). 이기동·김혜숙·김혜숙 옮김(1997), 『말 그 모습과 쓰임』, 한국문화사.

Lachmann R.(1988). 여홍상 엮음(1995), 『바흐친과 문화 이론』, 문학과지성사.

Lentricchia, F. & McLaughin, T. (eds.)(1990). 정정호 외 옮김(1994), 「문화」, 『문학연구를 위한 비평용어』, 한신문화사.

Macdonell D.(1986). 임상훈 옮김(1992),, 『담론이란 무엇인가』, 한울.

Pitcher G.(1964). 박영식 옮김1987), 『비트겐슈타인의 철학—'논고'와 '탐구'에 대한 이해와 해설』, 서광사.

Thompson Linda (ed.)(1996), *The Teaching of Poetry—uropean Perspectives*, London Cassell.

Turner G.(1992). 김연종 옮김(1995), 『문화 연구 입문』, 한나래.

제2장

현대시 교육에 대한 반성과 과제

근대 학교 교육에서 현대시 교육의 출발은 주로 시 텍스트를 읽고 해석하는 능력을 중시하는 것이었다. 특히 제6차 국어과 교육과정까지 문학교육의 목표를 '문학 작품의 이해와 감상'으로 설정하면서 시 해석 능력은 학생들이 지녀야 할 중요한 문학 능력 중 하나로 자리매김하게 되었다. 여기에서는 문학 작품의 이해와 해석 능력을 중시했던 현대시 교육의 출발부터 검토하면서 현대시 교육에서 그동안 어떤 방식으로 교육을 했는지 반성적으로 고찰하고, 또한 앞으로 해결해야 할 과제에 대하여 생각해 보고자 한다.

1. 단순 지식과 분석 중심의 시 교육

1) 현대시 교육의 출발과 문학이론

문학이론이 학교 현장에 적용되면서, 왜 단순 지식과 분석 중심의 시 교육으로 변질하게 되었는지 생각해 보자.

초기 문학교육을 지배했던 문학적 관점은 주로 신비평과 역사주의 비평이었다. 그중에서도 신비평의 영향은 막대하다. 이 두 방법이 시 교육과 어떤 관련을 맺었는가 하는 문제는 학문 중심 교육과정과 밀접한 관련이 있다.

미·소 냉전 시대였던 1957년, 소련의 인공위성 발사는 미국에게 커다란 충격을 가져다주었다. 이제까지 소련에 비해 상대적 우위에 있다고 믿었던 미국에게, 그 사건은 소련의 과학 기술이 미국을 앞선다는 사실과 더불어 경제·군사적으로도 앞서고 있음을 의미하는 것이었기 때문이다. 소련의 인공위성 이름을 딴 이른바 '스푸트닉 쇼크(Sputnik shock)'라 불리는 충격으로 미국은 대대적인 변화를 꾀하는데, 그중에서도 교육의 변화는 중요한 위치를 차지했다. 특히 교육과정의 변화는 이전의 실용적인 교육으로부터 벗어나 학자들의 전문적 식견을 중심으로 교육 내용을 재구성하는 학문 중심 교육과정을 도입하는 것으로 나타났다. 그리고 미국 교육의 영향을 밀접하게 받고 있던 우리나라 역시 제3차 교육과정부터 학문 중심 교육과정을 도입하게 되는데, 국어교육의 경우는 제4차 교육과정부터 도입하게 되었다.

2) 신비평의 영향과 현대시 교육

1956, 7년경을 전후하여 백철에 의해 도입된 신비평(김윤식 1991)은 학문 중심 교육과정을 계기로 현대시 교육의 중요한 관점으로 자리 잡는다. 학문 중심 교육과정의 가장 중요한 관심사는 각 학문의 성격 또는 '지식의 구조'를 밝히는 일과 그것을 학생들에게 이해 가능한 형태로 번역하는 일이다(이홍우 1992). 이런 관점에서 보면, 시 교육은 시 지식 혹은 시론의 구조와 내용을 바탕으로 이를 학생들에게 이해 가능한 형태로 번역하는 일이 필요하다. 이렇듯 학문 중심 교육과정과 관련하여 우선 지적해야 할 것이 바로 '시 교육의 내용 측면'이며, 여기서 중요한 것이 바로 '지식의 재구조화'다. 학문 연구의 결과물이 학교 교육 현장에서 다루어야 할 교육 내용으로 전이되기 위해서는 학교 교육, 즉 시 교육의 관점에서 '재구조화'되어야 하며 그것은 시 교육의 언어

로 재구성된 새로운 교육 내용의 구조화를 의미한다.

그런데 당시 시 교육은 그런 과정을 거치지 않은 채 학문 연구 내용을 축약된 형태로 전달하는 방식을 취한다. 전문적인 국문학 연구의 결과가 중·고등학생을 위한 시 교육 내용으로 '재구조화'되지 않은 채 단지 '축약된 형태'로 제시된 것이다. 당시의 문학교육 풍경에 대한 다음 인용문은 이러한 사정을 잘 드러내 주고 있다.

신비평이란

신비평이라는 용어는 1941년 미국 비평가 랜섬이 『신비평』이라는 책을 펴내면서 유행한 것으로, 이 책이 계기가 되어 미국을 중심으로 신비평이라는 새로운 비평 양식이 등장하게 된다. 신비평가들이 강조한 것은 대체로 ① 시는 시로서 다루어야 한다는 점, ② 텍스트에 대한 정독, ③ 언어에 토대를 둔 원리 등이다. ①은 시를 하나의 자족적 실체로 간주하는 태도, ②는 시를 유기적 통일성의 세계로 간주하는 태도, ③은 시의 원리를 아이러니, 역설, 긴장 등으로 간주하는 태도를 낳는다(이상섭 1991).

> 그이들(국문학자 겸 평론가-인용자)이 석박사 과정에서 배운 것 같은『자오선』,『삼사문학』, '주지주의', '초현실주의', '엘리어트', '앙가쥬망' 등등을 한국 현대문학 교사지침서와 수험지도서에다 아낌없이 두서없이 쏟아 넣는 것이다. 고교생들의 온 책가방을 꽉 채우는 한국 현대문학 수험지도서는 어떤 한국 현대문학 연구서보다도 방대하다. 그이들의 수년 수십년 걸친 학술의 온축이 한국의 청소년의 문학교육을 위해 집대성되어 있는 것이다(이상섭 1987: 63).

국어 교과서의 문학 단원이 "60년대 문학개론 방식의 장르론 중심 체제"(박인기 1992: 62~63)로 개발되고, 교사들이 학생들을 가르치기 위해 의존한 자료가 국문학 전공 서적에 실린 시 해설이었던 것도 이러한 사정과 밀접한 관련이 있다. 전문가의 연구 내용을 축약한 형태로 교육하는 현실에서 실질적으로 할 수 있었던 것은 전공 서적에 실린 시 해설이나 전문가의 의견을 바탕으로 만든 참고서나 자습서에 의존하는 방법이었던 것이다.

이와 관련하여 살펴보아야 할 것은 '시 해석 방법의 측면'으로서 바로 신비평의 수용 방식에 대한 부분이다. 앞에서 인용한 교육 현실에서 중·고등학생을 위한 재구조화를 거치지 않은 신비평적 방법이 분석주의와 그대로 결합하고, 그것은 시 해석 교육의 측면에서 우려할 만한 현상을 낳았다. 특히 분석주의적 시 읽기 방법은 이후 수십 년간 현대시 교육 방법의 중요한 축을 차지하게 되면서 시 교육의 문제점을 양산하는 데 큰 비중을 차지한다.

3) 현대시 학습 활동에 나타난 신비평의 영향

신비평 중심의 시 교육이 이루어지면서, 국어 교과서에는 운율, 심상, 비유, 상징, 반어, 역설 등을 중심으로 시를 분석하는 신비평의 분석주의 방법이 들어온다. 다음 페이지의 인용문 중 〈가〉는 제4차 교육과정기 『중학교 국어』 현대시 단원 길잡이 부분에 실린 내용 중 일부로 학습목표로 볼 수 있는 내용이며, 〈나〉는 『고등학교 국어 2』 현대시 단원의 학습 문제 중 일부다.

인용문에서 제시한 학습 목표나 학습 활동을 분석해보면 알 수 있듯이 다양한 신비평 용어들이 주로 지식의 차원에서 제시되고 있다. 이를 통해 시를 이해하고 해석하는 방법적 원리의 차원에서 다루기보다는 시에 그러한 특성이 드러나는지 알아보는 차원에서 그쳤다는 데 문제가 있다. 시 해석의 구체적 방법으로 들어온 것이 아니라 해석과 관련된 지식만을 중시하는 "신비평적 방법의 표피적 수용"(석경징 1993: 43)[1] 에 그쳤다는 점이다.

중학교 교과서의 경우 대부분의 학습활동을 '~ 알아보자', '~찾아보자'로 제시하고 있는데, 이를 통해 학습자 스스로 해석하는 과정보다는 시의 화자, 운율, 심상, 비유 등에 관한 문학적 지식을 알거나 찾는 것에 초점을 두고

1 석경징은 "신비평의 도입이란 것이 꼼꼼히 읽기 그 자체를 제쳐놓고 꼼꼼히 읽는 기술에 관한 지식만을 정보의 차원에서 강조하게 되어 오히려 텍스트의 꼼꼼히 읽기를 역행하는 결과를 낳게 된 것"이라고 반성하고 있는데, 이러한 문학 연구의 반성은 시교육에서도 그대로 드러났다.

• 운문과 산문의 차이를 알아보자.
• 시는 어떤 글인가 알아보자.

— 중학 국어 1-1

• 시의 형식을 알아보자.
• 시 속에서 말하는 사람을 찾아보자.

— 중학 국어 1-2

• 시를 이루는 요소들을 알아보자.
• 외형률과 내재율의 차이를 알아보자.

— 중학 국어 2-1

• 시의 심상에 대하여 알아보자.

— 중학 국어 2-2

• 시에 쓰이는 말의 특징을 알아보자.

— 중학 국어 3-1

• 시의 비유에 대하여 알아보자.
• 시가 들려주는 목소리를 알아보자.

— 중학 국어 3-2

〈가〉 제4차 『중학교 국어』 현대시 단원 길잡이 중 일부

1-1 시에서의 심상과 비유란 무엇인가?

1-2 상징의 뜻을 말해 보자.

2-1 다음은 독자의 어느 감각에 호소하는 심상인가?

① 뜨거운 피 무늬 ② 푸른 웃음
③ 백로처럼 ④ 매화 향기
⑤ 굽이치는 바다
⑥ 어두운 방 안엔/바알간 숯불이 피고

2-2 다음 비유들이 나타내는 바는 무엇인가?

① 조국애의 꽃넋(3월 1일의 하늘)
② 살진 젖가슴과 같은 부드러운 이 흙(빼앗긴 들에도 봄은 오는가)
③ 애수는 백로처럼 날개를 편다.(깃발)
④ 내 여기 가난한 노래의 씨를 뿌려라.(광야)
⑤ 마른 나뭇가지 위에 다다른 까마귀 같이(가을의 기도)
⑥ 나는 한 마리 어린 짐승(성탄제)

2-3 다음 말들이 상징하는 뜻은 무엇인가?

① 피(3월 1일의 하늘)
② 빼앗긴 들, 봄(빼앗긴 들에도 봄은 오는가)
③ 깃발(깃발) ④ 매화(광야)
⑤ 백합의 골짜기(가을의 기도)
⑥ 눈, 산수유 열매(성탄제)
(하략)

〈나〉 제4차 『고등학교 국어 2』 교과서에 실린 학습 문제 중 일부

있음을 알 수 있다. 또한 고등학교의 경우에도 '심상과 비유란 무엇인가?', '어느 감각에 호소하는 심상인가?', '비유들이 나타내는 바는 무엇인가?', '상징하는 뜻은 무엇인가?' 등의 질문에서 알 수 있듯 심상, 비유, 상징 등에 대한 지식 차원의 이해와 그것이 시에서 드러나고 있는지 확인하는 차원의 학습을 강조하고 있다. 신비평적 방법을 활용하되, 학습자 스스로 시를 이해하고 감상하는 과정이나 그러한 능력의 신장을 중시하지는 않았던 것이다.

4) 신비평의 표피적 수용과 현대시 교육 방법

신비평의 수용으로 나타난 현대시 교육 방법의 대표적인 문제점을 살펴보면 다음과 같다.

앞에서도 서술했듯, 운율·심상·비유·상징·반어·역설 등의 수사법에 대한 이해를 중시한다는 점이다. 물론 이것 자체가 문제는 아니다. 수사적 장치에 대한 이해는 시를 이해하는 데 매우 중요한 역할을 한다. 그런데 수사법에 대한 이해를 바탕으로 전체적인 시 감상을 유도하기보다는 수사법 자체에 대한 개념적 이해를 중시하거나 시에 어떤 수사법이 사용되었는지 단순히 확인하는 데 그치는 경우가 많았다. 수사법이란 느낌이나 정서를 표현하기 위한 장식적인 것, 기교적인 것으로서의 의미를 지니는 것은 아니다. 수사법이란 세계에 관한 우리의 사유방식을 언어로 조직화하는 표현 방식의 일종이다. 조나단 컬러(Jonathan Culler)의 말대로 '아이는 어른의 아버지'라는 워즈워스의 시적 표현은 우리의 발걸음을 멈추게 하고 생각하게 만든다. 그래서 세대 간의 관계를 새로운 견지에서 보도록 해 준다. 이 시구는 아이의 관계를 후일 그 아이가 자라 어른이 되어 그의 아이와 맺는 관계로 비유하고 있다(J. Culler 1997). '아이는 어른의 아버지'라는 이 은유는 우리들의 일상적인 관계를 새로운 관점에서 보도록 해 줌으로써 새로운 사유방식과 만나도록 하는 힘, 나아가 새로운 미적 인식에 다다르도록 하는 힘을 지니고 있는 것이다. 수사법이 지닌 이러한 힘, 자신이 살고 있는 세계를 새로운 시각으로 바라봄으로써 새로운 미적 인식에 이르게 하는 힘에 대한 천착 없이 이루어지는 표현 교육은 단순히 수사법을 확인하는 차원에만 그칠 우려가 있다. 나아가 이러한 관점은 시의 형식적 장치와 의미를 분리시켜 이해하는, 기형적인 시 이해 방법을 낳는 원인이 되기도 하였다.

또 지적할 수 있는 것은, 시 텍스트에 이미 전제되어 있거나 완결되어 있는 의미를 가정함으로써 '암시된 내용 찾기', '시구의 뜻 파악하기', '시구들이 암시하는 속뜻 파악하기' 등의 활동을 중시하고 있다는 점이다. 시 교육에서는 오랫동안 시인의 생각이 무엇일까를 짐작하고 맞추려는 데 골몰했다. '시인이 이렇게 표현한 것은 무엇을 드러내기 위한 것일까?', '이 시의 의미는 무엇일까?', '이 표현에 숨겨져 있는 의미는 무엇일까?' 등의 물음은 '주제 파악'이라고 명명했던 학습 활동으로 귀결되었다. 그리고 이런 물음을 접하면서 학생들은 이미 정해져 있다고 믿고 있는 의미나 뜻을 보물찾기하듯 찾아내야 했으며, 그것은 수동적인 독자의 입장을 고착화시키는 역할을 했다. 시를 읽으면서 '천재적 개인'인 시인이 시를 통해 무엇을 드러내고자 했을까를 고민하는 과정은 사실 '고민'이라기보다는 범상한 개인으로서는 밝혀낼 수 없는 어떤 미지의 것을 찾아내는 과정이었고, 많은 학생들은 그것을 고민하기보다는 손쉬운 방법을 택했다. 바로 교사가 불러주는 주제를 받아 적거나 참고서에 제시된 주제를 그대로 받아들이는 방식이었다.

이 과정에서 교사는 교재 연구와 교육 방법에 대한 고민을 거쳐 수업을 하기보다 기존 국문학 연구의 결과를 축약하여 '전달'하는 방식을 취한다. 시에 관한 지식을 축약하거나 단편적 지식으로 분해하여 일방적으로 전달하는 수업 방식을 취하게 된 것이다. 학생들 역시 스스로의 해석과 감상 과정을 거쳐 그 작품의 의미를 생각해 보는 것이 아니라 연구자들에 의해 정리가 된 주제를 아무런 성찰 없이 그냥 받아들이는 데 급급할 수밖에 없었다. 하나의 문장으로 축약하여 정리하는 '주제 파악'의 과정에서 학생 스스로의 활동이 개입할 여지는 별로 없었다.

5) 단순 지식 중시와 기계적인 분석적 읽기

이렇듯 신비평적 방법을 표피적으로 수용하면서, 시를 세밀하게 쪼개고 분석하되 그 활동조차도 학생 스스로 하는 것이 아니라 기계적인 분석적 읽기로 일관하게 되었다. 더구나 이런 지식들이 시를 이해하고 해석하기 위한 방법이나 원리로서 역할을 하지 못하고 단순 지식의 주입 형태로 이루어졌다는 데 심각한 문제가 있다. 학문 중심 교육과정 체제에서 신비평은 시 해석의 구체적인 방법이나 원리로 수용한 것이 아니라 개념이나 지식의 형태로 수용했던 것이다. 이렇다 보니 시 교육 현장에서는 학생들의 능동적이고 주체적인 시 해석이 이루어지는 것이 아니라 지극히 수동적이고 사유 과정을 동반하지 않는 기계적인 해석이 이루어지는 현상이 나타났다.

이런 교육은 결국 시 해석 과정에 대한 교육이 아니라 전문가들이 해석한 결과를 그대로 암기하는 시 교육을 양산하게 되었고, 또 선택형 평가 방식과 결합하면시 단순 지식 중심의 시 해석 교육으로 고착화되었다. 결국 교사와 학생 모두 주체로서의 자리를 잃은 상태에서 교사는 시 해설 결과를 불러주고 학생은 그것을 적어 암기하는 수업이 이루어진 것이다.

현대시 교육 현장에서 이루어진 이런 현상은 사실 신비평이 전제로 하고 있는 특정 관점을 통해 그 연관성을 찾을 수 있다. 신비평의 원동력이라 할 수 있는 "한 작품에는 절대적인 해석 하나만 있다는 것, 그것은 전문적 기능 보유자만이 독점할 수 있는 그 무엇"(김윤식 1993)이라는 관점이 바로 그것이다. 한 편의 시에 대한 절대적인 해석이 존재한다는 것을 전제로 한다면, 그것도 전문가들만이 할 수 있는 것이라면, 전문적 식견이 없는 학습자로서는 이미 주어진 해석 내용을 기계적으로 자기화하는 것이 방책이었던 셈이다. 특히 현대시 관련 학습 활동으로 종종 제시되었던 '암시된 내용 찾기', '시구들이 암시하는 속뜻 파악하기' 등은 시인이 숨겨놓은, 이미 정해져 있는 뜻이 무엇일지 짐작하고 맞출 것을 요구했다는 점에서 '나 스스로의 사고'나 '나의 해석'이 아니라 '절대적인 하나의 해석'을 고착화시키는 데 기여했다고 볼 수 있다.

6) 역사주의 비평의 영향과 시 교육

이와 더불어 논의해야 하는 것이 바로 역사주의적 시 해석 방법이다. 제4차 교육과정 당시 국어 교과서에 실린 대부분의 시가 일제강점기에 창작된 시였고, 이는 수십 년간 이어진 현상이었다. 그러한 시를 접하면서 교실에서는 그 당시의 역사적 현실과 시, 시인의 전기적 삶과 시를 직접적으로 관련시켜 해석하는 경우가 많았다. 그래서 곧잘 '어둠'은 암담한 일제 치하, '빛'은 '광복'을 의미하는 것으로 이해하는 기계적 해석 과정을 낳았고, 이 역시 학생들의 주체적인 해석 과정이 상실된 채 이루어졌다. 이러한 교육의 실제 모습은 다음의 자료를 통해 확인할 수 있다. 〈가〉는 제4차 교육과

• 나는 온몸에 햇살을 받고	• 4음보율, 즉 4보격적인 시간의 등장성(等長性)과 완급(緩急)의 조종+1인칭 시점 '나'+햇살을 받은 온몸의 심상을 살림.
• 푸른 하늘 푸른 들이 맞붙은 곳으로	• 광막한 벌판, 그 지평선을 지향하는 심상을 살림.
• 가르마 같은 논길을 따라 꿈 속을 가듯 걸어만 간다.	• 가르마+논길의 비유적 심상, '꿈 속'이 주는 낭만적인 태평, 걸어가는 동적 표상을 드러냄.

(3) 심 상

심상은 묘사(서술), 비유, 상징에 의하여 이루어진다.

이 시의 소재가 된 '빼앗긴 들'의 정체를 밝히는 것이 우리의 주요 과제이다. '빼앗긴 들'은 무엇을 상징하는가?

이 물음에 답하기 위하여 우리는 우선 이른바 특수한 접근(the particular approach) 방법과 역사주의(historicism)를 채택할 필요가 있다. 여기서 '특수한 접근 방법'이라 함은 '일반적 접근(the general approach) 방법'에 대립되는 용어로서, 여기서는 '나'의 개인적, 주관적, 사적인 체험을 뜻한다기보다 '우리'(민족으로서)의 특수한 체험과 관련된다. 그러므로, 이것은 아울러 문학 작품의 객관적 형식과 요소를 분석, 이해하려는 분석주의, 형식주의의 방법과 대립되는 역사주의적 방법과 손을 잡게 된다. '빼앗긴 들'의 의미를 당대의 역사에 문외한인 어느 외국인이 정확히 포착할 까닭이 없다. 그 외국인은 이 시를 세계 일반적, 보편적인 체험의 범주에서 해석할 것이기 때문이다.

민족의 단위로서의 '나'와 '나'들의 접속체로서의 '우리'는, 식민지 시대의 체험을 직접 간접으로 가지고 있다. 그러한 체험이 우리로 하여금, '빼앗긴 들'은 일제에 강탈당한 우리 국토를, '봄'은 조국 광복을 상징한다는 것을 알아내게 한다.

그러면서도 이 시는, '지금은 남의 땅'이라는 구절이 명시하듯이 땅을 강탈당한 모든 사람들의 심상에 대담한 친근감으로 다가갈 수 있을 것이다.

이 시의 심상은 대체로 직유에 의한 시각적 심상들이다.

- **나는 온몸에 햇살을 받고**: 묘사적, 시각적 심상
- **푸른 하늘 … 곳으로**: 묘사적, 시각적
- **가르마 같은 … 걸어만 간다**: 비유적, 시각적
- **입술을 다문 하늘아, 들아**: 비유적(의인법, 돈호법), 시각적
- **바람은 내 귀에 속삭이며 … 흔들고**: 비유적(의인법), 청각적, 시각적
- **종다리는 … 웃네**: 비유적, 시각적
- **삼단 같은 머리를 감았구나**: 비유적, 시각적
- **짖먹이 … 가네**: 비유적(의인법), 청각적, 시각적
- **아주까리기름을 바른 이**: 시각적
- **살진 젖가슴과 같은 부드러운 이 흙**: 비유적, 촉각적(관능, 곧 에로스적 색욕이 민족적 공감으로서의 이념과 결합함으로써 보다 높은 차원의 사랑, 아름다움으로 고양, 승화됨.)
- **발목이 시도록**: 근육 감각적
- **강가에 … 내 혼아**: 비유적(직유법, 돈호법, 의인법), 시각적
- **나는 … 지폈나 보다**: 비유적, 시각적

(4) 파임, 소재, 주제

① 파 임

(ㄱ) 조국 상실을 현실로서 인식하고, 국권 회복의 가능성에 의구심을 품지 않으려(국권 회복에의 열원, 그 역설적 의문).

(ㄴ) 암흑에 싸인 현실에 대조되는 '햇살', '푸른 하늘', '푸른 들' 등 희망에 찬 상징을 써서 '봄'의 세계, 광복된 조국의 천지를 상상함(낭만적인 서상).

(ㄷ) 자기를 불러 낸 조국의 천지를 확인하고 자신과의 일체감을 회복하려는 절박한 심경(소외감)

(ㄹ) 국토, 대자연과의 친화감을 회복함. 개인적 삶의 터전 또는 존재의 근원으로서의 자연(국토)의 의미를 형상화

(ㅁ) 국토, 곧 보리밭이 보여 주는 풍요한 성장에 감사해 함.

〈가〉 제4차 교육과정기 고등학교 국어 지도서

'빼앗긴 들'은 무엇을 상징하는가?

이 물음에 답하기 위하여 우리는 우선 이른바 특수한 접근(the particular approach) 방법과 역사주의(historicism)를 채택할 필요가 있다. 여기서 '특수한 접근 방법'이라 함은 '일반적 접근(the general approach) 방법'에 대립되는 용어로서, 여기서는 '나'의 개인적, 주관적, 사적인 체험을 뜻한다기보다 '우리'(민족으로서)의 특수한 체험과 관련된다. 그러므로, 이것은 아울러 문학 작품의 객관적 형식과 요소를 분석, 이해하려는 분석주의, 형식주의의 방법과 대립되는 역사주의적 방법과 손을 잡게 된다. '빼앗긴 들'의 의미를 당대의 역사에 문외한인 어느 외국인이 정확히 포착할 까닭이 없다. 그 외국인은 이 시를 생의 일반적, 보편적인 체험의 범주에서 해석할 것이기 때문이다.

민족의 단위로서의 '나'와 '나'들의 결속체로서의 '우리'는, 식민지 시대의 체험을 직접 간접으로 가지고 있다. 그러한 체험이 우리로 하여금, '빼앗긴 들'은 일제에 강탈당한 우리 국토를, '봄'은 조국 광복을 상징한다는 것을 알아내게 한다.

그러면서도 이 시는, '지금은 남의 땅'이라는 구절이 명시하듯이 땅을 강탈당한 모든 사람들의 보편적, 일반적 체험과도 쉬이 결합할 수가 있다. 이 문제가 일단 풀리고 나면, 우리는 이 시의 심상에 대단한 친근감으로 다가갈 수 있을 것이다.

— 제4차 교육과정기 고등학교 국어 교과서의 지도서 내용 중 일부, 24쪽

〈나〉 지도서 내용 중 역사주의적 해석 관련 부분

정기 고등학교 국어 지도서 내용 중 일부이며, 〈나〉는 그 중에서도 역사주의적 해석 관련 부분을 제시한 것이다.

이상에서 서술했듯, 주체적인 시 읽기의 즐거움 상실은 교과서에 실린 시에 대한 기피를 가져왔고, 그 연장선에서 해석할 때 별다른 노력을 필요로 하지 않는 시에 대한 선호라는 결과를 가져왔다. 학생들은 교과서에 등장하는 시와 유사한 시를 기피하기 시작했으며 키치 시를 즐겨 찾아 읽었다. 학교 교육에서 이루어지는 시 교육과 학생들의 시 생활이 분리되는 현상이 생겼고, 이는 오랫동안 시 교육이 해결해야 할 중요한 과제로 설정되었다.

2. 독자의 발견과 다양한 시 해석의 강조

1) 수용미학과 독자반응비평의 의미

사고와 감동이 배제된 단순 지식 중심의 시 교육, 주체적인 위치를 잃어버린 지극히 수동적인 독자, 마치 기계에서 찍어 내는 상품 생산과 유사하게 이루어지는 시 해석 등은 시 교육에서 해결해야 할 오랜 과제였다. 특히 이 중에서도 잠자고 있는 학습자를 일깨워 주체적인 독자로 나서게 하는 일은 시 교육이 시급하게 해결해야 할 과제 중 하나였다. 이러한 상황에서 하나의 돌파구로 다가왔던 것이 바로 수용미학과 독자반응비평이었으며, 이 이론은 독자를 수동적인 위치에 서게 했던 분석 중심의 시 해석 교육에 대한 매우 의미 있는 대안으로 다가왔다.

제6차 국어과 교육과정에서 "작품은 수용자의 상황에 따라 다양하게 해석될 수 있음을 안다"라고 명시하고 있는데, 이것은 수용미학 및 독자반응비평의 수용을 의미하는 부분이다. 시 교육에서 이러한 관점은 불모지대로 남아 있던 해석의 과정을 강조하고 텍스트에 접근하는 독자의 주체적인 역할을 강조했다는 점에서 매우 의미 있는 것이었다. 독자가 텍스트의 의미 창조에 능동적으로 참여할 수 있다는 것을 실질적으로 강조하기 시작한 것이다.

수용미학은, 야우스(Jauß)의 경우처럼 텍스트의 해석적인 수용에서 이루어지는 독자의 심리적 경험 맥락을 중시하건[2] 혹은 이저(Iser)의 경우처럼 '독서행위'를 텍스트의 구조화를 통해 규정하건, 결국은 수용에 의해 독자를 해 방시키

[2] 「문학이론에 대한 도전으로서의 문학사」에서 야우스는 "어떤 텍스트의 해석적인 수용은 심미적 인식의 경험 맥락을 언제나 전제하고 있는 것"이라고 말함으로써 이미 형성된 독자의 미적 경험 맥락을 중요시한다. 야우스에 따르면 독자는 어떠한 텍스트에도 역사적으로 형성된 '기대 지평(horizon of expectations)'을 가지고 접근하는데, 여기서 기대 지평은 해당 텍스트 및 문학 일반에 관한 독자의 지식과 가정들로 이루어진다(Hans R. Jauß/장영태 옮김, 1993: 184~185).

는 목적을 추구한다(고위공 1984)는 점에서 문학교육에서는 의미 있는 대안이었다. 그리고 텍스트의 내재적 객관적 특징으로부터 독자의 텍스트 참여와 독자에 의한 텍스트 의미의 생산에 초점을 두었던 독자반응비평[3] 또한 시를 해석하는 과정에 초점을 맞추는 교육의 가능성을 실현시켜줄 수 있는 하나의 방안이었다.

2) 이상적 독자와 현실적 독자의 거리

그런데 이런 관점은 문학교육에서 기대했던 만큼 실질적인 변화를 일구어내지는 못했다. 수용미학과 독자반응비평을 통해 독자를 전면에 내세우면서 주체적인 해석과 감상 교육을 하고자 했으나 실질적인 교육에서 그것이 어려웠던 이유는 우선 그 이론에서 전제로 하고 있는 독자가 바로 '이상적 독자'라는 점 때문이다. 이저의 '내포독자'나 스탠리 피쉬(Stanley Fish)의 '정통한 독자(the informed reader)', 움베르트 에코의 '모델 독자' 개념은 사실상 이상적 독자를 전제로 한 것이었는데, 이러한 이상적 독자는 학교 현장에 실질적으로 존재하는 현실적인 독자 개념과 모순을 일으킬 수밖에 없었기 때문이다.

흔히 독자의 성격을 규정할 때 사용하는 '이상적 독자'는 작가와 약호(code)를 함께 공유하고 있으며, 혼란이나 지체 없이 텍스트의 의미를 읽을 수 있는 인물로 알려져 있다. 이러한 이상적 독자는 문학교육 현장에서 이루어지는 시 해석 과정을 설명하기에는 여전히 어려움을 갖고 있다. 실제 교육현장에서 많은 학습자들은 이상적 독자의 범주에 들지 않는 현실적 독자이기

3 1960년대 이래 '저자(author)의 죽음'이라는 개념이 유행하면서 독자반응비평(reader-response criticism)은 독자들에 의한 텍스트 수용 방식을 이해하고 이론화하기 시작했다. 독자를 특권화하고 적어도 부분적으로는 텍스트를 구축하는 독서 과정에 맞춤으로써 의미의 불확정성 같은 문제들에 관한 논의에 중요한 기여를 했던 것이다. 구조주의, 정신분석, 현상학, 해석학 등의 어느 기법을 이용하든 모든 독자반응비평의 공통점은 텍스트의 내재적 객관적 특징으로부터 독자의 텍스트 참여와 독자에 의한 텍스트 의미의 생산으로 비평적 관심을 옮겨 놓았다는 것이다(조셉 필더즈·게리 헨치 엮음/황종연 옮김, 1995: 359~360).

때문이다. 학습자는 완전한 해석 능력을 갖춘 독자가 아니라 아직 과정 중에 있는 독자라 할 수 있다. 이런 점을 고려할 때, 이상적 독자와 현실적 독자의 간극을 메우기 위한 방안을 구안하지 않는 한 이상적 독자는 구체적인 대안이 되기 어렵다. 그렇다면 현실적 독자를 이상적 독자로 끌어올리기 위한 방안을 마련해야 하는데, 사실 이에 대한 의미 있는 대안을 마련하지 못했던 것이다. 결국 수용이론과 독자반응비평은 시 해석 교육에 일반적이고 추상적인 방향과 지침을 마련해줄 수는 있었지만, 구체적인 시 해석 방법의 교육에 가서는 큰 도움을 주지 못했던 것이 사실이다.

그렇다면 현실적 독자 개념을 바탕으로 어떻게 시 해석 교육을 할 것인가가 새로운 문제로 부각될 수 있다. 하지만 이 경우에도 여전히 문제는 남는다. 개별적인 현실적 독자가 지니는 각기 다른 경험과 정서를 바탕으로 하여 수용과 독자 반응을 중시할 경우, 해석의 타당성이 중요한 문제로 대두하기 때문이다. 현실적 독자의 경험이나 정서, 사고 등을 강조하면서 해석의 다양성을 강조하면 '해석의 무정부 상태'에 이르게 되고, 이것을 어떻게 해결할 것인가에 대한 고민이 발생한다. 독자의 관점을 존중하고 다양한 해석이나 사고를 존중하는 데에는 의미가 있으나 타당한 해석의 영역을 어느 정도로 설정할 것인가를 해결하지 않고서는 적용하기가 어렵기 때문이다. 앞으로 시 교육의 차원에서 수용이론과 독자반응비평을 학교 현장에 어떻게 접목시킬 것인가에 대한 구체적 논의가 필요하다. 앞으로 시 교육의 차원에서 수용이론과 독자반응비평을 학교 현장에 어떻게 접목시킬 것인가에 대한 구체적 논의가 필요하다. 최근 이러한 고민을 담은 시 교육 연구[1]가 본격적으로 이루어지고 있는데, 이는 매우 고무적인 현상이다. '교실에서의 독자', '주체적인 수용', '교사와 독자의 상호작용' 등을 키워드로 하는 고민이 지속적으로 필요하다.

1 대표적인 예로 강민규(2016)의 연구를 들 수 있다.

3) 독자의 수용 측면을 부각시키기 위한 노력

시 교육에서 수용미학과 독자반응비평이 굳건히 자리를 내리지 못한 이유 중 하나는 제6차 국어과 교육과정에서 부분적으로 수용하기는 했지만 이전에 비해 "상대적 비중이 높아진 채로 기존의 교육과정에 부가된 정도"(정재찬 1996: 53)에 그치고 말았기 때문이기도 하다. 다시 말하면 신비평 및 역사주의적 방법을 대체하는 새로운 시 해석 교육의 패러다임으로 굳건히 자리 잡지 못한 채 초기적 도입 정도에 그치고 말았으며 이후 이를 좀 더 구체화하기 위한 노력이 부족했던 것이다.

제6차 고등학교 국어 교과서에는 독자의 수용 측면을 부각시키기 위한 노력이 조금씩 드러나 있다. 고등학교 교과서에 실린 김소월의 「진달래꽃」에 대해 '함축된 심경에 대한 이해가 독자에 따라 서로 다르다면, 그것은 어떤 이유에서인가?', '이 시(「진달래꽃」-인용자)가 이별을 하면서 지어졌다고 보는 것과 이별을 가상하고 지어졌다고 보는 것 사이에는 어떤 느낌의 차이가 있는가?' 등의 학습 활동이 등장한다. 이것은 절대적인 하나의 해석을 전제로 하는 혹은 이미 주어진 해석 내용을 수동적으로 받아들이는 교육이 아니라 독자에 따라 서로 다른 해석이 가능하다는 것, 서로 다른 해석을 비교하면서 자신의 생각을 말하게 함으로써 주체적인 시 해석을 전제로 한다는 점에서 의미 있는 활동이다. 특히 여기서 돋보이는 것은 독자 자신이 그렇게 생각하는 이유를 말하게 함으로써 별다른 문제의식 없이 이루어지는 기계적 해석을 경계할 수 있도록 했다는 점이다. 하지만 이러한 노력들이 구체적 결실을 맺기 위해서는 좀 더 많은 논의와 노력을 필요로 했다.

3. 전체적인 시 감상과 창작 교육의 강조

1) 전체적인 시 감상의 강조

수용미학과 독자반응비평이 시 해석 교육에서 구체적인 대안으로 확실하게 자리 잡지 못하면서 학교 현장에서는 여전히 분석주의, 역사주의적 관점에서 시를 해석했으며, 이러한 시 교육의 문제점에 대한 비판이 여기저기서 쏟아졌다. 제6차와 제7차 국어과 교육과정은 학습자 중심의 교육과정을 표방했고, 문학교육에서도 다양한 시 해석, 독자 중심의 시 해석을 강조하기 시작했다. 특히 제7차 국어 교과서에서는 '시의 화자에게 하고 싶은 말 구상하여 발표하기', '시의 화자가 처해 있는 상황을 간결한 산문으로 써 보고 시와의 느낌의 차이 말하기', '주어진 시의 형식을 빌려 시 쓰기' 등 시 해석을 전제로 하여 주로 전체적인 시 감상 활동을 강조하고 있으며, 주체적인 시 읽기를 중심으로 하면서 전체적인 감상 및 표현을 강조하는 학습 활동이 등장했다(최미숙 2005). 제7차 국어과 교육과정 이후 중학교와 고등학교 교과서의 학습 활동만을 놓고 볼 때, 예전과 같은 의미 없는 분석주의 중심의 시 해석 교육은 그 힘을 잃게 되었다고 볼 수 있다.

2) 창작 교육과 문학적 표현 교육

제7차 국어과 교육과정의 도입과 더불어 지적해야 할 중요한 변화 중 하나는 창작 교육을 강조하기 시작했다는 점이다. 그것은 문학 창작 교육과 문학적 글쓰기 교육으로 표면화되었다. 이것 역시 단편적인 지식 중심의 시 교육, 독자를 수용자의 측면에만 가두었던 그동안의 시 교육에 대한 새로운 대안이었다. 학습자가 직접 표현하는 문학 활동을 강조했으며, 시 창작 능력을 영감이나 재능으로만 볼 수는 없다는 점을 전제로 창작 교육을 강조한 것이다.

그동안의 현대시 교육은 시를 읽는 수동적인 독자만을 만들었을 뿐, 시를 쓰면서 즐기는 주체적이고 능동적인 주체를 만들어 내지 못했다는 비판을 받았다. 시를 주체적이고 능동적으로 읽는 것도 중요하거니와 이와 관련하여 또한 주목한 것이 바로 창작 교육이다. 그리하여 제7차 국어과 교육과정의 문학교육 영역에 창작 교육을 적극 반영하였다. 제1차 교육과정에서 제7차 교육과정에 이르기까지 '창작 교육'은 많은 변화를 겪었는데, 그 이유는 국어교육 내에서의 창작 교육관의 변화 때문이었다. 국어교육 초기에 창작 교육을 허용하다가 제4차 교육과정에서 정규 수업 시간에는 창작 교육을 지도하지 않도록 한다고 명시한 이후에 학교교육에서 창작 교육은 자취를 감추었다. 이후 제6차 국어과 교육과정에서 고등학교 '작문' 과목의 내용 항목으로 '문학적 글쓰기'를 넣었다가 제7차 국어과 교육과정에서 창작 교육이 다시 부활하게 되었다. 제4차에서 제6차까지 금기시하였던 창작 교육을 제7차 국어과 교육과정에서 문학교육의 중요한 교육 내용으로 선정한 것이다(정구향·최미숙 1999). 이후 문학 창작 교육은 문학적 표현 교육과 더불어 '문학의 생산'이라는 범주의 핵심 내용이 되었으며, 제7차 국어과 교육과정 이후 최근까지 개정된 국어과 교육과정에서도 지속적으로 중요한 내용 항목으로 자리 잡고 있다.

한편, 학교 현장에 창작 교육을 도입하면서 학생들이 처음부터 높은 수준의 창작을 하기는 어렵다는 점을 고려하여 모방시 쓰기, 패러디 시 쓰기, 시적 표현 교육 등을 활성화하고자 하였다. 이후 학교 현장에서 모방시 쓰기 패러디 시 쓰기 활동은 매우 활발하게 이루어졌다. 하지만 그러한 활동에서만 그칠 것이 아니라 좀 더 나아간 창작 활동을 위한 구체적인 시 창작 교육 방법, 문학적 표현의 교육 방법에 대한 논의가 여전히 필요하다. 문학의 생활화를 위해 시 창작 교육이나 문학적 표현 교육의 활성화는 매우 중요하며, 이를 위해 풍부한 교육 방법론이 필요한 것이다.

4. 현대시 교육의 과제

기존의 시 해석 교육을 반성하는 것은 단순히 그런 시 교육의 역사가 있었다는 것을 확인하기 위한 것이 아니다. 그동안 시 해석 교육이 해결하고자 했던 과제가 무엇이며, 그것을 어떻게 해결하고자 했는가, 그리고 해결 방안이 어떤 점에서 한계가 있었는지에 대한 논의를 통해 새로운 과제와 그 대안을 모색하기 위한 것이다. 그것은 아직도 현재의 문제로 남아 있기 때문이다. 여기에서는 그러한 과제를 살펴보면서 앞으로 그 해결을 위한 대안을 모색하는 계기를 갖고자 한다.

1) 시 해석의 다양성과 타당한 해석

(1) 시에 접근하는 다양한 방식의 강조

이제까지의 논의에서 볼 수 있듯 시 교육의 관심은 시 해석의 문제에서부터 시 창작 교육의 문제로 변화되는 과정을 보여 준다. 시 해석에 있어서도 능동적인 독자, 주체적인 시 해석 등을 강조하고 있다. 이렇듯 예전의 시 교육에 대한 반성을 통해 바람직한 방향으로 나아가고 있기는 하지만 이 시점에서 좀 더 배려해야 할 부분이 있다. 그것은 이제 초기의 문제의식으로 돌아와 시를 읽고 해석하는 다양한 방법에 대한 배려가 필요하다는 것이다.

우리는 이 지점에서 신비평이나 형식주의 비평에서 논의했던 다양한 시적 장치를 중심 범주로 하는 해석 원리를 제안할 수 있을 것이며, 기호가 어떻게 조직되는가 혹은 기호들이 어떻게 생산되고 유포되는가에 관심을 가지는 기호학적 해석 원리 또한 활용할 수 있다. 시 해석이 독자의 경험과 선지식, 그리고 다른 텍스트들을 읽어 본 경험이나 처해 있는 상황 등에 따라 다양한 결과를 낳을 수 있다는 점을 전제로 한다면 수용미학이나 독자반응비평을 참조하여 시의 해석 원리로 구체화하는 작업도 필요할 것이다.

다양한 해석 방법을 유형화하고 이를 바탕으로 학생들이 시를 해석하되, 각 방법이 서로 경쟁관계를 유지할 수 있도록 구조화하는 것도 필요하다. 요컨대 한 편의 시를 읽을 때 독자의 내면에서 다양한 해석 방법들이 경쟁 관계를 추동시키고 유지하도록 해야 하는 것이다. 단순히 서로 다른 해석 원리의 통합이 아니라 이렇게 저렇게 생각해 보면서 독자의 내면에서 여러 해석 방식들이 경쟁 관계를 이루는 과정, 그런 경쟁 관계 속에서 독자가 내적 대화를 통해 주체적으로 특정 관점을 선택하고 사유하는 해석 과정에 대한 교육이 필요하다.

(2) 근거 있는 해석과 타당한 해석의 강조

학교 교육이 시작된 이래 국어 교과서에서 빠진 적이 없었던 「진달래꽃」에서 '이별의 정한'이라는 주제는 그 누구도 거부하기 어려운 것이었다. 그것은 아주 오랫동안 부동의 '주제' 자리를 지켜왔다. 하지만 이미 '이별의 정한'이라는 주제가 정해져서 학생들에게 일방적으로 전달되는 순간, 「진달래꽃」의 시적 아름다움은 사라지고 만다. 이제 학생 스스로 이렇게 저렇게 해석해 보고 그것을 주체적으로 자기화하면서 그 근거를 말할 수 있는 자리를 마련해야 한다. 이렇게 되면 '이별의 정한'과는 다른 주제를 말할 수도 있다. 학계에서도 「진달래꽃」의 의미를 서로 다르게 해석하는 연구가 이미 이루어지고 있으며, 정반대로 해석할 수 있다는 가능성[5]도 실제로 보여 주고 있다. 이렇듯 서로 다른 해석의 가능성을 인정하면서 주체적인 해석 과정에 의한 해석의 다양성을 배려할 때 스스로 시를 읽고 즐기는 생활을 할 수 있다.

한편, 시 교육에서 해결해야 할 중요한 문제 중 하나가 바로 시 해석의 다

5 「진달래꽃」에 대해 "언젠가 닥쳐올지도 모를(그러나 결코 원하지 않는) 이별에 대한 은근한 두려움과 그런 상황 속에서도 변함없이 자신의 사랑을 지켜가겠다는 의지"를 지닌 주체적인 여성의 발화로 보는 연구도 있다. 이에 대해서는 오성호(1999)를 참조할 것.

양성 문제를 어떻게 구체화시킬 것인가 하는 문제다. "시 교육에서 텍스트 해석이란 완결된 의미를 밝혀내어 학생들에게 그것을 보여주는 것을 의미하지 않는다. 오히려 불확정적이어야만 그들이 텍스트의 의미역을 넓히고, 텍스트에 흥미를 갖는다"(박호영 1999: 3)라는 논의나 "어떤 해석도 절대적인 권위를 가지고 있는 것은 아니며, 다양한 해석의 방법이 오히려 문학을 즐기는 옳은 길임을 강조할 필요"(이희중 2002: 236)가 있다는 논의는 시 해석의 다양성을 강조하는 것이다. 하지만 무조건 해석의 다양성만을 강조할 경우, 전술했듯이 자칫 해석의 무정부주의로 갈 수 있으며 해석 능력의 신장을 위한 구체적인 대안을 마련하기가 어려워진다.

수용미학 및 독자반응비평에서는 독자에게 상당한 정도의 자유를 허용하고 있지만 우리는 시를 우리 마음대로 자유롭게만 해석할 수는 없다. 하나의 해석이 다른 어떤 텍스트에 대한 해석이 아니라 특정 텍스트에 대한 해석이 되기 위해서는 그 해석이 어떤 의미든 텍스트 자체에 논리적으로 속박되어야 한다. 다른 말로 하자면 "작품은 독자의 반응에 어느 정도의 확정성을 행사하는 것"(Terry Eagleton/김명환·정남영·장남수 공역 1986)이다. 사실 이런 점을 보완하지 않는다면 그야말로 시 해석은 무질서 상태를 벗어나기 어려울 것이다.

이를 해결하기 위해서는 텍스트가 어떤 종류의 반응을 유발하는가, 독자의 개입 과정에서 텍스트는 어느 정도로 객관적인 역할을 할 수 있는가, 그리고 텍스트의 어느 부분이 독자의 주관적인 반응을 가능하게 하는가 등에 대해 고민할 필요가 있다. 텍스트에 대한 독자의 반응을 형성하는 기본 요소들을 찾아내고 그 요소들을 어떤 방식으로 활용하여 시를 해석할 것인가를 밝혀내야 하는 것이다. 이런 점들은 독자가 시를 해석하는 근거로 활용할 수 있다. 독자가 시를 해석할 때 제시하는 근거는 시 텍스트와 논리적으로 긴밀하게 연결되어야 하며, 독자는 자신의 반응을 가능하게 한 텍스트의 특정 요소를 통해 설명할 수 있어야 한다. 근거가 있는 해석에 초점을 맞춘다면 해석의 다양성을 무제한으로 인정하는 것이 아니라 가능한 해석의 범위 혹은 유형을 설정할 수 있다는 장점이 있다.

(3) 오독과 타당한 해석

수용미학과 독자반응비평을 도입하면서 부딪혔던 해석의 다양성 문제를 해결할 수 있는 대안의 하나로 '근거 있는 해석'의 중요성에 대해 강조하고자 한다. 여기서 중요한 것은 '타당한 해석'보다는 '근거 있는 해석'에 초점을 맞추어야 한다는 점이다. 물론 타당한 해석을 한다면 더없이 반가운 일이다. 하지만 시를 해석하는 과정에서 '근거 있는 해석'도 존중해야 한다. 학생들이 시를 읽으면서 일사천리로 타당한 해석을 할 수도 있지만 근거가 타당하지 않은 해석도 자주 할 수 있으며, 해석 과정에서 오독도 가능하다. 이 과정에서 오독을 두려워해서는 안 된다. 오독이 잘못된 것이 아니라 타당한 해석을 향해 나아가는 과도기적인 과정이라는 점을 받아들일 필요가 있으며, 오히려 오독을 적극적으로 드러내어 활발한 대화의 장으로 끌어들이는 계기로 삼는 것이 좋다. 그 오독을 바탕으로 하면서 학생들 간의 진지한 대화를 시작할 수 있도록 배려해야 한다는 점이다.

진지한 대화를 통해 '근거 있는 해석'에서 '타당한 해석'으로 나아갈 수 있는 방편을 마련할 수 있을 것이다. 학생들이 제시하는 근거가 타당성이 없는 경우, 학생들 간의 대화를 통해 그 근거를 질문하고 답하면서 상대적으로 '조금 더 타당한 근거를 지닌 해석'으로 나아갈 수 있다. 이러한 과정은 서로 다른 관점을 인정하는 것이면서 동시에 숙고의 과정을 통해 타당한 해석으로 나아가는 과정이다.

시 해석의 다양성을 전제로 하는 시 교육을 통해 독자의 주체적인 관점을 중시하고, 그 관점을 바탕으로 인간 삶에 대한 통찰과 조우할 수 있는 시적 사유의 세계로 안내해야 한다. 그 과정에서 시가 언어를 통해 어떻게 인간과 인간의 삶을 바라보고 있으며 어떤 태도를 취할 것을 간접적으로 요구하는지 등에 대해 숙고할 수 있을 것이며, 나아가 한 차원 높은 시 해석 능력을 획득할 수 있을 것이다.

2) 일상생활과 시의 향유

(1) 시의 생활화

오늘날 우리가 변화된 매체 환경 속에서 살고 있다는 것은 누구나 알 수 있다. 인터넷의 발달로 인해 많은 사람들이 정보를 쉽게 접할 수 있으며 다양한 표현 활동을 하게 되었는데, 특히 인터넷의 발달은 문학의 향유 방식에 많은 변화를 가져왔다.

얼마든지 쓰고 지우기가 가능한 하드 디스크와 각종의 롬(rom)에 기반한 이 인터넷 환경은 발표 지면이라는 개념의 근간을 뒤흔들어 버렸고, DTP (Desktop Publishing) 작업은 출판물의 제작 과정을 별것 아닌 일로 만들어 버렸다. 또한 다양한 형태의 홍보와 판매 경로가 인터넷에 의해 보장됨으로써, 굳이 제도권 '시인'이라는 명함을 내밀지 않고도 자신의 독자들을 쉽게 확보할 수 있게 되었다. 뿐만 아니라 무수한 형태의 커뮤니티와 카페, 동호회를 통해서도 자신의 창작 욕구를 얼마든지 해소할 수 있다(이명찬 2002: 146).

이러한 변화는 문학교육, 특히 시 교육의 관점에서 볼 때 매우 중요하다. 매체 환경의 변화는 단지 시를 유통시키는 방식의 변화만이 아니라 시를 읽기만 하던 독자들을 컴퓨터 앞으로 불러내어 스스로 시를 쓰고 즐기게 하는 변화를 일구어냈다. 그동안 문학 작품의 창작, 소통, 읽기 등의 관계에서 수요자의 위치에 있던 일상인들이 창작의 과정에 대거 참여하는 국면이 열리게 된 것이다. 인터넷을 살펴보면 비문학인을 위한 창작 사이트들이 다수 개설되어 있으며, 그들은 아무런 구애도 받지 않고 창작 활동을 하고 서로 비평을 한다.

그야말로 예전에는 욕망의 형태로만 존재하던 아마추어들의 글쓰기가 인터넷을 통해 다양하게 활성화된 것이다.

이러한 현상은 시 교육에서 창작 교육을 강조하는 것과 발맞추어 의미 있는 결과를 만들어 내고 있다. 바로 누구나 시를 쓸 수 있으며 누구나 시인이 될 수 있다는 점이다. 이제 많은 사람들이 자신의 시에 어울리는 화면을 구성하고, 음악을 곁들인다. 학교 현장에서도 학생들이 어렵지 않게 시를 쓰는 모습을 확인할 수 있다. 그동안의 시 교육이 창작 교육을 도외시했던 것에 비추어보면 그야말로 주목할 만한 변화라 할 수 있다.

(2) 의미 있는 시 창작 교육의 중요성

개작, 모작의 과정에서 시를 제대로 이해하고 감상하면서 동시에 각 시의 특성을 살려 시를 쓴다면 좀 더 효과적으로 시를 즐길 수 있는 기회를 제공할 수 있을 것이다. 모작시, 개작시 쓰기는 시의 소비와 생산이 동시에 이루어지는 국면을 제공하고 있으며, 수요자에서 생산자로 나아가는 물꼬를 자연스레 틀 수 있다는 점에서 의미가 있다. 하지만 여기서 한 가지 반성해야 할 점은 현재의 창작 교육이 지나치게 개작이나 모작 중심으로 이루어지고 있다는 점이다.

사실 최근 교육 현장에서 활발하게 이루어지는 개작이나 모작 중심의 시 창작 교육은 기존 시 텍스트의 형식적인 틀만 모방하는 경우가 많다. 그 시적 형식을 통해 드러내고자 했던 시의 의미나 정신 세계에 대한 별다른 고려 없이 형식적인 개작이나 모작 단계에서만 그친다면 의미 있는 창작 교육이 되기 어려울 것이다. 인터넷을 비롯하여 도처에서 시를 쓰고 있지만 그것이 낭비적인 시 활동이 되지 않기 위해서는 좀 더 창조적인 시 쓰기 활동으로 전환할 필요가 있다. 이를 극복하기 위한 대안에 대해서도 고민할 필요가 있을 것이다.

최근, 시가 인기를 끌고 있으며, 시집 판매가 가파른 증가세를 보이고 있다고 한다. 이런 경향이 얼마나 오래갈 것인가 하고 의구심을 갖는 사람도 있지만,

시를 읽고 즐기는 방식이 계속 변화하고 있다는 점은 분명한 듯하다. 시집 전문 서점, 시 북카페가 속속 문을 열고 있으며, 시 읽기와 시 쓰기, 시 창작 모임 등이 활성화되고 있다(박미향, 2016). 팟캐스트로 시를 듣기도 하고 유명 시인의 시를 그대로 필사하면서 즐거움을 느끼거나, 서점이나 카페에서 차를 마시면서 시집을 들춰 보며 읽는 것에 만족하기도 한다. 인스타그램에 시를 써서 올리며, 시 웹툰을 그리기도 한다. 짧은 글이 익숙한 요즘 세대에게 시는 인터넷을 통한 소통의 중요 수단으로 자리 잡고 있어 소셜네트워크서비스(sns), 웹 등을 통해 좋아하는 시를 공유하는 현상(신준봉 · 김나한, 2016)도 확산되고 있다.

이처럼 시를 엄숙하고 진지하게만 접근하는 것이 아니라 부담 없이 즐기려는 경향이 점점 활기를 띠고 있다. 시를 읽고 쓰는 일을 일상과 분리된 특별한 활동으로 여기는 것이 아니라 자연스럽게 이루어지는 일상의 연속으로 생각하는 것이다. 시 교육의 목표가 궁극적으로 시를 즐기면서 시와 함께 생활하는 것이라 할 때, 이러한 현상은 생각할 거리를 많이 제공한다. 지난 시 교육에 대한 반성과 더불어 앞으로 시 교육이 무엇을 과제로 삼아야 하는가에 시사하는 바가 크기 때문이다.

참고문헌

강민규(2016), 「독자 반응 조정 중심의 시 교육 연구」, 서울대학교 박사학위논문.

고위공(1984), 『해석학과 문예학』, 서린문화사.

김대행(2001), 「문학 생활화의 패러다임」, 『문학교육학』 제7호, 한국문학교육학회.

김대행 외(2000), 『문학교육원론』, 서울대학교 출판부.

김성진(2002), 「문학 작품 읽기 전략으로의 비평에 대한 시론」, 『문학교육학』 제9호, 한국문학교육학회.

김연순(1992), 『독문학용어사전』, 탐구당.

김윤식(1991), 「뉴크리티시즘에 대하여」, 『신비평과 러시아 형식주의』, 브룩수 외/ 이경수 외 옮김, 고려원.

_____(1993), 「내가 경험한 1960년대의 신비평」, 『현대비평과 이론』 제3권 2호 통권 6호, 한신문화사.

김정우(2004), 「시 해석 교육 내용 연구」, 서울대학교 박사학위논문.

김창원(2002), 「시 연구와 시 교육 연구 사이의 거리」, 『국어교육』 114호, 한국국어교육연구회.

도정일(1993), 「고슴도치와 여우, 그리고 두더지: 비평적 교육의 필요성에 대하여」, 『현대비평과 이론』 제3권 2호 통권 6호, 한신문화사.

박미향(2016), 「삶에 시달려요? 시 구하면 시원해져요!」, 『한겨레 신문』, 2016.09.08.

박인기(1992), 「적합성과 다양성의 선순환 구조를 위하여」, 『현대비평과 이론』 제2권 1호 통권 3호, 한신문화사.

박호영(1999), 「비유와 이미지에 대한 시 교육의 방향」, 『시안』 제3호, 시안사.

석경징(1993), 「문학 비평, 이론과 교육」, 『현대비평과 이론』 제3권 2호 통권 6호, 한신문화사.

신준봉 · 김나한(2016), 「짧아서, SNS 공유 쉬워서…시집 다시 뜬다」, 『중앙일보』, 2016.10.25.

오성호(1999), 「예술 자료로서의 시 읽기」, 『문학교육학』 제4호, 한국문학교육학회.

유영희(2003), 「교과서 문학 제재의 수용 양상 및 특성」, 『문학교육학』 제11호, 한국문학교육학회.

유종호(1998), 「왕도는 없다」, 『문예중앙』 1998년 겨울호, 중앙M&B.

윤여탁(1996), 「현대시 해석과 교육의 수용적 측면에 대한 연구」, 『국어교육』 92호, 한국국어교육연구회.

_____(2003), 「우리 시 교육의 현주소를 말한다」, 『시인세계』 2003년 봄호, 문학세계사.

_____(2004), 「문학교육에서 언어의 문제에 대한 연구」, 『문학교육학』 제15호, 한국문학교육학회.

윤여탁 · 최미숙 · 유영희(2002), 『시와 함께 배우는 시론』, 태학사.

이명찬(2002), 「현대사회에서 시가 읽히는 방식」, 『문학교육학』 제10호, 한국문학교육학회.

이상섭(1987), 「현행 문학교육의 큰 문제점: 고교 현대문학교육을 중심으로」, 『외국문학』 1987년 3월호, 열음사.
______(1991), 「신비평과 러시아 형식주의」, 『신비평과 러시아 형식주의』, 브룩수 외/ 이경수 외 옮김, 고려원.
이상옥(1992), 「문학교육의 문제점에 대해」, 『현대비평과 이론』 제2권 1호 통권 3호, 한신문화사.
이숭원(1997), 「우리 시의 교육과 비평」, 『서정시의 힘과 아름다움』, 새미.
이홍우(1992), 『증보 교육과정탐구』, 박영사.
이희중(2002), 「〈국어〉 교과서의 현대시 수록 현황과 시 교육의 문제」, 『교육논총』 제17권 제1호, 전주대학교 교육문제연구소.
정구향·최미숙(1999), 「제7차 국어과 교육과정과 창작 교육」, 『국어교육』 100호, 한국국어교육연구회.
정재찬(1996), 「현대시 교육의 지배적 담론에 관한 연구」, 서울대학교 박사학위논문.
정정순(2005), 「시적 형상성의 교육 내용 연구」, 서울대학교 박사학위논문.
차봉희 편저(1985), 『수용미학』, 문학과지성사.
차봉희 편저(1993), 『독자반응비평』, 고려원.
최미숙(2002), 「성인의 문학생활화 방안」, 『문학교육학』 제10호, 한국문학교육학회.
______(2005), 「현대시 교육 방법에 대한 고찰」, 『국어교육학연구』 제22집, 국어교육학회.
최미숙 외(2009), 『국어 교육의 이해』, 사회평론.
최지현(1994), 「한국 현대시 교육의 담론 분석」, 서울대학교 석사학위논문.
Childers, J. & Hentzi, G.(1995). 황종연 옮김(1999), 『현대 문학·문화 비평 용어 사전』, 문학동네.
Culler, J.(1997). 이은경·임옥희 옮김(1999), 『문학이론』, 동문선.
Eagleton, T.(1986). 김명환·정남영·장남수 옮김(1989), 『문학이론입문』, 창작과비평사.
Gribble, J.(1988). 나병철 옮김(1983), 『문학교육론』, 문예출판사.
Mortimer, J. & Charles, D.(1972). 민병덕 옮김(1999), 『독서의 기술』, 범우사.
Iser, V.(1976). 이윤선 옮김(1993), 『독서행위』, 신원문화사.
Jauß, H. R.(1970). 장영태 옮김(1993), 『도전으로서의 문학사』, 문학과지성사.

제3장

현대시 교육의 목표와 방향

1. 현대시 교육의 목표

1) 현대사회와 문학, 문학교육

21세기 현대사회에서 문자 중심으로 이루어졌던 문학이라는 고급스러운 예술 활동은 급격한 변화의 국면을 맞고 있다. 이미 과거처럼 문자나 언어 중심의 문학만이 아니라 사이버(cyber) 공간이나 영화, 텔레비전과 같은 대중문화 매체들이 예술 활동의 중요한 자리를 차지하고 있다(윤여탁 외 2008). 또한 이와 같은 대중문화 매체들이 문학과 교류를 확대하면서, 부분적으로는 오래전부터 우리 인간들의 몸과 마음속에서 문학이 차지하고 있던 자리를 심각하게 위협하고 있다.

실제로 우리는 눈만 뜨면 대중문화 매체가 전달하는 무수한 정보의 홍수속에서 살고 있다. 그래서 오늘날의 문학이나 문화 향유자들은 예전처럼 시간적 여유를 가지고 시와 소설을 읽거나, 공연장에 찾아가서 연극을 보려고 하지 않는다. 구태여 발걸음을 옮기기 어려운 자리에 가지 않더라도, 리모컨만

누르면 텔레비전이나 비디오를 통하여 문학을 다른 매체로 전환한 작품들을 볼 수 있고, 컴퓨터의 키만 누르면 책이나 극장과는 다른 공간에서 문학을 손쉽게 만날 수 있다.

이렇게 우리가 손쉽게 만날 수 있는 문학 작품 또는 유사 문학은, 책으로 보는 문학 작품보다 흥미를 끌 만한 다양한 방식과 장치들을 통하여 시청자나 독자에게 사실적으로 다가온다. 움직이는 그림으로 사건의 전개를 보여 주고 있으며, 목소리로 그 내용을 전달하려고 한다. 글자로 읽는 내용조차도 때로는 분위기에 맞는 배경 음악이 잔잔하게 깔려서, 이를 수용하는 사람을 정서적으로 몰입하게 한다. 즉 현대사회의 특징인 매체 환경의 변화뿐만 아니라 배급이 중요하게 작용하는 문화 생산의 구조적 변화와 감각적이고 즉물적(卽物的)인 것을 추구하는 수용자의 변화가 현대시 수용이나 교육에 중요하게 작용한다.

더구나 현대사회에서의 학습자, 즉 학생들은 기성세대보다도 더 많이 대중문화 매체에 노출되어 있다. 대중문화 매체와 같이 호흡하면서 성장하였다고 과장하여 말할 수 있다. 그들은 만화 영화나 그림책, 만화로 동화나 동시를 배우기 시작했으며, 텔레비전 인형극이나 만화로 고전 명작을 기억하고 있다. 만화 영화의 주제가를 부르면서 노래를 배웠듯이, 우리의 청소년들은 고전 명작들도 그런 정도로 알고 있다. 최근에는 컴퓨터 게임이 보편화되면서, 『삼국지』와 같은 소설도 가상공간에서 일어나는 우주 전쟁이나 별 차이가 없는 게임 정도로 기억하고 있다.

이처럼 현대사회가 급격히 변화함에 따라 문예학에서 사회 현실을 반영하는 것으로 설명되고 있는 문학 역시 그 내용은 물론 형식이 빠르게 바뀌고 있다. 아울러 이를 수용하는 독자 역시 변화하고 있으며, 이에 따라 필연적으로 문학 작품을 창작하는 작가도 변할 수밖에 없다. 사이버 공간을 찾는 독자를 위해, 동영상을 찾는 시청자들을 위해서, 현대사회의 문학은 변하지 않으면 안 될

'문학을 좋아하는 사람들의 모임'이라는 설명을 내건 인터넷 카페 '문학 동네'(http://cafe.naver.com/mhdn)의 초기 화면 중 일부

상황에 직면하고 있다. 실제로 독자도 변하고 있으며, 인터넷 카페나 개인 홈페이지와 같은 사이버 공간에 문학 작품을 연재하는 작가들도 많이 있다. 이와 같은 현대사회의 특성 때문에 기성 작가들의 글쓰기 방식에 변화가 일어나고 있으며, 신인 작가나 예비 작가의 글쓰기 방식과 소통 방식도 달라지고 있다. 즉, 문학 작품의 생산과 수용 공간이 변화되고 있는 것이다(최미숙 2007b).

최근, 팟캐스트가 일상인들의 미디어 생활에 중요한 매체로 떠오르면서 팟캐스트를 통해 시를 보거나 듣는 독자들이 많아지고 있다. 팟캐스트 중에는 문학이나 독서를 중심 주제로 하는 팟캐스트가 상당수 있는데, 그곳에서 시를 낭송하는 경우가 많다. 성우나 시인이 시를 낭송하는 경우도 있지만 일반 독자들이 개인적으로 사람들이 좋아하는 시를 낭송하여 오디오 파일로 올리는 경우도 있다. 사람들이 주로 이동하면서 팟캐스트를 즐기는 경우가 많기 때문에 비디오 파일보다 오디오 파일에 대한 관심이 더 높으며, 따라서 동영상 시보다는 낭송 시를 더 쉽게 접할 수 있다. 예전에는 인쇄된 시집을 통해 '시 읽기'를 했다면, 이제는 팟캐스트를 통한 '낭송 시 듣기'도 가능해졌다. 특히, 스마트폰을 통해 오디오 파일을 다운로드한 후 아무 때나 어느 곳에서나 시간과 장소를 구분하지 않고 들을 수 있다는 장점이 있어 온종일 손에서 스마트폰을 놓지 않는 현대인에게 유용한 감상 방식이 되고 있다. 시를 들려주는 팟캐스

스마트폰으로 보면서 듣는 영상 시 화면

스마트폰으로 듣는 낭송 시 화면

트 예를 몇 가지 들면, 시 전문 팟캐스트 '김사인의 시시(詩詩)한 다방', 플래시 영상과 함께 시를 들려주는 '문학집배원 시배달', 음악과 시 낭송의 만남을 강조하는 '만곡쌤의 EDM CAFE', 클래식과 시와의 만남으로 인생의 여행에 동반자가 되는 방송을 지향하는 '클래식 시 여행', 시와 음악이 있는 삶을 부제로 하고 있는 '사랑방 블루스' 등을 들 수 있다.

새로운 시대와 문학의 변화에 부응하여 문학교육 역시 새로운 방향에서 그 방법론과 실천을 모색하여야 한다. 그동안의 학교 교육에서 보여 주었던 것처럼, 문자를 중요한 매체로 하는 문학의 교수·학습 활동으로는 더 이상 변화하는 현대사회의 문학과 그 교육적 요구들을 제대로 감당할 수 없다. 따라서 현실 사회와 현대사회에서 문학 생산과 수용, 존재 등의 변화에 발맞추어, 문학교육 역시 새로운 방법론을 찾아야 할 필요성이 절실하다. 이런 점은 문학은 물론 교육 전반에서도 제기되는 문제로, 현대사회에서 지식 교육뿐만 아니라 인간 교육을 담당할 수 있는 교과에서 공통적으로 제기되고 있는 사항이기도 하다.

2) 현대시 교수·학습의 목표

새로운 문학교육의 방향성을 반영하는 현대시 교육은, 학습자가 일상생활 속에서 활용할 수 있는 것을 교수·학습하여야 하며, 학습자의 삶에 대한 성찰이나 삶의 태도를 정립하는 데 도움이 되는 활동이 되어야 한다. 이런 차원에서 현대시 학습은 교사와 학생 사이에 벌어지는 활동이라는 제한된 틀을 극복할 필요가 있다. 시에 대한 학습자의 이해에 목표를 두는 것이 아니라, 자신들의 삶 속에서 그 의미를 찾는 활동이 중심이 되어야 하며, 학습자 자신의 것이 되는 시 교육이 되어야 한다는 말이다. 예전처럼 교사가 중심이 되어 암기할 지식을 주입하는 교육이나 이렇게 배운 문학 지식을 고등학교를 졸업하는 순간 까맣게 잊어버리는 교육이 아니라, 우리의 기억 속에 생생하게 살아서 언어 활동이 이루어지는 어떤 자리에서나 활용될 수 있는 교육이어야 한다.

우선 현대시 교육에서 적용될 수 있는 시 교수·학습 방법이 궁극적으로 노리는 효과와 목표에 대해서 생각해 보고자 한다. 예를 들면, 시의 제목을 통한 상상력 교육이나 시를 다른 매체로 전환하는 교육 등은 문학이라는 제한된 틀을 벗어나기 위해 시도하는 교수·학습 방법들이다. 이런 교수·학습 방법은 다양한 맥락에서 시도되는 '새로운'의 교육적 가치와 이를 실천하는 맥락에서 그 효과와 의의를 설명할 수 있다.

즉 이와 같은 시 교육의 방법론 모색의 목표는 한마디로 창의력, 사고력 함양 교육으로서의 시 학습이라고 요약할 수 있다. 우리 모두의 외양(外樣)이 다르듯이 생각이 각기 다르기 때문에, 학습 자료로 제공되는 텍스트를 바라보는 관점은 다를 수밖에 없다. 따라서 이런 다양한 이해와 감상 또는 표현과 생산 활동을 통하여 학습자들이 다양하게 사고하는 모습을 확인하고, 이를 통하여 독창적이고 창의적으로 생각할 수 있는 능력을 함양할 수 있는 교육을 지향하여야 한다.

이 과정에서 먼저 고려해야 하는 사항은 학습자 변인의 다양성이라는 측면이다. 굳이 수용미학이라는 거창한 이론적 무기를 거론하지 않더라도 문학 작품에 대한 다양한 접근 태도는 허용(윤여탁 1996)되어야 하며, 적어도 정의(情意)와 인지(認知), 이론과 실천의 양면성을 지닌 시 교육은 이 점에 대하여 무한한 가능성을 열어 놓아야 한다. 그리고 이를 적극적으로 받아들일 수 있는 학습 방법과 평가 방법이 같이 모색되어야 한다.

아울러 고려해야 할 사항은 교육 일반이 그렇듯이 시 교육 역시 인간들에 의하여 인간이 만들어 내는 문학에 대한 학습이라는 사실이다. 인간학을 다루는 교수·학습 활동이기 때문에 인간 중심, 학습자 중심으로 학습할 수 있는 활동을 그 구체적인 내용으로 해야 한다. 따라서 이런 방향성을 지닌 문학교육 활동의 목표는 인간 교육이 지향하는 일반적인 목표이기도 하지만, 통합교과적인 성격을 지닌 국어교육에서 특별히 배려해야 하는 목표이기도 하다.

시 교육 나아가서는 문학교육, 국어교육이 주어진 틀 속에 갇혀서 활동하는 교육이 아니라, 창의적인 사고력을 함양하는 교육을 지향할 때 올바르게 수행될 수 있다는 사실은 아무리 강조해도 지나치지 않다. 실제로 모든 교육은 국가의 지배 이데올로기 재생산이라는 목표를 가지고 있다. 그러나 인간 교육이라는 측면 때문에 이런 목표는 비판적 주체 양성이라는 목표에 끊임없는 도전을 받는다. 이 과정에서 인간은 창의력, 사고력을 발현하게 되며, 현대시 교육은 이와 같은 교육의 목표를 실현하는 방안이 될 수 있다.

또, 이 과정에서 우리는 다음과 같은 사항도 잊지 말아야 한다. 즉, 학습자들이 흥미를 느낄 수 있는 내용이나 활동들은 자신들의 체험이나 사고 영역 내에서만 이해하고 표현할 수 있는 정도로 아주 제한되어 있다는 점이다. 이 점은 학습자들이 아직은 발달 단계에 놓여 있다는 특성과 밀접한 관련이 있는 사항으로, 상위 단계의 교육과정 설계는 물론이고 구체적인 시 교수·학습 내용이나 방법을 결정함에 있어 위계화(位階化)의 문제도 고려해야 한다.

2. 현대시의 새로운 양상

1) 현대시와 매체의 만남

(1) 현대시와 매체 전환

다양한 표현 매체가 지배하는 새로운 시대에 문학은 어떤 자리에서 어떤 역할을 할 수 있을까? 지난 세기의 예술들이 보여 주는 현상들에서, 이에 대한 단초를 예감할 수 있다. 소설이나 희곡과 같은 문학 작품이 영화나 드라마로 다시 재창작되었는데, 이는 문학 작품을 시나리오와 드라마의 원작으로 하여, 문학 작품이 전달하고자 하는 이야기를 재구성하는 방식이다. 이 경우 소설이 독서의 대상이기보다는 영화를 전제로 창작된 시나리오나 드라마 극본의 밑그림으로 인식되게 된다. 그리고 지난 세기에 소설과 영화가 맺은 관계는 대부분 이런 경우이다.

이에 비하여 보다 적극적으로 문학 작품이 영화 창작의 발상 단계에 작용하거나 소재 차원에서 활용되는 현상이 급증하고 있다(윤여탁 외 2008: 218~223). 〈셰익스피어 인 러브〉라는 영화에서 보듯이, 영화라는 새로운 매체 생산 과정에서 문학은 원작으로서의 기능도 상실하게 된다. 이미 영화라는 표현 매체가 이 관계에서는 지배적임을 보여 주는 단적인 예이다. 이 영화에서 셰익스피어의 「로미오와 줄리엣」이라는 희곡 본래의 이야기는 사라지고, 희곡의 내용(대사)의 일부가 허구적으로 재구성된 셰익스피어의 사랑을 다룬 영화의 소재로 활용되고 있다.

이와 비슷한 예로, 한국 영화 〈편지〉를 들 수 있다. 이 영화 역시 황동규의 시 「즐거운 편지」가 주인공들의 사랑을 전달하는 매체로 동원되었으며, 이 영상 메시지는 사회적으로 편지 쓰기 붐을 조성하기도 했다(물론 이 영화의 흥행이나 창작은 일본 영화 〈러브 레터〉와 밀접한 관련이 있다). 이처럼 현대사회에서 주도적인 영향력을 행사할 것으로 생각되는 다양한 표현 매체들은 문학을 소재의 차원에서 활용하고 있으며, 이 경우 문학은 매체가 전달하는 메시지에서 종속적인 역할만을 담당하고 있다. 부분적으로는 흥행을 목적으로 문학이나 작가의 명성을 배경 차원에서 이용하는 정도이다.

(2) 현대시와 광고

이처럼 영상과 언어의 만남이 이루어지는 영화나 만화 외에도, 그림이나 사진과 언어가 만나는 광고의 예에서, 우리는 다른 표현 매체에서 문학을 어떻게 활용하고 있는가를 알 수 있다. 특히 상품에 대한 구체적인 정보를 전달하는 광고 내용보다는 광고의 카피에서, 상품 광고보다는 기업 이미지 광고나 공익(公益) 광고에서 이런 현상은 두드러진다.

다음 페이지에 제시된 광고에는 우리네 목욕탕에 걸려 있을 법한 칫솔통이 등장하고 있으며, 이 칫솔통은 가족들이 같이 모여 대화하는 모습을 비유적으로 형상화하고 있다. 그러나 이런 이미지와는 달리 전달하는 메시지는 가족 간의 대화와 소통이 이루어지지 않고 있는 현대사회의 가족 관계를 지적하면서, 가족 사이의 대화를 통하여 세상살이의 어려움들을 이겨내자고 제안하고 있다. 또 "아빠는 어깨 쫘악! 엄마는 웃음 활짝! / 힘들수록 가족이 힘입니다!"라는 표어 같은 마무리에서는 시적 언어의 특성인 생략과 압축의 언어를 구사하고 있으며, 대화가 왜 필요한가를 확인시켜 주고 있다.

우리 가족은
칫솔 통에서만 만납니다!
아빠는 바쁘다는 핑계로.....
엄마는 집안 일을 이유로.....
동생은 고3이라는 특혜(?)로.....
아침마다 북적이지만,
오늘도 제각각 따로따로.
말 한마디 나눈 기억이 가물가물합니다.
우리 가족은 오직 칫솔 통에서만 모입니다.
오늘은 가족모두 저녁도 함께하고
상쾌한 양치질만큼 개운한 대화를 나눠보세요
아빠는 어깨 좌악! 엄마는 웃음 활짝!
힘들수록 가족이 힘입니다!
공익광고협의회
한국방송광고공사

제25회 대한민국 공익광고대상 일반부 최우수상 수상작

이처럼 광고는 시나 이야기의 속성과 만나서 그 표현 효과를 극대화할 수 있음을 보여 주며, 광고의 시적 표현을 통해서 시각적 이미지와 메시지를 결합시키는 현대시의 새로운 경향을 확인할 수도 있다. 즉 독자에게 다가가기 위해서 현대의 시는 고급스러운 언어보다는 일상의 언어에 바탕을 두고 있으며, 광고나 표어와 같은 실용적인 언어 표현 역시 시의 속성인 비유나 상징, 리듬이 나타나는 일상적인 언어를 통해서 메시지를 전달하고 있다. 궁극적으로 우리는 광고를 통해서 일상의 언어가 시의 언어가 될 수 있으며, 시적 언어는 다시 일상의 언어를 풍요롭게 하는 터전이 된다는 사실을 확인할 수 있다.

2) 현대시의 매체 활용

(1) 멀티미디어 시

인터넷이라는 매체를 통해 문학과 예술의 소통이 이루어지면서, 시의 향유 방식에도 변화가 나타나고 있다. 세계적으로 유례를 찾아볼 수 없을 정도로 시집이 많이 팔리는 한국에서도 인터넷을 비롯한 새로운 디지털 매체를 통해서 독자를 만나려는 시도가 적극적으로 모색되고 있다. 그 대표적인 예가 멀티미디어 시(multimedia poem)다. 이 같은 시도는 앞에서도 언급한 바와 같이 문인화, 시화전, 시 낭송회 등에서 시와 다른 매체가 만났던 방식이었으며, 새로운 디지털 매체에서는 음악이나 음성, 영상, 동영상 등이 시와 함께 청자로서의 독자를 만나고 있다. 즉, 디지털 매체를 통해서 다양한 언어와 기호가 어우러져서 의미를 생산하는 매체의 복합 양식(multimodal)적 특성을 실현하고 있다.

이처럼 다른 매체와 함께 제공되는 멀티미디어 시를 감상할 수 있는 사이트에는 추천시를 사진이나 이미지와 함께 제시하는 '시와 그리움이 있는 마을'(http://www.feelpoem.com)이 있으며, 이 밖에도 '문학의 즐거움', '시인의 마을', '김태우-사랑이 가득한 홈페이지', '레드존', '보름달과 함께 하고픈 시', '시가 흩날리는 풍경', '시가 있는 마을', '시가 있는 집', '시안', '시와 여행에의 초대', '시인 발바닥', '시조 아카데미', '양미라-yy home', '이미경-마

'사이버 문학 광장 문장' 홈페이지(http://munjang.or.kr)

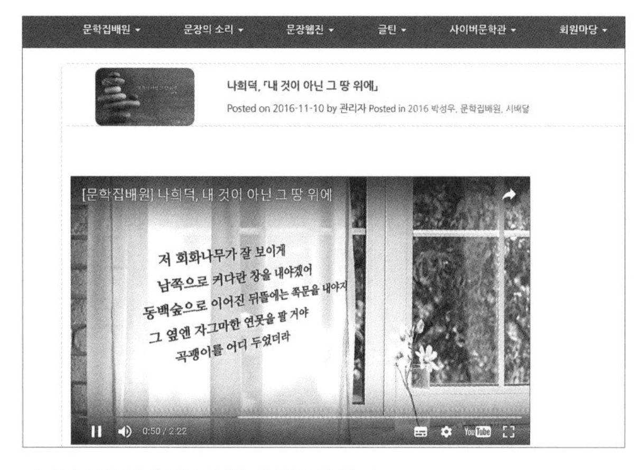

사이버 문학 광장 문장의 '시배달' 중 한 장면

음소리', '이우섭 – 한빛시인마을'. '작은 시인의 마을', '한국의 명시', '해우소', 'Poema' 등을 인터넷 검색창을 통해서 쉽게 접할 수 있다.

이와 같은 멀티미디어 시는 시의 향유 방식에서도 새로운 시도를 보여주고 있다. 그 예로, 시인 김정란과 웹 아티스트인 이중재가 책임 기획하여 2000년에 진행한 '〈生時·生詩(Live Poems)〉 프로젝트'가 있다. 이 기획에는 성기완, 허수경 등 젊은 시인 15인이 참여하여 독자와의 상호 교섭적인 소통을 시도한 바 있지만 현재는 초기 화면만 볼 수 있는 비활동 사이트인 상태다. 또 한국문화예술위원회에서 주관하는 '사이버 문학 광장 문장' 홈페이지도 있다. 주로 기성 시인의 시를 그림이나 사진, 애니메이션 등 시각적 이미지로 제시하고, 시인의 육성이나 성우의 낭송을 통해 독자들이 보고 들을 수 있는 텍스트 파일을 신청자들에게 제공하는 방식으로 운영하고 있다.

인터넷 시의 소통 작업은 CD-ROM 낭송시집이나 플래시 동영상 낭송시집의 형태로도 변환되고 있다. 이러한 변화는 『창작과 비평』 창간 40주년을 기념하여 고은, 신경림, 김정환, 나희덕 등 25명의 시 작품을 영상과 음악을 함께 감상할 수 있는 낭송시집 『언어의 촛불들이 피어날 때』(창작과 비평사 2006)의 제작에서도 확인할 수 있다. 이 작업은 '창비'의 홈페이지에 음성과 문자 텍스트 파일로 제공되고 있는 '낭송시집'의 발전적인 시도라고 할 수 있다. 또 정호승의 시선집 『너를 사랑해서 미안하다』(박항률 그림, 랜덤하우스 2005)에서는 시와 그림이 만나고 있으며, 이 경우 그림은 배경으로만 존재하는 것이 아니라 그림도 하나의 기호로 존재하면서 문자와 결합하여 통합적인 의미를 형성하는 역할을 하고 있다.

이처럼 디지털 매체인 인터넷 공간을 통해 시가 다양한 매체와 만나면서 인쇄물 중심의 시 창작과 수용에 변화가 나타나고 있다. 인터넷과 같은 새로운 매체에 익숙하고 친근한 청소년들이나 젊은 독자들에게 접근하려는 적극적인 시도라는 측면에서 이와 같은 시적 모색은 긍정적으로 평가되고 있다.

(2) 하이퍼텍스트 시

1999년 로버트 켄달(R. Kendall)에 의해 시작된 「강탈(Dispossession)」(http://www.eastgate.com/Dispossession/Welcome.html)은 대표적인 하이퍼텍스트 시이다. 이 시의 첫 화면은 특정한 연관성이 없는 순서 없이 배열된 12개의 단어로 시작된다. 독자는 이 중 하나를 선택(클릭)하여 들어가면 하나의 텍스트인 로드를 접하게 된다. 그 텍스트 속에는 독자가 선택한 단어가 시 구절 속에 포함되어 있고, 다시 선택할 수 있는 몇 개의 단어들이 제시되어 있다. 이와 같은 방식으로 단어들은 다른 텍스트와 링크되어 있어서, 이 텍스트는 시작이 없었던 것처럼 끝없이 이어진다. 텍스트의 시작과 끝은 없고, 독자가 선택하여 결정하는 방식으로 이야기나 내용이 전개된다.

'언어의 새벽'은 하이퍼텍스트 시의 한국적 시도라고 할 수 있다. 이 작업은 시인들과 일반 네티즌들이 공동으로 참여하여 하이퍼텍스트로서의 시의 가능성을 실험하였다. 2000년 4월 문화관광부 문학분과위원회가 주관이 되어 김수영의 「풀」을 화두로 삼아 기성 작가와 일반 독자들이 참여하여 작가와 독자

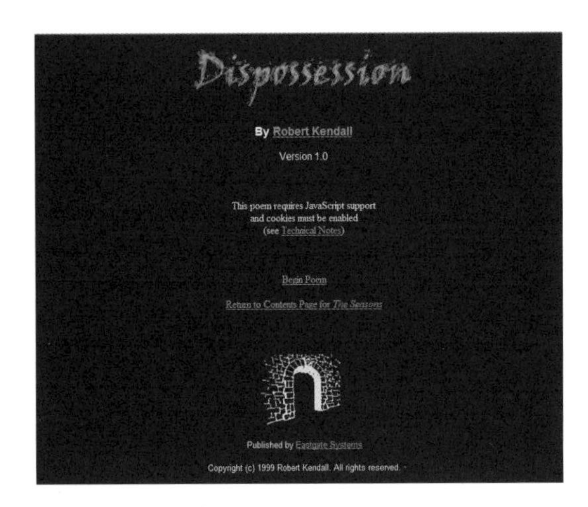

'강탈(Dispossession)'의 초기 화면

의 경계를 허무는 방식으로 디지털 작품의 특성을 보여 주고 있다.

1단계에서는 김수영의 「풀」에서 "풀이 눕는다"라는 시구를 제시하였다. 2단계에서는 이 시구를 화두로 삼아 46명의 시인과 작가, 일반인들이 시구를 남겼다. 3단계에서는 46명이 시구를 화두 삼아 123명이 시구를 남겨 놓았다. 이때 각 참가자들의 시구는 400~500자 분량으로 주어진 화두의 일부를 포함해야 하며, 저속한 표현을 삼가야 한다는 운영 주체들이 제시한 조건을 충족해야 했다. 이런 식으로 모두 14단계에 걸쳐 많은 참가자들이 웹 사이트에 글을 남겼다. 그리고 이 글들은 모두 하이퍼텍스트 방식으로 연결되어 하나의 하이퍼텍스트 시로, 이전의 문학 작품 읽기와는 다르게 독자가 선택하는 '잇는 글'이나 '즉석 비평'을 따라가면서 독서가 이루어지는 소통 방식을 보여 주었다.

(3) 현대시와 대중가요

현대시와 대중가요는 오랜 기간 서로 밀접하게 넘나드는 관계를 유지하고 있었다. 김소월의 '개여울'(정미조 노래), 정지용의 '향수'(박인수·이동원 노래), 서정주의 '푸르른 날'(송창식 노래), 정호승의 '우리가 어느 별에서'(안치환 노래) 등에서 볼 수 있듯 시를 노랫말로 하여 대중가요로 부른 사례는 쉽게 찾아 볼 수 있다. 한편, 대중가요의 노랫말이 지니는 문학성을 강조하여, 대중가요의 "노랫말을 문화사적 맥락에서 당대 대중들의 정서가 문학적으로 구현된 양상"(김중신, 2016: 175)으로 보기도 한다.

근래 들어 후자의 관점이 가장 잘 드러난 사건이 바로 밥 딜런(Bob Dylan)

의 노벨 문학상 수상(2016년)일 것이다. 수상 선정 이유를 "위대한 미국 가요의 전통 속에 새로운 시적인 표현들을 창조해 냈다"라고 한 데서 알 수 있듯, 밥 딜런의 노벨 문학상 수상은 대중가요의 음악적 표현을 문학적 표현과 엄격하게 분리하여 바라보는 것이 아니라 시적 표현의 관점에서 바라볼 수 있다는 것을 전제했기에 가능한 것이었다. 순수 문학가가 아닌 대중 가수가 과연 노벨 문학상을 받을 자격이 있는가 하는 비판이 여전히 존재하고 있는 것도 사실이지만, 시와 대중가요를 엄격하게 구분하기보다 둘 간의 친연성에 주목하는 경향은 앞으로도 더욱 확산될 듯하다.

미디어의 발달과 함께 현대시와 대중가요의 관계는 더욱 다채로워졌다. 예전에 이루어졌던 현대시와 대중가요의 관계가 주로 시를 대중가요로 작곡하여 부르는 차원이었다면, 미디어를 다양하게 활용하면서 시를 바탕으로 한 복합적인 표현이 가능해졌다. 그러한 과정에서 시를 적극적으로 재해석한 대중가요가 등장하고 있으며, 이는 미디어의 발달에 따른 새로운 향유 방식으로 볼 수 있다.

그 적절한 예 중 하나로 김소월의 「진달래꽃」을 2000년대 문화의 지평 속에서 새롭게 해석해 낸, 마야라는 가수가 부른 「진달래꽃」을 들 수 있다. 다음은 그 노랫말 중 일부이다.

> 나보기가 역겨워 가실 때에는
> 말없이 고이 보내 드리오리다
> 나보기가 역겨워 가실 때에는
> 죽어도 아니 눈물 흘리오리다
> 날 떠나 행복한지 이젠 그대 아닌지
> 그대 바라보며 살아온 내가
> 그녀 뒤에 가렸는지

사랑 그 아픔이 너무 커

숨을 쉴 수가 없어

그대 행복하길 빌어 줄게요

내 영혼으로 빌어 줄게요

나 보기가 역겨워 가실 때에는

말없이 고이 보내 드리오리다

영변에 약산 진달래꽃

아름 따다 가실 길에 뿌리오리다

가시는 걸음 놓인 그 꽃을

사뿐히 즈려밟고 가시옵소서

나보기가 역겨워 가실 때에는

죽어도 아니 눈물 흘리오리다

(하략)

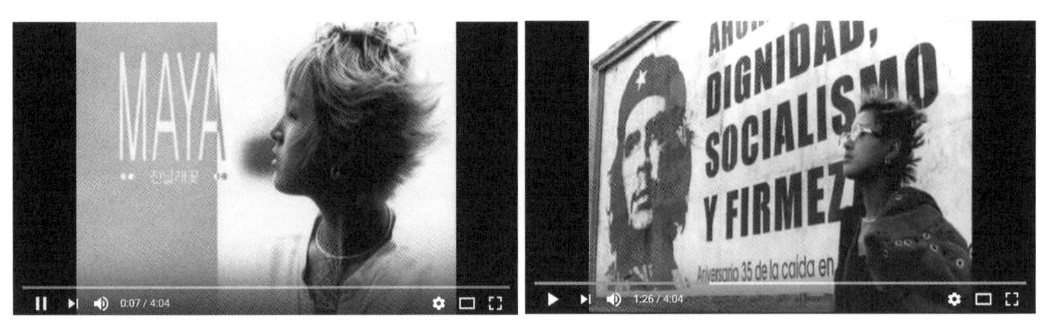

마야, 「진달래꽃」 뮤직비디오 중 일부 장면(https://www.youtube.com/watch?v=2LtziAY9VoY)

마야의 「진달래꽃」은 김소월의 시에 빠른 템포와 강력한 힘을 가진 목소리가 결합하여 새롭게 탄생한 노래다. 김소월의 「진달래꽃」을 그대로 노랫말로 받아들이지 않고 새로운 표현을 추가함으로써, 이별의 아픔으로 인한 고통을 이겨내겠다는 주제 의식을 분명히 하고 있다. 그 노래는 오랫동안 「진달래꽃」의 주제로 생각해 왔던 '이별의 정한'이라는 의미 틀에서 벗어나 발랄하면서도 신세대적인 정서를 구현하면서 대중의 폭발적인 인기를 얻었다. 특히 노래와 함께했던 동영상(뮤직비디오)은 마야의 노래를 새로운 텍스트로 자리매김하는 데 중요한 역할을 했다. 화면 가득히 펼쳐지는 지구촌 곳곳의 전쟁터 모습, 폐허가 된 삶의 현장을 배경으로 표현된 여전사의 이미지 등은 열창하는 마야의 모습과 오버랩되면서 「진달래꽃」의 화자를 강인한 여성 화자로 각인시키는 역할을 했다. 마야의 「진달래꽃」을 애창했던 대중의 관점에서 볼 때 그 노래는 더 이상 애달픈 한을 표현한 이별 노래가 아니라 이별을 씩씩하게 감내하는 새로운 세대의 이별 노래이다(최미숙 2014: 120). 김소월의 시를 노랫말로 하고는 있지만 그 시와의 긴장 관계 속에서 탄생한 새로운 미디어 텍스트인 것이다. 이렇듯 미디어의 발달은 작품의 존재 양식의 변화를 이끌었으며, 앞으로도 새로운 방식으로 현대시와 대중가요의 관계를 풀어나갈 것이다.

3) 미디어 시대의 현대시 교육

현대의 표현 매체들과 문학은 적극적인 소통을 지향하고 있다. 광고와 같이 상품에 대한 정보를 제공하는 경우에도 예외는 아니다. 이야기라는 서사의 속성이나 만화의 속성을 활용하는 광고도 있다. 소위 시리즈 광고가 그 예이다. 이 경우에는 이야기가 광고 메시지의 주된 요소이다. 애니메이션이나 컴퓨터 게임의 구성 역시 서사나 극의 이야기 구성 방식을 활용하고 있다. 다만 이 경우에는 게임을 조작하는 사람, 즉 컴퓨터 오락을 하는 사람들이 이야기의 전개를 선택하여 즐기거나 스스로 문제를 선택하여 해결한다. 즉, 새로운 표현 매체의 제작이나 수용에 문학적인 속성이나 요소가 깊이 작용한다는 말이다.

문학이 새로운 매체와 결합한 사례에는 어떤 것이 있는지 알아보자.

이와 같은 현상은 문학 활동 영역이 앞으로는 문자라는 단일한 매체로 제한되지 않을 것임을 증명하는 예이다. 문학이 새로운 매체와의 만남을 통하여 그 영역을 확대할 것이며, 새로운 매체 역시 문학을 활용하여 그 효과를 극대화시키고 있다. 특히 문학은 복합 양식을 지향하는 새로운 표현 매체가 지배하는 현대사회에서는 그동안 독점적인 역할을 담당했던 언어 또는 문자를 중심으로 하는 매체의 위상이 변화하고 있다. 그리고 이처럼 언어와 문자의 역할이 수동적이고 보조적으로 변화하게 되면 문학의 지위와 역할도 약화될 수밖에 없을 것이다.

따라서 국어교육, 좀 더 좁게는 문학교육은 이런 현상을 받아들여, 그 구체적인 교육 방법을 모색하여야 하며, 이 일을 가장 효과적으로 수행할 수 있는 사람은 전적으로 문학을 교육하는 교사와 학습자이다. 앞으로의 문학 교실은 교사에 의해 안내된 학습자들의 자발적인 참여와 능동적인 활동을 통해서 감동적인 체험이 이루어지는 곳이어야 한다(윤여탁 1998). 특히 현대시 교육은 시인이나 교사의 경험이 아니라 학습자들의 체험과 결부되어 학습자의 경험이 주가 되는 교육이라는 방향성을 확고히 해야 한다.

3. 현대시 교육과 표현 매체의 변화

1) 현대시와 표현 매체

최근 문학 교실에서 이루어지는 현대시 교수·학습 방법은 학습자 중심, 표현 교육의 시각 보완, 문학의 속성을 일상 언어생활에 활용하는 방향을 지향하고 있다. 이런 현대시 교육의 지향점은 이제 문학교육이 문학이나 작품을 중심에 놓고 하는 내용이나 지식을 중시하는 학습 활동보다는 문학을 향유하는 학습자를 중심에 놓아야 한다는 이론에 근거를 두고 있다. 즉 문학이나 작품에 대한 이해와 활동들이 이를 향유하는 인간을 중심에 놓고서, 그 교육의 내용과 목표가 설정되고 있다.

아울러 현대사회에서 문학의 판도와 문학교육의 판도가 변하고 있음을 주목해야 한다. 그동안 문자와 음성 언어를 중심으로 이루어졌던 현대시 교수·학습의 방법을 개선하기 위한 대안으로 다매체 언어(multimedia)를 활용하는 방법을 모색하고 있다. 즉 영화, 비디오, 방송물(라디오·텔레비전·인터넷 방송 등), 컴퓨터 동영상, 뮤직 비디오는 물론 사진, 그림, 만화 등과 같은 새로운 매체 언어를 적극적으로 활용하는 현대시 교수·학습 방법이 도입되고 있는 것이다.

현대시 교육이 이루어지는 교실 장면을 염두에 두고서, 시 교육의 경우에도 텍스트에 대한 이해 과정에서 다매체 언어를 도입할 수 있다. 이런 방법을 선택할 때, 현대시 교육은 기존의 평가에서처럼 선택형 문제에 대한 답을 하는 것으로 만족할 수 없다. 시를 이해하고, 이를 또 다른 글쓰기, 즉 산문이나 이야기로 표현할 수 있으며, 그림이나 만화로도 표현할 수 있다. 이런 활동이 제대로 이루어질 때, 현대시의 교수·학습은 문학 작품에 대한 이해를 넘어서 학습자 자신의 이야기로 전환시키는 표현 교육이라는 또 다른 문학교육의 목표에 도달하게 될 것이다.

이는 현대시 교육에서 현대 기계 문명의 발달에 힘입어 도입된 다양한 매체 언어가 교수·학습에서 활용될 수 있을 뿐만 아니라, 이런 이해의 단계를 넘어서는 표현의 단계에서도 활용될 수 있다는 말이다. 예를 들면 학습자들이 이해한 시의 세계에 대하여 그림만이 아니라 영화나 드라마, 연극, 만화, 광고 등으로 매체 전환을 하는 활동으로 나타낼 수 있다. 이 경우 현대시 학습은 시만이 아니라 문학 또는 다른 예술 영역과 교류하게 되며, 이런 관계를 고려함으로써 각기 다른 매체의 특성도 교수·학습하는 효과를 얻을 수 있다.

키치, 패러디, 패스티쉬 시에는 어떤 작품들이 있는지 알아보자.

과거 20세기의 우리 근·현대 문학사에서도 문학은 다른 표현 매체와의 만남을 다양하게 추구했었다. 일찍이 이상이 건축이나 미술과의 만남을 시도하였고, 박태원이나 김기림이 영화의 기법을 소설이나 시에 적용하였다(조영복 2008). 이와 같은 경향은 1980~90년대 들어 많은 문인들에 의하여 다양한 형태로 시도되었다. 특히 포스트모더니즘이라는 문예 사조의 기법과 정신이 그 영향력을 확대하면서, 키치, 패러디, 패스티쉬(pastiche) 등의 방법론을 통하여 문학과 대중 매체의 행복한 만남(최미숙 2000)이 본격적으로 시도되게 된다.

제시된 김기림의 「기상도」에서 영화의 기법이 어떻게 활용되고 있는지 생각해 보자.

(第二報 = 颱風警報)

猛烈한 颱風이

南太平洋上에서

일어나서

바야흐로

北進中이다.

風雨强할것이다.

亞細亞의 沿岸을 警戒한다.

한使命에도 編成된 短波·短波·長波·短波·長波·超短波·모-든·電波의·動員·

(府의揭示板)

『紳士들은 雨器와 現金을 携帶함이좋을것이다』

\- 김기림, 「기상도」의 부분

2) 새로운 매체와 시 쓰기

박남철, 황지우, 장정일, 유하 등으로 대표되는 현대시의 모더니즘적인 경향을 생각해 보자. 물론 이 시인들 각각이 시작(詩作)의 기반은 조금씩 달랐지만, 크게 보아 이들이 기법의 혁신을 통하여 새로운 시대정신을 반영하고 있다는 점에서는 동일하다. 그것은 획일적인 시대정신보다는 다원주의적 시대정신의 반영이었으며, 전통적으로 받아들여졌던 서정시의 개념에서는 낯설고 실험적인 시도였다. 그들의 이와 같은 실험은 구태여 시가 아니어도 가능했지만, 글쓰기의 시작(始作)이 시(詩)였기에 시를 선택했을 뿐이다. 이 점은 그들의 창작 또는 표현 행위가 다양한 장르를 넘나들고 있는 사실에서도 쉽게 확인된다.

일찍이 시인 황지우가 만화, 신문 기사, 전단지나 벽보, 광고, 음악, 영화 등의 매체와의 만남(황지우 1993)을 시적 언어로 표현했던 것처럼, 현대의 시인들 역시 현대시라는 순혈주의를 고수하기보다는 다른 표현 매체나 장르(영화, 광고, 연극, 드라마 등)와 만나고 있다. 그리고 장르의 해체 또는 혼성(混成, hybrid)이라고 할 수 있는 현대시의 새로운 시적 실험은 다양성이라는 현대사회의 특성을 표현하는 방식이기도 하다.

제1막 인형(人形)의 미로

때: 알 수 없는 사이

공간: 언어의 공동(空洞)

등장인물: 미지의 혀

이 극에서 '암전'은 극 전반을 감싸는 소재와 상징으로 사용된다.

어둠 속에서 언어들만이, 지면 속에서 떠올라, 우리가 알 수 없는 자연을 떠돌

아다니듯이 부유하면 좋다. 극의 시작부터 끝까지 암전.

음악 역시 특별히 따로 사용하지 않는다.

(중략)

이 극은 사이에서 빚어지는 사이에서 지워진다.

사이

〈극이 시작되기 전 잠시 1~3막까지 각 막을 한 번 드르륵 넘겨주길 바라며〉

막이 오르면

언어들이 미로와 멀미 속에서 활공하고 있다.

어디선가

들려오는

자음과 모음의 항해들

간 사이

지면 속에서 빠져나오는 언어

천천히 지면을 걸어 다닌다.

언어가 허공에 입을 천천히 벌리며(후략)

– 김경주, 『기담』의 부분

이 자료는 평론가들로부터 주목을 받고 있는 시인의 시집 『기담』 제1부의 간지(間紙)에 해당하는 부분에 실려 있다. 마치 연극 대본의 무대 지시문(stage directions)과 같은 해설을 통해서 자신의 시와 시적 언어를 설명하고 있으며, 이와 같은 해설에 이어 이 시집의 표제작인 「기담(奇談)」이 수록되고 있다. 그

리고 이 인용된 부분은 연극에서처럼 이 시집에 수록된 시들을 이해하는 열쇠가 되며, 3막('제2막 언어의 멀미', '제3막 활공하는 구멍')으로 구성된 이 시집에 실린 시들을 통제(統制)하는 연출가의 의도적인 목소리로 작용하고 있다. 이와 같은 현대시의 시적 실험은 "연극실험실 '혜화동1번지'에 작품을 올리며 극작가로 활동하고 있으며, 현재 자신의 작업장인 '나는 공항 flying Airport'에서 다양한 인디문화 작업을 하고 있다"는 책 표지에 수록된 시인의 이력과도 연관된 작업이다.

아울러 현대의 시인들은 우리가 살면서 직면할 수밖에 없는 새로운 시대의 표현 매체들과의 피할 수 없는 만남을 주선하면서 독자에게 다가오고 있다. 그리고 이와 같은 시적 실험들은 '미래파(황병승, 장석원, 김민정 등)'로 대표되는 현대 시인들의 시에서 실천되고 있으며, 이런 현상은 우리가 매체의 홍수 속에서 살아가야만 하는 시대를 살고 있다는 사실을 확인시켜 주고 있다.

우리의 문학 교실은 이런 현실을 받아들여야 하며, 현대시 교육은 이를 교육의 대상으로 삼아야 한다. 그리고 이제 다양한 표현 매체를 통한 교육이 아니라 매체 자체에 대한 교육으로 나아가야 한다. 다양한 표현 매체가 우선은 현대시를 가르치기 위한 수단이 될 수 있지만, 궁극적으로는 매체 언어 자체를 교육하여야 한다. 반대로 이 과정에서 매체에서 활용하고 있는 문학적 속성을 찾아내는, 매체 교육과의 만남을 모색할 수 있다.

이제 다른 표현 매체가 현대사회의 문화적, 예술적 경향을 선도하고 있다는 진단은 현실로 나타나고 있다. 문자 언어를 매체로 하는 문학이 아니라 다른 표현 매체를 쓰는 양식이 주류를 차지할 수도 있다. 컴퓨터 통신망을 표현 매체로 하는 인터넷 문학이나 판타지 문학이 좋은 예이다. 그리고 이렇게 문자가 아닌 다른 표현 매체와 관련된 문학에 대해서 국어교육, 문학교육, 현대시 교육은 더 이상 외면할 수만은 없다.

4. 현대시 교육의 방향

1) 이해 교육과 표현 교육의 균형

수용과 생산이 갖고 있는 계기적이고 발전적이며 순환적인 과정을 생각해 볼 때, 현대시 교육은 이해 교육에 치중하는 것에서 벗어나 이해와 표현 교육이 균형을 이루는 교육 실천을 지향해야 한다. 이는 현실적으로는 표현 교육의 강화를 지향하는 형태가 될 것이다. 또한 이는 제7차 교육과정에서 강조한 바와 같이 문학 지식 전수 교육이나 이해와 감상 위주의 교육을 지양하는 것이 되기도 할 것이다.

다만 이를 위해서는 '창작'에 대한 개념을 재규정할 필요가 있으며, 문학적 체험의 재구성이나 비평적인 글쓰기 같은 활동도 내포해야 할 것인 바, '생산'이 '확장된 수용'이기도 하다는 점이 교육과정 속에 구현될 필요가 있다. 아울러 앞으로 우리가 모색할 수 있는 현대시 교육은 문학의 이해와 표현 또는 수용과 생산을 분리하지 않으며, 인간의 창의력이나 사고력을 다양하고 풍요롭게 발전시킬 필요가 있다. 우리의 현대시 교육은 이해와 표현의 균형을 통해 학습자의 각기 다른 특성을 창조적으로 발현시키며 문학에 대한 학습자의 능동적인 생각을 형성하고 드러낼 수 있게 하는 교육이 되어야 한다.

2) 다양성과 풍요성의 지향

이해와 표현을 아우르는 현대시 교육은 시의 의미에 대한 풍부한 수용을 가능하게 하는 방안이 된다. 학습자의 관심과 수준에 따른 다양한 관점의 작품 이해는 표현을 통해 작품의 풍요화에 기여하게 되며, 이를 통해 학습자는 문학 작품을 단일한 의미로 수용하는 단선성(單線性)을 극복할 수 있다. 또한 표현 과정을 통해 수용을 넘어 더 적극적인 관점에서 문학을 생산하는 단계에서의 활동에 대하여 사고할 수 있게 된다. 특히 이 과정에서는 학습자의 상상력이 작동하여 다양한 문학 형상화의 가능성을 확인할 수 있다. 아울러 이런 활동은 그동안의 교과서에 수록된 정전 중심의 시 이해 교육을 학습자 중심의 시 표현 교육으로 전환시킬 수 있으며, 학습자의 정서나 이해 수준과 유리(遊離)된 기성 시인들의 시 작품을 중심으로 교수·학습 활동이 이루어지는 시 교육의 한계도 극복할 수 있다(윤여탁 2008).

우리의 일상 언어 속에는 많은 문학 표현들이 알게 모르게 활용되고 있다. 직접적으로 표현하기 어렵거나 좀 더 사실적으로 표현하기 위하여 돌려서 말하거나 빗대어 말하는 방식을 사용하며, 비유하거나 상징적 표현을 빌려서 말하기도 한다. 또한 강조하거나 강하게 긍정 또는 부정하기 위하여 역설적이거나 반어적 말하기를 활용한다. 때로는 의문을 제기하여 자신이 옳다는 사실을 강조하기도 한다. 이처럼 우리는 시 작품이 아니라도 광고와 같은 일상의 언어 사용에서도 다양한 시적 표현들을 만날 수 있다.

이처럼 일상의 언어에 주목하는 언어활동은 문학의 속성을 활용하는 방식(김대행 외 2000: 14~18)이라고 할 수 있다. 문학에 관한 지식이나 실체에 대하여 교수·학습하는 것이 아니라, 문학의 속성을 교수·학습하여 일상생활에 적용하는 것이다. 즉 문학 또는 시의 본질적 속성이라고 할 수 있는 요소들을 일상의 언어생활에서 다양하게 찾는 방식으로, 결코 문학이 고급스런 예술 활동만이 아니라 일상의 언어 자료로 훌륭하게 활용될 수 있음을 확인하는 것이다.

이처럼 현대시 교육의 실행 환경이 대중문화로 확장되는 것은, 시에 대한 이해의 폭을 넓게 하고 다양한 맥락 단서를 활용할 수 있게 하는 교육적 가능성을 열어 준다. 문화 수용의 확장된 환경은 학습자의 생활과 유리되지 않은 흥미로운 현대시 교육의 가능성을 유도할 수 있을 것이다.

3) 활동 중심의 현대시 교육

오랫동안 시 교육은 시에 관한 여러 지식들을 학습하고 그 지식들을 통해 시 작품을 이해하거나 감상하는 방식으로 이루어져 왔다. 혹은 시 작품 하나하나가 지닌 독특함과 고유함을 제대로 고려하지 않고 시인이나 시대로 환원하여 이해하게 하는 시 교육도 주류적인 방식에 해당했다. 이러한 방식들은 공통적으로 학습자의 풍부한 체험 활동을 요구하지 않기 때문에 앞서 기술한 것과 같은 이해와 표현의 균형이라든가 다양성과 풍요성의 지향에 기여하지 못하는 문제가 있었다.

제5차 교육과정 때부터 강조되었고, 특히 문학교육 분야에서는 제7차 교육과정에 와서 '실제' 범주와 함께 그 중요성이 정당하게 이해되기 시작한 바와 같이, 최근에 문학수업에서는 활동 중심의 교육이 갖는 의의와 필요성이 구체적인 교육적 성과들을 만들어 내고 있는 것으로 평가되고 있다. 활동 중심의 시 교육은 작품에 대한 학습자의 능동성을 뒷받침하는 교육 방법이다. 체험된 문학을 중시하는 활동 중심의 시 교육에서는 매체 전환이 소재적 차원이나 수업 기법적 차원에서만 관심사가 되는 것이 아니라 시의 여러 존재 방식 중 하나처럼 이해한다. 같은 시를 한 폭의 그림[Linda Thompson(ed.) 1996: 63~76]이나 여러 컷의 만화로 표현하거나, 희곡이나 시나리오 등으로 바꾸게 될 때, 학습자는 시가 표현하고자 하는 주제에 대한 이해에 더 잘 접근할 수 있게 되며, 시와 문학의 기능이자 효용이기도 한 자기 이해에 도달하게 될 수 있다.

이제 현대시 교육은 새로운 교수·학습의 목표와 그에 부응하는 방법을 적극적으로 모색하여야 한다. 문학 교실이 문학 작품의 이해와 감상 중심의 한계를 넘어서 문학 작품의 표현과 생산이라는 관점을 표방하고 있으며, 문학의 실체를 학습하는 방향이 아니라 문학의 속성을 학습하여 일상의 언어생활 속에서도 활용할 수 있는 문학교육을 지향하기 때문이다(최지현 1998).

김경주(2008), 『기담』, 문학과지성사.
김대행 외(2000), 『문학교육원론』, 서울대학교 출판부.
김중신(2016), 「그룹 '들국화' 노랫말의 시학적 의미」, 『문학교육학』 50호, 한국문학교육학회.
유영희(1995), 「패러디를 통한 시쓰기와 창작 교육」, 『국어교육연구』 2집, 서울대학교 국어교육연구소.
_____(1999), 「이미지 형상화를 통한 시 창작 교육 연구」, 서울대학교 대학원.
윤여탁(1996), 「현대시 해석과 교육의 수용적 측면에 대한 연구」, 『국어교육』 92호, 한국국어교육연구회.
_____(1998), 「감동적인 체험으로서의 현대시 교육」, 『시안』, 1998. 겨울.
_____(1999), 「문학교육에서 상상력의 역할—시의 표현과 이해 과정을 중심으로」, 『문학교육학』 3호, 한국문학교육학회.
_____(2008), 「한국의 문학교육과 정전: 그 역사와 의미」, 『문학교육학』 27호, 한국문학교육학회.
윤여탁 외(2008), 『매체언어와 국어교육』, 서울대학교 출판부.
조영복(2008), 「김기림 시론의 기계주의적 관점과 '영화시'(Cinepoetry)—페르낭 레제 및 아방가르드 예술관과 관련하여」, 『한국현대문학연구』 26호, 현대문학회.
최미숙(2000), 『한국 모더니즘시의 글쓰기 방식과 시 해석』, 소명출판.
_____(2007a), 「미디어 시대의 시 텍스트의 변화 양상과 시 교육」, 『문학교육학』 24호, 한국문학교육학회.
_____(2007b), 「디지털 시대, 시 향유 방식과 시 교육의 방향」, 『국어교육연구』 19집, 서울대학교 국어교육연구소.
_____(2014), 「문학수업에서의 질문과 대답」, 『화법연구』 26호, 한국화법학회.
최지현(1998), 『문학감상교육의 교수학습모형 탐구」, 『선청어문』 26집, 서울대학교 국어교육과.
최지현 외(2007), 『국어과 교수·학습 방법』, 역락.
황지우(1993), 『새들도 세상을 뜨는구나』, 문학과지성사.
Brumfit, C. & Carter, R.(1986), *Literature in Language Teaching*, Oxford University Press.
Carter R. & Long M. N.(1991), *Teaching Literature*, Longman.
Maley, A. & Duff, A.(1989), *The Inward Ear: Poetry in the language classroom*, Cambridge University Press.
Thompson Linda(ed.)(1996), *The Teaching of Poetry—European Perspectives*, London ; Cassell.

II

제4장

현대시 교육론의 흐름

1. 방법론적 접근의 시작

1) 감상에 대한 관심과 수용론적 접근

현대시 교육의 시작은 현대시의 등장, 혹은 현대시에 대한 인식과 시기적으로 일치한다. 하지만 현대시 교육 이론의 시작은 현대시 교육이 학문적 대상으로 인식된 이후로 미루어진다. 본격적인 연구의 시기는 대체로 국어교육학의 학문적 모색기인 1990년대 초입부터로 평가되고 있다.

이 시기는 인접 학문에서는 현상학과 수용론이 방법론 차원에서 확산된 시기와 대응하며, 국어교육에서 교수법을 기교가 아닌 이론으로 이해하기 시작한 시기와 대응하고, 교육과정으로는 제5차 국어과 교육과정 시기와 대응한다. 특히 이 시기의 시 교육에서는 '학생 중심 수업'이 현안이었으므로, 관련 연구에서도 학생들의 능동성과 주체성, 다양성 등에 대한 인정을 어떻게 이론적으로 뒷받침할 것이냐가 주된 관심사였다. 이러한 관심사는 연구의 방향을 학생들의 작품 수용의 문제로 초점화하였는데, 특히 그중에서도 학생들로 하여금 어떻게 스스로 작품을 감상할 수 있게 하는가 하는 문제와 더 나은 감상과 그렇지 못한 감상을 어떻게 나눌 수 있는가 하는 문제가 핵심 주제였다고 할 수 있다.[1]

이 연구들 가운데 강현재(1991)의 「시 교육의 수용론적 방법 연구」는 문학 이론을 시 제재와 그것을 매개로 한 교육과정에 연계시켜 체계화한 연구의 선구격이다. 이 논문은 교수·학습 과정에 접근하게 되었을 때 불가피하게 맞닥뜨리게 되는 윤리적 문제를 다루고 있다. 다만, 원래 이 윤리적 문제가 체험의 풍요성과 감상의 다양성을 지향하는 문학교육 정신과 교육 목적과 지향에 따라 수렴적 가치를 목표로 하는 국가교육과정 사이에서 현실적인 선택을 통해 조화를 추구해야 하는 문제인데, 실제로 그는 이 문제에 천착하기보다는 학습자의 '감상 체험'에 집중하는 쪽을 택했다. 그리고 이를 위해 교육과정(제5차)이 문학 수용자인 학습자의 자발성과 자유, 창의 등을 강조하고 있다는 점에 근거하여 '과정 중심 패러다임'의 입장에서 감상의 원리에 대한 논의를 전개하였다.

그의 논문을 비롯하여 이 시기의 연구들에서 스키마 이론(scheme theory)이 도입되고 있는 것은 이와 관련하여 주목할 만하다. 왜냐하면, 스키마는 한편에서는 학습자 스스로 작품을 이해하고 감상하게 하는 인식의 틀이 되면서 동시에 창의와 자발성의 객관적 근거로서 작용하고 있었지만, 다른 한편에서는 텍스트의 현실화를 위해 수용자가 이미 갖추고 있거나 갖추어야 하는 어떤 '선이해들'[2] 이기도 했기 때문이다. '선이해'란 결국 창의와 자발성을 억누르는 기제가 될 수도 있는 양날의 칼이었기 때문에, 스키마는 수용 이론이나 현상학적 접근을 수용자 중심에서 문화 중심으로 옮기도록 강제하는 측면이 있었다. 수용 이론이나 현상학적 접근으로는 이글턴의 용어대로, '해석학적 순환'(Eagle-

1 제5차 교육과정 개편에 따라 교육과정 개편에 따른 교과서 수록 작품이나 교과서 자체의 검토, 도구적 지식과 개념 등을 다룬 범주론, 수용론이라든가 기타 여러 문학 이론의 절차적 수용을 다룬 응용 이론, 그리고 시 교육의 성격을 탐구한 이론 등이 눈에 띄게 증가하였다.

2 강현재의 논문에서는 시대 현실이나 교육적 의도를 배경으로 한 '사전지식'과 '생체험'으로 표현하였다. 강현재(1993: 26) 참조.

ton 1990: 99)으로부터 벗어나기 어려웠던 것이다.

2) 해석적 시 교육론의 등장과 주요 특징

1990년대 중반부터 시 교육 연구에서는 중대한 변화가 있었다. 비로소 'OOOO 교육 방법(론 연구)'과 같은 연구 제목이 현대시 교육의 이론 영역에서 등장하기 시작했다. '방법(론)(methodology)'의 등장은 문학교육, 특히 현대시 교육에서 중요한 방향 전환을 의미하는 것이었다. 범박하게 말하자면, 교수·학습 과정에서 〈감상-교감(交感)-작품 우위-자율성〉 중심이었던 것이 현대시 교육론의 '방법적' 모색과 더불어 〈해석-평가-독자 우위-구조성〉 중심으로 바뀌는 계기를 맞이하게 되었다는 것을 의미한다.

이 변화는 제6차 교육과정과 함께 동시적으로 시작했으며, 또한 계기적으로 발전했다. 첫째로 현대시 교육의 주요 이론으로서 해석학이 공식적으로 등장했다. 둘째로 현대시 교육의 주요 내용으로서 작품 해석이 부각되었고, 해석의 주체인 학습 독자들은 '견습 비평가' 같은 모습으로 그려졌다. 그리고 셋째로 현대시 교육의 또 다른 내용으로서 '문화'의 중요성이 대두되었다. '문화'는 해석의 단서로서 기능했다.

이 새로운 해석적 방법(론)들은 『문학교육론』(구인환 외 1987) 등으로부터 이론적인 지원을 받은 신진 학자들에 의해 시도되었다. 이러한 시도들은 『문학교육론』의 영향으로부터 독립하여 각자 자신의 독자적 이론을 수립하려 했던 대안적 입론들처럼 보인 것이 사실이다. 다양한 해석 원리들이 제안되었고, 또한 다양한 해석적 단서와 맥락들이 제시되었다. 원리나 단서, 맥락들은 해석이 '객관적'이며 동시에 '실체적'일 수 있음을 보여 주는 근거 논리로 작용하였으며, 그것들이 학습 독자에 의해 생성되고 조직된다고 설정됨으로써 해석이 '능동적'인 과정일 수밖에 없는 당위성이 설명되기도 했다. 하지만 공교롭게도 이들 입론들은 『문학교육론』과 마찬가지로 '해석학'을 가장 든든한 이론적 지주로 삼고 있었다. 그래서 이 시기 연구 방법들의 역사적 지위는 태생적인 성과와 한계를 이미 가지고 있었던 것이다.

물론 현대시 교육의 출발선이 해석학이라는 영토 위에 우연히 그어졌던 것은 아니었다. 연구 성과에 국한하여 말한다면, 해석학은 문학교육학 최초의 이론적이며 철학적인 기반이었고 또한 90년대 중반까지는 유일한 철학적 기반이기도 했다. 최미숙(1993), 유영희(1994), 김창원(1995) 등이 이와 관련하여 의미 있는 해석적 개념들을 탐구했다. 이 시기의 연구들이 하나같이 해석학을 수단으로 삼은 것은, 물론 해석학을 하기 위함이 아니었다. 시를 객관적 연구 대상인 텍스트로 대하게 됨에 따라 불가피하게 선택한 측면이 강했다. 해석학은 시 텍스트에서 가장 안정적이며, 측정 가능하고, 반복될 수 있는 '의미'를 제시하기 위해 텍스트로부터 의미로 연결되는 원리를 찾으려 했다. 이 때문에 당시 연구들은 '해석 원리'를 창안하는 데 중점을 두고 시 교육의 목표와 과정, 방법을 연구했다.

해석학이 궁극적으로 시학을 목표로 한다는 것을 고려해 보면, 이 연구들이 얻어낼 교육적 전이성은 기존의 해석 방법을 세밀히 하는 것 이상이 되어야 한다. 왜냐하면 시학 자체가 교육 방법론의 성격을 가지고 있고, 해석 원리는 이성적으로 판별 가능한 '교육적 전이성'을 갖는 교육 원리이기도 하기 때문이다. 그리고 이에 따라 문학교육학의 요구도 '제안'으로부터 '탐구'로 옮겨가야만 한다. 하지만 문학교육학의 성립과 '해석'의 방법(론)적 도입이라는 결합은 당시로서는 학생들의 위치를 '의사-시인(pseudo-poet)'으로부터 '의사-비평가(pseudo-critic)'로 옮겨 놓고 있었고, 시 교육은 '감상'으로부터 '해석'으로 물러설 수밖에 없었다.[3]

3 이것이 왜 '물러선' 것이었느냐 하면, '해석'은 '감상'(평가)에 도달하지 않고서는 미완의 과정이 되고 말기 때문이다.

'의사-시인'은 7, 80년대를 풍미한 문학 수용의 역할 모델이었다. 중등학교 문학 수업 시간, 교사는 학습자를 '의사-시인', 곧 말로는 설명할 수 없어도 감동과 체험으로 시인과 교감되는 작품 향유의 주체로 설정하여 왔다. 하지만 그만큼 자유롭고 개성적이며 능동적인 문학 향유를 하는 학습자들이 교실에 가득했기 때문이 아니라, 그 외에는 따로 설명할 수 있는 '학습된 독자'의 상이 없었기 때문이었다. 시인이 경험한 세계를 교사가 체험하고 수용했다면 학습자도 그에 따라야 하겠지만, 교사는 자신이 체험하고 수용한 작품 세계를 학습자에게 객관화해 보여 줄 수 없었다. 그렇다면 학습자 스스로 시인의 내면을 경험하는 방법밖에 없다. 그리고 실제로는 모방 외에는 이를 간접 경험하는 방법도 없었다.

문제는 이 방법이 현실적이지 않았을 뿐 아니라 교육적인 과정이 되지 못했다는 것이다. 학습자는 기대와는 달리 수동적이었고, 동시 공감에는 교수·학습이 필수적으로 담보되지 않았다. 이러한 까닭에 문학 수업에서는 또 다른 문학 수용의 역할 모델이 필요했고, 그 대안이 해석 주체였다.

우리는 '해석'이 독자의 수동적이고 관습적인 수용 태도를 대체하려고 나왔던 것임을 기억하고 있다. 그 때문에, 좋은 뜻이든 혹은 나쁜 뜻이든, '감상'이 지적 인식 과정과는 독립된, 미적 체험의 특수한 국면 혹은 진실의 전면적 간취(혹은 오해)인 것으로 여겨지고 있었던 것이다. 또한 우리는 90년대 중반부터 '비판적 주체'에 대한 논의가 급속히 활성화되어 왔음을 기억하고 있으며, '비평 교육'이나 '갈등 교육' 같은 방법적 시각이 시 교육의 중심으로 옮겨져 왔음도 기억하고 있다.

그런데 이 변화가 '의미'에 대한 불만에서 야기된 것이며, 또한 이론의 갈증에서 야기된 것이었던 만큼, 적어도 우리는 문제 상황에 대한 두 가지 관점을 공유하고 있다는 사실을 인정해야 한다. 하나는, '감상'이란 '상식'에 의한 감수성이자 '이론' 없는 이론(혹은 '이론'임을 주장할 필요를 못 느끼는 정전화된 이론)의 내면화라는 관점. 이에 대한 반작용으로 '해석'이 쉽게 대안으로 제시될 수도 있었을 것이다. 다른 하나는, 이론은 아무리 많아도 지나침이 없다는 관점. 아마도 90년대 중반의 현대시 교육 관련 논문들만큼 연달아 논박하고 뒤집히며 연구사를 고쳐 쓴 예가 없었을 것이다. 이런 점에서 이 백가쟁명식 경합은 더욱 안전한 '해석'을 보장해 줄 문학학(나아가 철학)이라는 아버지를 찾아 자신이 적자(嫡子)임을 주장하는 친자 확인 소송 같은 것이었다.

물론 그 어떤 때라도 교육이 이론으로부터 자유로웠던 때가 없었으며, 또 없을 것이다(Cain 1994). 하지만 90년대 전반기의 사회사적인 측면에서 보면, 해석이 진보 이념의 퇴보와 포스트모던한 다원적 문제틀의 등장에 대응하고 있었던 사실에 시선이 간다. '작품' 대신 '텍스트'나 '담론'이 교육과 연구의 대상이 되고, '문학'보다는 '문화'가 인기를 끌게 되었던 이유도 이로부터 끌어낼 수 있다. 연구자들이 작품의 안정적인 의미보다는 의미의 안정성을 위장하는 배경을 밝혀내려는 데 관심을 기울이기 시작하면서, 1994년 이후 발표된 논문들에서는 해석의 대상이 담론(구성체)이라든가 문화로 옮겨지게 되었기 때문이다. 최지현(1994), 유영희(1995), 최미숙(1995), 정현선(1995), 정재찬(1996) 등이 이와 관련한 연구들이다.

이러한 연구 변화는 학생들의 자발성과 능동성의 문제를 다시금 주목하게 하는 계기가 되기도 하였다. 한때 학생들의 비평적 안목을 키워 주는 것이 시 교육의 나아갈 길이라 생각하는 교육적 시각이 주요하기도 했지만, 견습 비평가의 안전한 해석과 비평을 위해서는 학생들의 해석 능력이 교사에 미칠 수 없어야 한다는 가정이 여전히 유지되고 있었기 때문이며, 설령 학생들의 비평적 안목을 뒷받침할 창의적 기제가 학생들이나 교수·학습 과정에, 혹은 방법론에 존재한다고 해도, 그것이 시 교육의 고유하고도 특수한 국면(감수성과 상상력이 동원되는 국면)을 그대로 유지하는 방식으로 실현되지는 못했었기 때문이다. 그런데 1995년부터 일부 연구자들은 작품 감상과 해석에 영향을 미치는 문화에 대해 천착하기 시작했고, 그 결과 얻게 된 가치의 다원성은 흔히 '정전'이라 알려진 일부의 작품들만큼 당대적(그러니까 8,90년대의) 문화 매체들에도 교육적 가치를 부여하게 되었다.

정서적 스키마

정서적 스키마(emotional scheme)란, 특정한 상황이나 장면, 특정한 진술 등에 대해 해석 주체들로 하여금 공통된 정서적 반응(태도나 감정)을 보이게 하는 스키마를 말한다. 예컨대 '하강적 이미지'로 곧잘 얘기하는 공간-방향 스키마는 일반적으로 슬픔이나 우울, 침잠, 평정 등의 정서적 환기를 유발하는 것으로 알려져 있다. 여기서 슬픔, 우울 등의 감정 상태와 침잠, 평정 등의 감정 상태는 감정의 평가적 가치가 상반되어 있는데, 그 상반된 방향의 선택을 하게 하는 스키마가 정서적 스키마인 것이다. 스키마(인지적 스키마)가 의미 맥락을 조성한다면, 정적 스키마는 정서적 반응을 유발한다고 할 수 있다.

90년대 초반까지의 연구들은 주로 해석을 중핵적 방법으로 삼으면서도 다원적 문학교육을 지향했다. 하지만 그 이전까지 연구들이 관심을 가졌던 비판과 초월로서의 시의 의의, 학습자의 자발성과 창의성, 의미의 다양성에 관한 수용론적 가능성, 그리고 교육과정의 절차적 유용성을 제공하는 스키마 이론의 점검 등에 대해서는 충분한 대안적 연구, 혹은 후속 연구들을 제시하지 못했다. 그러한 까닭에 어째서 더 이상 대학의 관심사가 되지 못하는 수용론적 관점이 학교 현장에서는 여전히 공감되고 있는지, 해석된 의미가 시적 공감에 이르는 원인이나 기제는 무엇인지, 스키마, 특히 '정서적(emotional)' 스키마의 확인이나 검증 같은 연구가 여전한 과제로 남게 되었다.

3) 해석에서 담화 분석으로

90년대 중반부터 해석학적 접근의 대안적 모색, 혹은 특수한 실현으로서 의사소통론적 접근과 문화론적 접근이 현대시 교육 이론의 주요한 방법론으로 등장하기 시작하였다. 이는 현대시 교육에 대한 이론적 논의들이 문학교육의 핵심 개념들인 '창의성'이나 '감수성' 등을 교육 현장의 현실에 맞게 현실화하지 못한다는 문제제기에 대한 일종의 응답이었다. 이들 접근은 기본적으로 담화론적 논의에 기초하고 있는데, 시학에 종속되었던 시 교육의 이론적 기반을 구축할 수 있게 하면서 그 핵심으로 수용과 감상, 생산 등의 개념을 재구성하려고 했던 것으로 평가된다.

시 교육의 담화론적 논의는 시의 소통 구조에 대한 관심에서부터 비롯되었다. 앤소니 이스트호프나 테리 이글턴 등은 물론이고 푸코나 바흐친 등에서 영향을 받은 논의들이 사회기호학, 담화 분석, 비판이론, 문화 이론 등의 다양한 입론으로 제기되기 시작했다. 따라서 이 논의들은 의사소통적 관계로서 시인과 독자, 그리고 시 텍스트의 관계를 검토한 논의들이 '텍스트'에 대한 해석학적 연구에 뒤이어 등장한 배경과 일면 단절적이면서도 계기적인 관련성을 가지고 있다. 그중 김창원(1995)의 연구는 명백히 해석학적이지만, 동시에 담화로서 시에 대한 지대한 관심을 배경으로 삼고 있음이 분명했다.

초기의 담화론적 논의는 문학의 구술성을 회복시키는 첫걸음이면서도 동시에 시인과 독자를 개인으로 설정한 낭만적 입론의 한계를 가지고 있었다. 이를테면 김창원의 연구에서 소통적 구조는 단선적이며 시인과 독자가 평등한 거래에 나서는 이상적 모형을 바탕에 두고 있었다. 하지만 실제 거래가 일어나는 시장이 과두적 소비자나 독과점에 의해 지배되는 일이 일상적이듯이, 문학적 소통에서도 평등한 거래를 상정하기는 어렵다.

문학의 기호적 실천성과 이데올로기적 작용에 주목한 또 다른 접근은 정전과 정전 비판, 제도로서의 시, 객관화된 무의식 등에 관심을 갖는 새로운 논의를 시작했다. 같은 개념을 담화와 담론으로 다르게 번역하여 그 차이를 드러내고자 했다. 최지현(1994)이 현대시 교육의 담론 형식과 지배적 담론에 대한 논의를 시작한 이후, 정재찬(1996)은 그 지배적 담론이 어떻게 형성되었는지 살폈고, 이후 박용찬(2005), 김창원(2007), 이명찬(2008b), 유성호(2008) 등에서는 문학 정전과 교육 정전의 관계 및 형성 과정 등에 대해 논의를 심화했다.

2. 주제의 다양화

1) 감상 교육의 이론적 심화

해석학 이후로 현대시 교육 분야의 논의는 독자의 문제를 중심 주제로 삼게 되었다. 그 핵심으로 자리 잡고 있는 것이 감상과 문학 체험에 대한 논의이다. 이는 기왕의 현대시 교육이 지식 중심의 텍스트 해석 논의에 치중해 있었다는 반성과 비판 속에서 나온 것이기도 하려니와, 학습자의 상상적·정서적 체험과 감상이 객관화될 수 있을 때 비로소 교육 수행에 대한 학문적 논의가 가능해진다는 판단에 기초한 것이기도 했다.

하지만 논의 자체는 간헐적으로 이루어졌으며 현재 시점에서는 부진한 연구 성과도 분명한 한계로 남아 있는 연구 분야이다. 독자의 감상 문제에 대해서는 최지현(1998a)이 문학 정서 체험을 핵심 개념으로 한 본격적인 학술적 논의를 시작하였고, 이어 구영산(2001)이 학습 독자를 대상으로 상상적 체험의 구성 과정을 살폈다. 노철(2004)은 최지현(1998b)에서 제안된 감상 교육을 위한 교수·학습 모형을 세밀화하는 논의를 진행했고, 진선희(2006)는 독자 반응 이론의 입론 위에서 초등학생의 시적 체험이 갖는 구조적·과정적·소통적·발달적 특성을 정리했다. 또한 김남희(2007)는 전문 독자들의 감상 텍스트를 중심으로 이른바 '서정적 체험'의 양상과 교육적 시사점을 도출하려고 했다.

감상 교육에서는 감상이 어떻게 이루어지는지를 객관화하는 것이 관건이다. 따라서 상상적이고 정서적인 심리적 체험 과정을 작품 세계의 형성으로 외화할 수 있도록 그 과정을 개념화하고 논리화할 수 있어야 하며, 실행할 수 있어야 하고, 평가할 수 있어야 한다. 감상 교육에 관한 이후의 논의들이 이론의 실천으로서의 경험적 실행 연구들이나 방법론적 연구들로 발전하지 못한 것은 아쉬운 부분이다.

2) 창작 교육론의 복권

90년대 말에 문학교육 연구에서 창작 교육에 대한 관심이 다시 시작된 것도 주목할 만한 일이다. 문학교육이 언제나 '문학의 이해와 표현', 더 나아가 '문학의 수용과 창작'을 강조했던 것에 비추어 보면, 오히려 늦은 측면이 있다고 할 것이지만, 80년대 중반의 '삶을 위한 문학교육'이 생활 체험을 진솔하게 그대로 드러내게 했던 소박한 표현 교육론의 유행이 지나간 이후로는 한동안 창작은 전문 시인이나 작가에 의해 이루어지는 예술적 행위로 이해되어 온 것도 사실이다. 그 때문에 문학교육에서는 창작은 처음부터 위축되어 있는 부분일 수밖에 없었다.

논의의 흐름은 두 방향으로 전개되었다. 하나는 창작 주체로서 학습자의 주동성을 강조하면서 비평적 글쓰기를 주요한 창작 행위로 인정하는 방향이었으며, 다른 하나는 습작(習作), 모작(模作), 패러디 글쓰기 등에서부터 시작하여 본격적인 창작까지 모색해 가는 장르적 생산 활동 자체를 다시 문학교육의 본령에 올려놓으려는 방향이었다. 어찌 되었든 두 방향 모두 전문적인 창작 행위를 염두에 두었다기보다는 문학 양식의 본질에 대한 성찰과 수용-생산의 선순환적 문학 활동의 복원에 초점을 두었던 것으로 평가된다.

현대시 교육 연구에서 창작 교육에 본격적인 논의를 전개한 것은 김창원(1998)이다. 그는 창작 교육이 지닌 이론적 근거를 검토하면서 창작 교육이 은연중 현실론을 내세워 포기해 왔던 독창성의 문제를 새롭게 조명했다. 이를 통해 저급한 수준으로 스스로 머무르려는 창작 교육의 입지를 '탈신비화'를 통해 세우고자 했다. 유영희(2003)는 시 창작 교육에 관한 가장 풍성한 논의를 전개했는데, 여기서 그는 시의 이미지화를 시 창작의 핵심으로 여기고 다양한 이미지들을 혼융, 통합하여 창조적으로 완성하게 하는 과정으로서의 창작 교육을 제안했다.

김정우(2006)는 창작 교육을 언어에 대한 주체적 통찰이라는 시각에서 접근했다. 본질적으로 이해 교육을 심화하기 위한 방법적 모색으로서 창작 교육을 보는 시각 위에서 '순간의 서정에 주목하기'라든가 '관찰과 성찰', '시적 화자에 대한 이해' 같은 내용들을 도출했다. 한편 정정순(2009)은 개정 교육과정에서 새롭게 내용 요소로 제시된 '맥락'을 시 창작 교육에 반영시켜 비유적 발상의 지도 원리를 제안했고, 김명철(2009)은 교육 현장에 적용할 시 창작 교육 모형을 다섯 단계로 구성된 과정, 곧 대상에 대한 시적 묘사, 체험의 산문화, 산문의 운문화, 연상적 시행 구성, 그리고 시의 종합적 구성과 제목 붙이기로 절차화하여 제안하기도 했다.

이명찬(2008a)은 시 창작 교육에 대한 논의들이 갖는 주요한 특성으로 전문적 창작과의 관계에 대한 연구자들의 중압감과 언어 능력의 발달을 최종 도달점으로 설정하는 데서 드러나게 되는 기능주의적 혐의를 지적한 바 있다. 이는 창작 교육이 여전히 안고 있는 과제로 인정될 만하다.

3) 현대시 교수·학습 방법의 구체화

이 주제에 관해서는 나중에 따로 상술할 것이다. 하지만 여기서 그 흐름을 미리 간략히 소개해 두기로 한다. 현대시 교육 연구의 핵심적인 주제는 결국 어떻게 시를 가르칠 것이냐에 있기 때문에, 이와 관련한 연구 성과를 정리하는 일은 필수 불가결한 것이다.

그런데 결론부터 말하자면, 현대시 교수·학습 방법과 관련해서는 논의의 수도 많지 않고 어느 정도 교착 상태에 있는 것처럼 보인다. 그 까닭은 현대시 수업의 표준 모델을 설정하는 것 자체가 쉽지 않을 뿐 아니라 그 과정이 단선적이고 효율성을 추구할 만큼 기능적이지 않기 때문이다. 대개 교수·학습 모형들은 절차적 방안을 마련해 두고 있고, 이 방안은 탄력적으로 시간 운영을 해야 한다는 제약 조건 외에는 그 나름대로 효율성을 갖추면서 일관하여 적용될 수 있도록 되어 있다. 하지만 문학교육에서는 독자의 자발적이고 능동적인 체험 활동이 필수적으로 요구되며, 교사의 활동들은 직접적이기보다는 환경을 조성하는 간접적인 영향으로서 학습자의 체험 활동에 작용한다. 따라서 시간적으로 통제되지 않고, 그에 따라 당연히 단계적이거나 절차적으로 운영되기에 어려움이 발생하게 된다.

그런데 90년대 이전까지의 교수·학습 이론들에서는 이러한 문학교육의 특성이 제대로 고려되지 못했으며, 따라서 일반적 교수·학습 방법을 그대로 사용하거나 준용하는 등의 문제가 있었다. 이는 이른바 '내면화 모형'으로 알려진 『문학교육론』 저자들의 이론에서도 큰 차이가 없었다. 여기서 제안된 교수·학습 방법은 '내면화'를 결과적 도달점, 곧 시인이나 작품의 주제에 동조된 감상을 목표로 교수·학습해 가는 단계적 모델에 기초하고 있었던 것이다. 90년대 이후로 학습자의 능동적(혹은 관여적) 역할과 체험 및 수용 과정의 다기함에 주목하게 됨에 따라, 문학 교수·학습 방법의 절차적 모형 외에도 관계적 모형에 대한 관심이 생기게 된 것이다.

학습자에 대한 주목은 90년대 이후 문학 교수·학습 방법 이론에 교사와 학습자의 관계 설정을 포함하도록 만들었다. 이 시기에 널리 소개된 로젠블레트의 반응중심접근법은 교사의 일방적인 주도가 갖는 체험과 수용의 왜곡을 정면에서 비판한 논의였다. 경규진(1993)은 이를 수용한 대표적 연구이다. 그는 학습자의 '반응'을 직접적인 연상 작용인 '환기'와 변별하면서 이 개념이 갖는 체험의 원리를 중요하게 여겼다. '반응의 형성'에서 '반응의 명료화'로, 다시 '반응의 심화'로 발전하는 교수·학습의 원리에서 중심적 역할은 언제나 학습자에게 부여되어 있었다. 경규진의 논의는 이후 현장 연구를 중심으로 대표적인 문학 교수·학습 방법으로 소개되면서 후속 논의들을 이끌었다.

그런데 학습자 중심 교육을 내세운 후속 논의들, 이를테면 박태호(1995),

권혁준(1997) 등에 와서 이 접근법은 모형이나 방법 차원으로 고정화되는 경향을 보였다. 학교 현장에서는 1차시, 혹은 2차시에 이 절차가 모두 완료되는 교수·학습 방법처럼 사용되었다. 그러한 까닭에 교사를 대신하는 학습자의 논란이 불거질 수밖에 없었다. 이른바 '반응의 형성'이 학습자에 따라 제각기 다른 양상으로 나타날 수 있고, 그 시간적 지연에도 차이가 클 수 있어서 '반응의 명료화'에 이르면 결국 학습자와 학습자가 공평하게 반응을 교류하고 공유하며 명료화하게 되기보다는 어느 일방의 반응으로 치중될 문제가 발생한다는 것이다. 이는 교사의 개입을 최소화하면 이 과정이 보장될 것이라는 낭만적 가정에 제동을 걸었다. 부연하지만, 어떤 학습자는 이 장면에서 교사의 역할을 대신하는 것이다.

이에 대해서는 류덕제(2005)가 환기에 대한 반응이나 원심적·심미적 자세 등과 같은 반응 중심 접근법의 주요 개념들을 교육과정 및 교과서에 구현된 양상을 통해 비판적으로 검토했고, 이상구(1998, 2002)는 좀 더 대안적인 검토로서 90년대 초중반에 걸쳐 주목되었던 바흐친의 대화주의를 교수·학습 이론 차원에서 재구성하려 한 '구성주의 문학교육론'을 제안하기도 했다. 하지만 현장에서 도식화된 교수법적 적용이 여전히 힘을 발휘하고 있는 것에 비해 이론적 검토는 정체 상태에 머물러 있는 듯 보인다.

반응중심접근법이 반응중심학습법이라는 묘하게 뒤틀린 이름으로 소개되고 있는 동안, 학습자의 자발성과 주동성이 지나치게 강조되고 있다는 비판이 역으로 교사의 역할에 대한 관심을 불러일으킨 것도 주목할 일이다. 이상구와 마찬가지로 최미숙(1997, 2006)도 바흐친으로부터 끌어낸 개념들을 '대화 중심의 현대시 교수·학습 방법'으로 발전시켰다. 그 내용은 반응중심접근법과 유사했지만, 한쪽 학습자의 자리에 교사를 자리 잡게 한 점이 차이였다.

현대시 교육의 교수·학습 방법의 논의 과정을 보면, 학습자에 대한 능동성에 대한 관심이 여전히 무게 중심을 이루고 있다면, 미세 수준에서는 교사의 역할에 대한 관심이 매우 중요한 의미를 갖게 되었음을 알 수 있다. 최지현(1998a)의 문학 교수·학습 모형은 교사의 개입을 이론화한 논의로서 절차 모형 대신 관계 모형을 도입한 대표적 사례라고 할 수 있다. 요는 이러한 이론들이 교수법적 적용을 위해서는 여전히 관련된 여러 변인들을 고려하고 좀 더 구체적으로 설계되어야 하며 실천을 통해 반복적으로 검증 받아야 할 접근(approach) 수준의 이론들이라는 점이다.

참고문헌

강현재(1991), 「시 교육의 수용론적 방법 연구」, 서울대학교 석사학위논문.

경규진(1993), 「반응 중심 문학교육 방법 연구」, 서울대학교 박사학위논문.

______(1995), 「반응 중심 접근법의 가정과 원리」, 『국어교육』 87호, 한국어교육학회.

구영산(2001), 「시 감상에서 독자의 상상 작용 연구—정서체험을 중심으로」, 서울대학교 석사학위논문.

구인환·박대호·박인기·우한용·최병우(1987), 『문학교육론』, 삼지원.

권혁준(1997), 「문학비평 이론의 시 교육적 적용에 관한 연구—신비평 이론과 독자반응 이론을 중심으로」, 한국교원대학교 박사학위논문.

김남희(1997), 「현대시 수용에 관한 문화 기술적 연구—고등학생 독자를 중심으로」, 서울대학교 석사학위논문.

______(2007), 「현대시의 서정적 체험 교육 연구」, 서울대학교 박사학위논문.

김명철(2009), 「현대시의 저변 확대를 위한 시 창작 교육 시론」, 『우리어문연구』 34집, 우리어문학회.

김인환(2006), 『문학교육론』, 한국학술정보.

김정우(2006), 「시 이해를 위한 시 창작 교육의 방향과 내용」, 『문학교육학』 제19호, 한국문학교육학회.

김종훈(2009), 「서정성과 시 교육」, 『우리어문연구』 35집, 우리어문학회.

김창원(1993), 「시쓰기의 화법과 투사적 시읽기—『님의 沈黙』을 텍스트로」, 『선청어문』 21집, 서울대학교 국어교육과.

______(1995), 「시텍스트 해석 모형의 구조와 작용에 관한 연구—20～30년대 시의 해석 모형과 시 교육」, 서울대학교 박사학위논문.

______(1998), 「'述而不作'에 관한 질문—창작 개념의 확장과 창작 교육의 방향」, 『문학교육학』 제2호, 한국문학교육학회.

______(2004), 「시 연구와 시 교육 연구 사이의 거리」, 『국어교육』 114호, 한국어교육학회.

______(2007), 「시 교육과 정전의 문제」, 『한국시학연구』 제19호, 한국시학회.

노철(2004), 「시 감상교육에서 상상력 활용에 관한 연구」, 『문학교육학』 제14호, 한국문학교육학회.

류덕제(2005), 「반응 중심 문학교육에 대한 비판적 고찰」, 『어문학』 90집, 한국어문학회.

박용찬(2005), 「문학교과서와 정전(正典)의 문제」, 『국어교육연구』 제38집, 국어교육학회.

박태호(1995), 「반응중심 문학감상 전략과 교수 학습 방법」, 『청람어문학』 제13집, 청람어문학회.

유성호(2008), 「문학교육과 정전 구성」, 『문학교육학』 제25호, 한국문학교육학회.

유영희(1994), 「시 텍스트의 담화적 해석 연구」, 서울대학교 석사학위논문.

______(1995), 「패러디를 통한 시 쓰기와 창작 교육」, 『국어교육연구』 제2집, 서울대학교 국어교육연구소.

______(2003), 『이미지로 보는 시 창작 교육론』, 역락.

윤여탁(1990), 「시문학의 이데올로기와 교육」, 『국어교육』 71, 2, 한국국어교육연구회.

______(1998), 「문학 교재 구성을 위한 현대시 정전 연구」, 『국어교육연구』 5집, 서울대학교 국어교육연구소.

______(2008), 「한국의 문학교육과 정전: 그 역사와 의미」, 『문학교육학』 제27호, 한국문학교육학회.

이명찬(2008a), 「시 창작 교육 방향의 탐색—창작 과정에 대한 이해를 바탕으로」, 『문학교육학』 제27호, 한국문학교육학회.

______(2008b), 「한국 근대시 정전과 문학교육」, 『한국근대문학연구』 18, 한국근대문학회.

이상구(1998), 「학습자 중심 문학교육 방안 연구」, 한국교원대학교 박사학위논문.

______(2002), 『구성주의 문학교육론』, 박이정.

정재찬(1996), 「현대시 교육의 지배적 담론에 관한 연구」, 서울대학교 박사학위논문.

정정순(2009), 「맥락 중심의 시 창작 교육—비유적 발상을 중심으로」, 『문학교육학』 제30호, 한국문학교육학회.

정현선(1995), 「모더니즘시의 문화교육적 연구」, 서울대학교 박사학위논문.

______(1997), 「문화교육이라는 문제설정 2」, 『국어교육연구』 제4집, 서울대학교 국어교육연구소.

진선희(2006), 「학습독자에 대한 질적 연구 방법 고찰—문학 반응을 중심으로」, 『청람어문교육』 제33집, 청람어문교육학회.

최미숙(1993), 「시 텍스트 해석 원리에 관한 연구—'부재(不在) 요소'의 의미 실현 방식을 중심으로」, 서울대학교 석사학위논문.

______(1997), 「문화교육에서의 수사학적 읽기 연구—'내적 대화'를 중심으로」, 『국어교육』 62호, 한국어교육학회.

______(2005), 「현대시 교육 방법에 대한 고찰—국어 교과서의 '학습 활동'을 중심으로」, 『국어교육학연구』 제22집, 국어교육학회.

______(2006), 「대화 중심 현대시 교수 학습 방법」, 『국어교육학연구』 제26집, 국어교육학회.

최지현(1994), 「한국현대시 교육의 담론분석—1940년대 '저항시'를 중심으로」, 서울대학교 석사학위논문.

______(1996), 「현대시 교육론의 반성과 전망」, 『현대시 교육론』, 삼지원.

______(1997), 「한국근대시 정서체험의 텍스트조건 연구」, 서울대학교 박사학위논문.

______(1998a), 「문학감상교육의 교수학습모형 탐구」, 『선청어문』 26집, 서울대학교 국어교육과.

______(1998b), 「이중 청자와 감상의 논리」, 『국어교육연구』 제5집, 서울대학교 국어교육연구소.

Cain, William E.(1994), "Contemporary theory, the Academy, and Pedagogy", in *Teaching Contemporary Theory to Undergraduates*, Dianne F. Sadoff & William E. Cain eds., The Modern Language Association of America, New York.

Eagleton, T.(1983). 김명환·정남영·장남수 옮김(1990), 『문학이론입문』, 창작과 비평사.

제5장

현대시 교육과 교육과정[1]

1. 문학교육과정 이해하기

1) 교육 내용의 교육과정적 성격

교육은 가치 있는 목표를 달성하기 위하여 일련의 계획되고 의도된 인간 행동의 변화 과정이다. 교육에 대한 이러한 조작적 정의에 따르면, 교육은 교육과정에 근거하여 실행된다. 현대시 교육 또한 국가 교육과정의 국어과 교육과 문학교육에 근거하고 있다. 하지만 교육 내용 차원에서는 현대시 교육이 독립적인 실행 단위로서 교육과정적 근거를 가지고 있지는 않다. 국가 교육과정에서는 실행 단위를 문학교육에 두고 있으며, 그것은 고등학교 2, 3학년에 해당하는 11, 12학년의 선택 과목에서도 마찬가지이다. 선택 과목 『문학 I』과 『문학 II』는 영역으로 현대시나 현대소설, 고전시가, 고전산문 등을 두고 있지 않다. 이것이 교육에 대한 정책적 판단의 내용이다. 따라서 실천으로서의 현

1 이 글은 '최지현(2009), 「현대시는 가르칠 수 있는가—2007 개정 국어과 교육과정 문학 영역의 성취 기준을 다시 논함」, 『한어문교육』 20, 한국언어문학교육학회'에 수록된 내용에 바탕을 두고 있음.

❖ '성취 기준'에 대한 국어과 교육과정의 설명

제7차 국어과 교육과정까지 교육 내용은 교육을 통해 학습자들이 배우거나 익히기를 기대하는 내용 요소들의 목록을 뜻하는 '내용 기준(content standards)'을 통해 규정되고 있었다. 하지만 2007 개정 국어과 교육과정에 오면서부터 '성취 기준(achievement standards)'이 그 역할을 대신하게 되었는데, 그 의미에 대해서는 교육과정 해설에서 다음과 같이 밝히고 있다.

성취 기준은 학습자가 국어 수업을 통해 도달해야 할 국어 능력의 내적·외적 특성을 의미한다. 성취 기준은 담화와 글의 수용, 생산 활동에 초점을 맞추어 기술함으로써, 국어 수업에서 무엇을 가르치고 무엇을 배울 것인지에 대한 명료한 지침을 제공하고자 하였다. 성취 기준은 다음과 같은 몇 가지 원리에 따라 진술하였다.

첫째, 성취 기준은 ① 담화 또는 글의 유형+② 주요 내용 요소(지식, 기능, 맥락)+③ 행동(분석, 해석, 평가, 조사 등)을 결합하여 진술한다.

둘째, 성취 기준은 개별적인 지식, 기능, 맥락보다는 한 편의 담화 또는 글을 수용하거나 생산하는 활동에 맞추어 기술한다.

셋째, 성취 기준에 포함되는 지식, 기능, 맥락 관련 내용 요소는 해당 담화 또는 글을 생산, 수용하는 데 매우 중요하다고 생각되는 내용 요소로 한다.

넷째, 성취 기준은 교육과정 실행 주체가 이해하기 쉽도록 명료하고 구체적으로 진술한다.

2015 개정 교육과정에서는 이를 좀 더 간명하게 정리하였다. '성취 기준·학생들이 교과를 통해 배워야 할 내용과 이를 통해 수업 후 할 수 있거나 할 수 있기를 기대하는 능력을 결합하여 나타낸 수업 활동의 기준'.

대시 교육을 말하기 위해서는, 먼저 제도로서의 문학교육을 말해야 한다. 이 말은 우리가 논의할 대상이 '문학교육으로서의 현대시 교육'이라는 뜻이다.

이전의 교육과정과 마찬가지로 2015 개정 국어과 교육과정에 와서도 현대시 교육은 국어과의 '문학' 영역과 선택 과목으로서의 〈문학〉 과목 내에서 문학교육의 형식으로 실행된다. 그것은 대부분 구체적인 문학 양식이나 문학 형식이 아닌, 문학 일반 수준에서 마련된 성취 기준들을 통해 교육 내용을 선정했기 때문이다. [표 1]은 2015 개정 국어과 교육과정의 '문학' 영역 성취 기준을 2009 개정 국어과 교육과정과 비교하여 보여 준다. 2009 개정 교육과정부터 적용된 학년군 운영에 따라 실제 학교 현장에서는 학년 구분을 두고 실

학년	2009 개정 국어과 교육과정(제2011-361호) '문학' 영역	2015 개정 국어과 교육과정 '문학' 영역	변동 사항
중학교		[9국05-01]문학은 심미적 체험을 바탕으로 한 다양한 소통 활동임을 알고 문학 활동을 한다.	신설
	(1) 비유, 운율, 상징 등의 표현 방식을 바탕으로 작품을 이해하고 표현한다. (중학교 학년군)	[9국05-02]비유와 상징의 표현 효과를 바탕으로 작품을 수용하고 생산한다.	변경(표현방식에서 표현효과로 초점 이동)
	(2) 갈등의 진행과 해결 과정을 파악하며 작품을 이해한다. (중학교 학년군)	[9국05-03]갈등의 진행과 해결 과정에 유의하며 작품을 감상한다.	유지
	(3) 다양한 관점과 방법으로 작품을 해석한다. (중학교 학년군)	[9국05-07]근거의 차이에 따른 다양한 해석을 비교하며 작품을 감상한다.	변경(이해의 타당성 강조)
	(4) 표현에 드러나는 작가의 태도에 주목하며 작품을 이해하고 표현한다. (중학교 학년군)		삭제
	(5) 작품의 세계가 누구의 눈을 통해 전달되는지 파악하며 작품을 수용한다. (중학교 학년군)	[9국05-04]작품에서 보는 이나 말하는 이의 관점에 주목하여 작품을 수용한다.	변경(생산적 측면에서 소통적 측면으로 강조점 이동)
	(6) 사회.문화.역사적 상황을 바탕으로 작품의 의미를 파악한다. (중학교 학년군)	[9국05-05]작품이 창작된 사회·문화적 배경을 바탕으로 작품을 이해한다.	유지
		[9국05-08]재구성된 작품을 원작과 비교하고, 변화 양상을 파악하며 감상한다.	신설
	(7) 작품의 창작 의도와 소통 맥락을 고려하며 작품을 수용한다. (중학교 학년군)	[9국05-06]과거의 삶이 반영된 작품을 오늘날의 삶에 비추어 감상한다.	변경(생산적 측면에서 수용적 측면으로 강조점 이동)
	(8) 자신의 주체적인 관점에서 작품을 평가한다. (중학교 학년군)		삭제
	(9) 자신의 일상에서 의미 있는 경험을 찾아 다양한 작품으로 표현한다. (중학교 학년군)	[9국05-09]자신의 가치 있는 경험을 개성적인 발상과 표현으로 형상화한다.	변경(발상과 표현의 차원 강조)
	(10) 문학이 인간의 삶에 어떤 가치를 지니는지 이해한다. (중학교 학년군)	[9국05-10]인간의 성장을 다룬 작품을 읽으며 삶을 성찰하는 태도를 지닌다.	변경(학습자를 중심으로 명료화)

학년	2009 개정 국어과 교육과정(제2011-361호) '문학' 영역	2015 개정 국어과 교육과정 '문학' 영역	변동 사항
고등학교	(13) 문학 갈래의 개념을 알고 각 갈래의 특징을 이해한다. (국어I)	[10국05-02]갈래의 특성에 따른 형상화 방법을 중심으로 작품을 감상한다.	변경(형상화 방법으로 내용 초점화)
	(14) 문학 작품에 나타난 작가의 개성을 이해하고 작품을 감상한다. (국어I)		삭제
	(15) 문학은 가치 있는 내용을 언어로 형상화한 예술이며 사회적 소통 활동임을 이해한다. (국어I)	[10국05-01]문학 작품은 구성 요소들과 전체가 유기적 관계를 맺고 있는 구조물임을 이해하고 문학 활동을 한다.	변경(내용 간소화-중복 요소 제거)
	(13) 전승 과정에 유의하여 한국 문학의 흐름을 이해한다. (국어II)	[10국05-03]문학사의 흐름을 고려하여 대표적인 한국 문학 작품을 감상한다.	변경(작품 중심으로 초점화)
	(14) 문학이 정서적, 심미적 삶을 고양함을 이해하고 작품을 수용.생산한다.(국어II)		삭제
	(15) 문학의 수용과 생산 활동을 통해 다양한 가치를 비평적으로 이해하고 실현한다. (국어II)	[10국05-04]문학의 수용과 생산 활동을 통해 다양한 사회 문화적 가치를 이해하고 평가한다.	유지
		[10국05-05]주체적인 관점에서 작품을 해석하고 평가하며 문학을 생활화하는 태도를 지닌다.	신설

[표 1] 2009 개정 국어 교육과정(2011-361호)과 2015 개정 교육과정의 '국어' 과목

행될 성취 기준들이 적어도 교육과정 수준에서는 중학교 학년군과 고등학교로 나뉘어 독립적으로 설정되었다.

[표 1]은 대체로 2015 개정 국어과 교육과정의 교육 내용들이 2009 개정 국어과 교육과정의 내용들과 상당 부분 중첩되면서도 세부적으로는 작지 않은 변화를 보이고 있음을 보여 준다. 전체적인 변화는 성취 기준상의 중복된 내용을 분리하여 간명하게 하면서 문학에 대한 생산적 측면의 이해를 소통적 측면, 혹은 수용적 측면의 이해로 전환시키는 방향을 취하고 있다. 특히 문학을 형상화(혹은 표현)된 것으로서 보고, 문학의 이해를 독자(수용자)의 능동적

인 참여에 따라 해석되고 감상, 평가되는 것으로 보는 관점이 두드러지게 나타나고 있다.

2) 교육 내용 설정의 교육과정적 근거

국어과 교육 내용으로 '문학' 영역이 독립적으로 설정된 까닭은 무엇일까? 문학교육의 요구가 반드시 독자적 영역 설정을 통해서만 이루어진다고 보기는 어려우므로, 문학교육의 필요성보다는 차라리 문학교육 내용의 독자성 때문이라고 보는 것이 합당할 것이다. 이것은, 말하자면, 문학교육을 효과나 부수적 작용이 아닌, 문학교육 그 자체로서 실행해야 할 고유한 내용을 가지고 있기 때문이라는 답변이다. 이 답변은 다른 '영역'들 또한 이러한 근거에서 독립된 영역을 유지하고 있을 정도로 매우 강력하다.

[표 2]는 2015 국어과 교육과정 '문학' 영역의 성취 기준들이 어떤 내용 설정의 근거를 가지고 있는지를 보여 준다. 이 표를 통해 보면, 성취 기준은 대부분 '문학적 수행'과 '문학적 활동'의 성격을 가지고 있다. 또한 '문학적 수행'이 기본적으로 작품의 수용, 생산 활동을 통해 학습하게 되는 '문학적 지식'을 전제하고 있다는 점에서 문학을 국어 활동의 한 분야나 양상으로서보다 문

'문학적 지식'과 '문학적 수행', 그리고 '문학적 활동'

'문학적 지식'은 문학 양식이나 형식에 관련한 전문적 지식들을 말한다. '문학적 수행'은 기능이나 전략 같은 방법적·원리적 지식들이 문학 수용이나 생산 과정에서 행위를 통해 구체화되는 과정이나 그 결과를 말하며, '문학적 활동'은 그 수행의 내용이나 동반 능력에 대해서는 판단할 수 없지만 현상적으로 나타난 문학 수용 및 생산 활동을 말한다. 만약 어떤 문학적 활동이 문학에 대한 특정한 방법적·원리적 지식을 동반할 것으로 판단되고 그것이 교수·학습될 구체적인 내용을 갖출 것으로 평가된다면, 이를 문학적 수행에 포함시키는 것으로 한다.

학년	성취 기준	문학적 지식	문학적 수행	문학적 활동	일반적 수행
중학교 학년군 (실제 교과서 적용에 따라 학년 구분)	[9국05-01]문학은 심미적 체험을 바탕으로 한 다양한 소통 활동임을 알고 문학 활동을 한다.	○			
	[9국05-02]비유와 상징의 표현 효과를 바탕으로 작품을 수용하고 생산한다.		○		
	[9국05-03]갈등의 진행과 해결 과정에 유의하며 작품을 감상한다.		○		
	[9국05-04]작품에서 보는 이나 말하는 이의 관점에 주목하여 작품을 수용한다.		○		
	[9국05-05]작품이 창작된 사회·문화적 배경을 바탕으로 작품을 이해한다.			○	
	[9국05-06]과거의 삶이 반영된 작품을 오늘날의 삶에 비추어 감상한다.			○	
	[9국05-07]근거의 차이에 따른 다양한 해석을 비교하며 작품을 감상한다.		○		
	[9국05-08]재구성된 작품을 원작과 비교하고, 변화 양상을 파악하며 감상한다.			○	
	[9국05-09]자신의 가치 있는 경험을 개성적인 발상과 표현으로 형상화한다.		○		
	[9국05-10]인간의 성장을 다룬 작품을 읽으며 삶을 성찰하는 태도를 지닌다.			○	○
고등학교	[10국05-01]문학 작품은 구성 요소들과 전체가 유기적 관계를 맺고 있는 구조물임을 이해하고 문학 활동을 한다.	○			
	[10국05-02]갈래의 특성에 따른 형상화 방법을 중심으로 작품을 감상한다.		○		
	[10국05-03]문학사의 흐름을 고려하여 대표적인 한국 문학 작품을 감상한다.		○		
	[10국05-04]문학의 수용과 생산 활동을 통해 다양한 사회·문화적 가치를 이해하고 평가한다.			○	
	[10국05-05]주체적인 관점에서 작품을 해석하고 평가하며 문학을 생활화하는 태도를 지닌다.			○	△

[표 2] 2015 개정 국어과 교육과정 '문학' 영역 성취 기준의 성격 분류(중, 고등학교)

학 그 자체의 본질과 기능, 작용으로서 주목하고 있음을 알 수 있다. 이는 대개 '문학적 활동'과 '일반적 수행'의 성격을 가짐으로써 국어 활동으로서의 보편성을 좀 더 강조했던 2007 개정 국어과 교육과정의 문학 영역의 성취 기준과는 꽤나 대비되는 부분이다.

이것은 국어교육과 문학교육의 관계라는, 오래된, 그러면서도 매우 중요한 위상 문제를 떠올리게 한다. 국어교육을 외연으로 갖는 문학교육의 위계적 구조화를 염두에 두면, 고등학교 문학교육으로는 이 변화가 바람직한 방향을 취하고 있다고 볼 수도 있다. 하지만 중학교 교육과정에서도 동일한 변화 추이가 보이는 점에서는 문학교육 내적으로도 검토되어야 할 성격 문제를 제기한다. 가장 중요한 문제는 문학적 지식을 어떻게 다룰 것인가 하는 점이다. '문학적 수행'에 해당하는 성취 기준들은 방법적 · 원리적 문학 지식들을 작품의 수용과 생산 활동을 통해 습득(구체화)하게 하고 있어서, 현실적으로는 양적으로나 질적으로 작품 수용과 생산의 충실화를 필요로 한다. 그렇지 못하면, 실질적으로는 '문학적 지식'으로서의 성취 기준으로 변질되거나 반대로 '문학적 활동'이나 '일반적 수행'으로 형해화될 수 있기 때문이다. 물론 성취 기준 설정 취지대로 교육과정이 운영된다면, 우리는 작품 읽기로 풍요로운 문학 수업들을 목격하게 될 것이다.

2. 문학교육으로서의 시 교육

1) 현대시 교육의 개념적 독자성 문제

현대시 교육은 실행해야 하는 영역인가, 혹은 실행 가능한 영역인가. 실행해야 하거나 혹은 실행 가능하다면 어느 학교급, 또는 어느 학년에서부터 실행해야 하거나 실행 가능할까. 이렇게 질문을 던지고 보면, 교육과정이 현대시 교육을 위한 독립적인 내용 설정을 해 두고 있지 않다는 사실이 눈에 들어온다. 이 점에서는 소설(이야기)이나 극(연극·영화·드라마), 수필·비평 등의 교육도 크게 다르지 않다. 그렇다면 우리는 현대시 교육(시 교육)이나 현대소설 교육(소설 교육)의 실행이 아닌, 문학교육 일반의 교육을 실행해야 하는 것일까?

예컨대 '읽기' 영역에서는 '읽기' 일반의 교육을 실행하지 않는다. 실제 차원에서는 네 가지 담화가 유형별로 독자적인 교육 내용 요소들을 갖추고 있으며 그 각각이 독립적으로 교수·학습되도록 설계되어 있다. 이를테면 이는 '정보 전달하는 글 읽기'와 '사회적 상호작용을 위한 글 읽기'는 서로 다른 담화의 본질과 기능과 작용, 그리고 효과를 가지고 있기 때문에 어느 하나로 다른 하나를 대신 가르치고 배울 수 없게 되어 있다. 마찬가지로 '문학' 영역의 시(시가)와 소설(이야기), 극(연극·영화·드라마), 수필·비평의 담화적 성격은 '읽기' 영역의 대상 담화 유형들의 담화적 성격만큼이나 서로 다르다. 문학이란, 실체로서 존재하는 것이 아니라 이런 시, 소설, 극, 수필·비평 등의 집합으로서 규정된다. 우리가 어떤 작품을 읽을 때 시를 읽는다고 하지 문학 작품을 읽는다고 하지 않는 것은 특정 작품의 문학적 정체성을 문학 양식이 규정하지만 문학 자체가 규정하지는 않는다는 것을 웅변한다.

따라서 우리가 문학을 가르치고 배운다고 할 때, 그것은 결과적 규정이다. 우리는 어떤 작품이 문학이기 때문에 가르치고 배우는 것이 아니라 어떤 작품이 주는 심리적 작용이나 효과 때문에 그 작품을 가르치고 배우며 이를 '문학'이라고 규정하게 되는 것이다. 이 과정에서 문학교육은 문학적 지식에 곧바로 접근하는 것이 아니라 이른바 '장르 관습'으로 여겨지는 개별 문학 양식들에 대한 지식에 매개적으로 접근하여 실행된다.

그럼에도 불구하고 교육과정이 과소 기술되어 있고 추상적으로 기술되어 있는 '문학' 영역의 성취 기준을 갖게 된 까닭에 제도적 차원에서는 현대시 교육을 독립적으로 실행하는 것이 가능하지 않게 되어 있는 것이다. 달리 말해 교육과정을 잘 따른다면, 그리고 교과서의 체제와 내용 구성을 제대로 따른다면, 현대시 교육을 독자적으로 실행하는 일은 교육과정의 취지에 부합하지 않게 된다. 이러한 일이 발생한 까닭을 추정해 보자면, 교육과정 연구·개발자들이 추상적 관념으로서의 문학교육을 염두에 두었고 교과서 개발자들은 제재로서의 현대시를 생각했으며 문학 교사들이 개별 작품에 치중하게 되기 때문이라는 판단에 도달한다. 이처럼 이론의 현장에서는 명징한 현대시 교육은 실천의 현장에서는 문학교육보다 더 막연한 대상이었다는 것이다.

그래서 현대시 교육은 제도적으로 가능하지 않다. 제도적으로 불가능하므로, 결과적으로 현대시 교육은 불가능하다. 이 말을 고쳐 말하면, '현대시'는 가르칠 수 없다. '현대시'를 가르치려면, 먼저 '현대시'가 규정되어야 하며 그것이 '현대시'로서 가르쳐져야 하는 당위성이 성립해야 하고 '현대시'로서 인식되어야 하며 '현대시'로서 가르치고 배워야 할 내용이 확립되어야 한다. 그 중 어떤 것도 교육과정에 언급되어 있지 않다.

그런데 뒤집어 보면 이것은 문학교육이 불가능한 조건이 되고 만다. 앞서 언급한 바와 같이, 문학교육은 시 교육이나 소설 교육처럼 좀 더 명확한 개별 문학양식들을 매개로 갖는 교육의 실행을 통해 비로소 실현되는 것이기 때문이다. 문학교육의 내용을 이루는 실천의 단위라는 점에서 보면 현대시 교육은 필요하다. 우리는 현대시 교육을 통해서 문학교육에 도달한다. 따라서 이 모순을 해소하기 위해서 우리는 먼저 현대시 교육을 가능하게 해야 한다. 그렇다면 현대시 교육은 어떻게 가능할 수 있을까. 다시 말해, 현대시 교육이 가능하기 위해서는 '문학' 영역에 어떤 교육과정적 변화가 필요할까.

(1) 성취 기준의 적정성 판단

2015 개정 국어과 교육과정은 수행 기준(performance standards)에 가까운 성취 기준을 갖고 있다. 이 경우 어느 정도 수준의 행동이 요구되는지를 나타내는 '행동화 수준'은 엄밀하게 위계화될 필요가 있다. 이를테면, '이해하다'의 행동화 수준은 '알다(know)', '파악하다(understand)', '깨닫다(comprehend)', '납득하다(appreciate)' 같은 상이한 양태들로 구분될 수 있다. 그런데 개정 교육과정에서는 대개가 '수용한다'나 '감상한다'로 단순화되어 있다. 이 용어들은 개념적으로 구분되지만 교육과정에서는 어느 수준의 활동을 요구하는지가 구분되어 진술되지 않았다. 교육과정에서는 적어도 '무엇을 한다'로 구분되거나 '어느 수준까지 한다'로 구분되는 행동화 수준이 판단되어야 한다.

여기서 '무엇을 한다'는 내용 요소 자체의 난도를 높이거나 낮추는 방법으로 성취 기준의 수준을 조정하는 것이며, '어느 수준까지 한다'는 맥락을 바꾸거나 담화 수준을 변화시키는 방법으로 성취 기준의 수준을 조정하는 것이다. 전자는 내용 기준의 위계화를, 후자는 수행 기준의 위계화를 각기 나타낸다. 2015 개정 국어과 교육과정의 (교과서로의) 구체화와 (수업으로의) 현실화에는 우선적으로 내용 요소의 구체화가 필요하다. 그것이 먼저 현대시 교육을 가능하게 함으로써 성취 기준의 내용 실현을 도울 것이기 때문이다.

(2) 내용 기준의 적정성 문제

2015 개정 국어과 교육과정의 내용 해설을 보면, '문학' 영역의 내용 기준을 기초하는 하위 내용 요소들이 이러저러한 방식으로 제시되어 있다. 여기서 '이러저러'하다는 것은 하위 내용 요소들이 제시되는 방식이 단일하지 않다는 것을 뜻한다. 이 하위 내용 요소들은 성취 기준으로 제시될 수도 있고, 그렇지 않을 수도 있다. 하지만 성취 기준 자체는 하위 내용 요소를 직접적으로 설명하고 있는 진술이 아니기 때문에, 하위 내용 요소의 적정성을 성취 기준만으

학년	하위 내용 요소		성취 기준
	문학 용어	시 용어	
중학교 학년군	심미적 체험, 소통, 문학 활동, 언어 예술	심미적 체험	[9국05-01]문학은 심미적 체험을 바탕으로 한 다양한 소통 활동임을 알고 문학 활동을 한다.
	비유, 상징, 표현효과, 수용, 생산, 심상, 정서	표현효과, 비유, 상징, 심상, 정서	[9국05-02]비유와 상징의 표현 효과를 바탕으로 작품을 수용하고 생산한다.
	갈등, 갈등의 해결, 감상	감상	[9국05-03]갈등의 진행과 해결 과정에 유의하며 작품을 감상한다.
	보는 이, 말하는 이, 관점, 작품의 분위기, 주제	말하는 이, 분위기, 주제	[9국05-04]작품에서 보는 이나 말하는 이의 관점에 주목하여 작품을 수용한다.
	창작, 사회문화적 배경		[9국05-05]작품이 창작된 사회·문화적 배경을 바탕으로 작품을 이해한다.
	반영		[9국05-06]과거의 삶이 반영된 작품을 오늘날의 삶에 비추어 감상한다.
	해석		[9국05-07]근거의 차이에 따른 다양한 해석을 비교하며 작품을 감상한다.
	재구성, 원작, (변화양상)		[9국05-08]재구성된 작품을 원작과 비교하고, 변화 양상을 파악하며 감상한다.
	경험, 발상, 표현, 운율, 반어, 역설, 풍자	운율, 반어, 역설, 풍자	[9국05-09]자신의 가치 있는 경험을 개성적인 발상과 표현으로 형상화한다.
			[9국05-10]인간의 성장을 다룬 작품을 읽으며 삶을 성찰하는 태도를 지닌다.
고등학교	문학 작품, 구성 요소, 유기적 관계(유기적 구조), 구조물, 문학	유기적 관계	[10국05-01]문학 작품은 구성 요소들과 전체가 유기적 관계를 맺고 있는 구조물임을 이해하고 문학 활동을 한다.
	갈래, 형상화 방법, 서정, 서사, 극, 교술	서정	[10국05-02]갈래의 특성에 따른 형상화 방법을 중심으로 작품을 감상한다.
	문학사, 한국문학, 한국문학작품		[10국05-03]문학사의 흐름을 고려하여 대표적인 한국 문학 작품을 감상한다.
			[10국05-04]문학의 수용과 생산 활동을 통해 다양한 사회·문화적 가치를 이해하고 평가한다.
	문학 생활화		[10국05-05]주체적인 관점에서 작품을 해석하고 평가하며 문학을 생활화하는 태도를 지닌다.

[표 3] 2015 개정 국어과 교육과정 '문학' 영역에 교육과정 용어로 판단되는 하위 내용 요소들

로 따지기는 불가능하다.

[표 3]은 중학교 및 고등학교 '국어' 과목의 '문학' 영역 문학교육의 내용을 구체화한 성취 기준들을 분석하여 제시하고 있다. 이전 교육과정에서와 달리 '내용 체계'를 통해 핵심 개념과 일반화된 지식, 그리고 내용 요소들을 제시하고 있는데, 이 표에서는 여기에 내용 해설로부터 추출된 내용 요소를 포함하였다. (내용 해설이 모든 성취 기준에 포함되어 있지는 않다.)

[표 3]의 하위 내용 요소들은 실제로는 대부분 교육과정에서 개념적으로 규정되지 않고 있다. 이 사실의 의미는 하위 내용 요소들이 교과서와 수업에서 사실상 자의적 해석의 대상이 되고 있다는 것이다. 이것이 내용 기준들 간의 위계성을 설정할 수 없게 하는 요인이 된다.

학년군 방식의 도입으로 인해 현대시 교육 내용의 위계성을 확인하기가 어렵게 된 것은 사실이지만, [표 3]의 '시 용어'는 현대시 교육의 내용이 '심미적 체험'을 제외하고는 대부분 형식과 표현 층위로 제한되어 있는 것을 확인할 수 있다. 또한 현대시 교육에 고유한 내용이라 보기 어려운 용어들을 제외하고 나면, 전체 성취 기준 중에서 현대시 교육을 위한 하위 내용 요소의 추출을 볼 수 있는 것은 15개의 성취 기준들 중 4개밖에 되지 않는다. 이를 두고 현대시 교육은 두 가지 선택을 할 수 있을 것이다. 첫 번째 선택. 4개의 성취 기준을 현대시 교육을 위한 독자적인 기준이라고 생각하고 이 성취 기준의 구체적 실현을 현대시 교육으로서 실행한다. 이 경우 현대시 교육은 내재적 접근에 따른 '꼼꼼한 읽기'를 통해 실현되며, 그에 따라 학생들에게는 형식주의적 관점을 형성하게 하는 교육적 영향을 미칠 수도 있다. 두 번째 선택. 교과서 개발 단계나 수업에서 성취 기준의 하위 내용 요소를 구체화, 현실화할 때 15개 모두에서 현대시 교육의 내용을 추출하여 실행한다. 이 경우 무엇을 현대시 교육의 내용으로 할 수 있는지 다시 숙고해야 할 수도 있다. 어떤 내용 요소(예컨대 '비유', '상징' 같은)는 성취 기준 수준에서 언급되고 있고 또 어떤 내용 요소(예컨대 '서정')는 성취 기준 해설을 통해 언급되고 있지만, 성취 기준 중에는 현대소설 교육의 내용과 구분되는 현대시 교육의 내용이 무엇인지 불분명한 것들도 있다는 점(예컨대 [9국05-10] 같은 경우)에서 교육과정과 독립적인 현대시 교육의 내용 체계가 제공될 필요가 있을 것이다.

2) 현대시 교육의 내용적 독자성

교육과정 문서는 현대시 교육이 개념적으로 존재하지 않음을 반복적으로 확인시켜 준다. 따지고 보면, 현대소설 교육 등의 다른 하위 영역들도 존재하지 않는다. 하지만 이것이 현대시 교육의 실행이 불가능하다거나, 또는 현대시 교육이 가공의 관념태에 불과하다는 것을 의미한다고 보지는 않는다. 오히려 이러한 부재의 단서들은 이제까지 현대시의 어떤 작품이나 개념을 두고 연구하거나 교육해 왔던 실행의 국면들이 우리가 현대시 교육이라고 상정하고 있는 관념의 대상과 일치하지 않았다는 것을 뜻한다. 여기에 이해의 상이한 층위가 가로놓여 있고 실행의 상이한 방향이 가로지르고 있다. 말하자면, 교육과정에서 기대해야 할 현대시 교육의 현실적 모습과 우리의 관념 속에 존재하는 현대시 교육의 이념화된 모습은 서로 어긋나 있다는 것이다.

미시와 거시 사이에서 현대시 교육이 제도적으로 현실화될 수 있기 위해서는 먼저 현대시 교육이 실행되는 논리적인 형식을 점검해 보는 것이 필요할 것이다. 여기에는 다음 세 가지 모형—곧, 병행적 모형, 단계적 모형, 중첩 모형—이 상정될 수 있다.

첫째, 병행적 모형이란, 문학교육의 실제가 현대시 교육 같은 하위 영역의 교육들로 이루어져 있고 그 각각은 병렬적으로 제시되는 모형이다. 제도적 실행의 설계도로서 교육과정은 현대시 교육, 현대소설 교육, 고전시가 교육, 고전산문 교육 같은, 전통적인 국문학 연구 분야의 내용을 취하는 방식이다. 혹은 문학 양식의 고전적인 분류 체계 내에서 시 교육과 소설 교육, 희곡 교육 같은 하위 영역들을 취하고 여기에 수필 교육 혹은 비평 교육(이나 교술 교육)을 선택적으로 포함하는 방식이 가능할 수도 있다. 다만 이 경우 근·현대의 작품들을 주로 다룸으로써 내용적으로 현대시 교육을 실행하게 하는 것이다.

둘째, 단계적 모형이란, 학년 혹은 학년군에 따라 하위 영역을 배분하고 특정한 학년(군)에서 문학교육을 현대시 교육으로서 실현하는 모형이다. 위계적 배치의 원리는 다양할 수 있다. 예컨대 인식 능력의 변증법적 발달을 가정하여 시 교육을 저학년(군)에, 소설 교육을 중학년(군)에, 그리고 희곡 교육과 비평 교육을 고학년(군)에 배치하면서 학년별로 근·현대 문학과 고전 문학을 달리 배치할 수도 있고 전반적으로 근·현대 문학에 치중함으로써 내용상 현대시 교육을 실행할 수 있다.

그리고 셋째, 중첩 모형이란, 현행처럼 문학교육을 하위 내용 체계를 구성하게 하는 기본 단위로 삼는 모형이다. 다만 제7차 교육과정이나 개정 교육과정의 문학 영역과는 달리 '능력'으로서의 성취 기준이 아닌 '수용해야 할 가치'로서의 내용 기준을 교육 내용으로 삼아 내용 체계화의 근거를 마련해 둔다. 내용 기준은 현대시 교육의 내용 체계에 근거하지만 다른 하위 영역의 내용 체계와 병렬적으로 설정하기보다는 문학교육의 일반 목표 수준으로 통합하여 체계화함으로써 하위 영역 간의 내용 중복을 피한다.

논리적으로 구성할 수 있는 현대시 교육의 교육과정 실행 모형 가운데 첫 번째 모형은 심화선택과정에서 고려될 수 있는 모형일 것이다. 다만 현대시 교육을 포함한 다른 하위 영역의 하위 내용 요소가 독립적이라고 가정하지 않는 한 교육 내용의 중복을 피하기 어렵고 전체적으로 교수·학습에 많은 시간을 필요로 한다는 점이 문제로 지적될 수 있다. 두 번째 모형은 심화와 발달의 위계성을 설정할 수 있다는 가능성 때문에 국민공통 기본교육과정에서 고려할 수 있기는 하지만, 위계성의 논리가 문학 자체로부터가 아니라 학습자의 발달 원리에 대한 외재적 설명으로부터 마련된다는 점이 문제로 지적될 수 있다. 만약 두 번째 모형을 현실화하고자 한다면, 하위 영역 간의 분리보다는 비중 차이에 중점을 두고 위계적 구성을 하는 것이 필요할 것이다.

세 번째 모형은 앞선 두 모형에 비해서는 현실적이라는 장점을 갖는다. 개정 교육과정의 내용 체계와 유사한 형태를 취할 수 있다는 점에서 교육과정 적용에도 유리한 측면이 있다. 다만 세 번째 모형을 현실화할 경우에는 다음과 같은 요건이 충족되어야 할 것이다. 우선 현대시 교육을 위한 내용 범주의 계열성도 확보되어 있어야 한다. 다만 현실적으로 국민공통 기본교육과정의 전 과정이 현대시 교육 등의 독립적인 내용 범주들을 모두 갖추게 하기 어려울 뿐 아니라 학습자의 발달 과정에는 어떤 시점에 현대시 교육과 그 외의 다른 하위 영역들이 기초적인 하위 내용 요소를 공유하며, 또 어떤 시점에 통합적인 하위 내용 요소를 공유한다고 보는 것이 이론이나 실제 모두에 부합한다고 할 수 있으므로 이러한 발달 경로를 고려한 계열화가 이루어져야 할 것이라 판단된다.

문학교육의 일반 목표 수준에서 내용 기준이 기술될 것이므로, 현대시 교육의 내용은 기준 차원이 아닌 내용 요소 차원에서 구체화되어야 한다. 또한 내용 요소로서 그 수준과 범위가 확정되어 있어야 한다. 다만 '문학 영역'의 경우 작품이 기준의 수준과 범위를 판단하게 하는 데 주요한 요인이 된다는 점을 고려하여, 학습자의 이해와 수용의 배경을 고려하되 다양한 특성과 경향을 보여줄 수 있는 작품 목록이 함께 제시되는 것이 바람직하다고 할 것이다.

서혁(2005),「제7차 국어과 교육과정과 수준별 교육에 대한 비판 및 개선방안」,『국어교육학연구』 제23집, 국어교육학회.
성열관(2005),「교육과정 성취 기준 논쟁의 동향 및 평가」,『한국교육학연구』 11권 1호, 안암교육학회.
유영희(2007),「2007년 개정 교육과정 '문학' 영역의 특성 및 지향점」,『청람어문교육』 제36집, 청람어문교육학회.
이재기(2007),「2007년 개정 국어과 교육과정의 특징과 실행 방안」,『청람어문교육』 제36집, 청람어문교육학회.
정혜승(2007),「성취 기준 중심 국어과 교육과정 구성에 대한 비판적 고찰」,『국어교육』 123호, 한국어교육학회.
천경록(1998),「국어과 절대평가 성취 기준 개발 방안」,『청람어문학』 제20집, 청람어문학회.
최미숙(2004),「국가 수준 국어과 교육성취도 평가의 실제와 발전 방안—평가문항을 중심으로」,『국어교육학연구』 제20집, 국어교육학회.
최지현(2006),『문학교육과정론』, 역락.

제6장

현대시 교육에서의 교사와 학습자

1. 수업: 체험과 성숙의 공간

1) 현대시 수업의 특성

현대시 수업은 특별하다. 수업이 이루어지는 교실의 장면도 그러하려니와 수업의 내적 과정, 곧 교수와 학습이 함께 이루어지는 심리적 과정도 매우 독특하다. 교실 장면을 먼저 생각해 보자. 목표보다는 과정에, 기능의 숙달보다는 체험의 심화와 다양화에 수업의 중점이 놓인다. 이것이 문학 수업의 일반적 특성이라고 한다면, 현대시 수업은 그중에서도 더욱 특별한 양상과 특성을 갖는다.

현대시 수업에서는 교재로 활용되는 텍스트가 비교적 짧다. 텍스트의 길이가 짧다는 것은 수업이 단일 차시로 이루어질 수 있는 여지가 많아진다는 것을 뜻하며, 달리 말하면 수업 시간 중에 작품에 대한 학습 체험이 이루어질 가능성이 높다는 것을 뜻한다. 소설 수업에서는 텍스트 읽기와 작품에 대한 체험하기가 분리되기 쉽다. 반면, 현대시 수업은 텍스트 읽기로부터 작품 이해와 체험에 이르는 과정이 수업 중 실현될 가능성을 갖는다.

현대시 수업에서는 또한 학습자의 산출이 비교적 다양하고 빈번하게 이루어질 수 있다. 반응의 시작 시점이 빠르기 때문에 수행-평가-송환의 과정이 수업 중에 실현될 수 있다. 하지만 이를 위한 여건의 조성은 다른 문학 수업에 비해 어려운 편이다. 검증된 교수·학습 방법은 별로 없고, 제공되는 것들도 대개는 방법이기보다는 모형이나 접근 수준이다. 이해와 감상에 관해서는 표준적 절차가 있다기보다는 텍스트인 작품과 매개자인 교사에 따라 더 친숙하고 설명력이 높은 관습적 독법이 있는 편이다.

이와 같은 외적 특성들에 더해 현대시 수업의 내적 특성은 훨씬 모호하고 또한 복잡하다. 학습자에게 학습의 대상은 그것이 지식의 형태를 취하든, 혹은 작품의 형태를 취하든 간에 서사를 갖는다. 말하자면, 거기에 그러한 의미가 있어야 하는 맥락이 있고, 이야기가 존재한다. 지식과 지식에 접근하는 방법과 대상을 내면화하는 방법을 돕는 데 매우 큰 기여를 하기 때문이다. 하지만 현대시 수업에서는 학습자에게 친숙한 서사의 종류가 부족하다. 대개 주체와 세계 사이에서의 조화와 갈등(저항), 개인과 개인의 관계 형성과 단절이 지배적인 도식을 이룬다. 수업 장면에서는 일부 관습 상징들이 교실 밖에 비해 과도히 일반화되는 경향이 있다. 시대적 배경을 모르면 주체와 세계의 갈등은 일제 치하의 저항시를 구축한다. 작품 속 상황의 이력을 모르면 개인과 개인의 갈등은 고백담을 만든다. 말하자면 서사의 부족은 일부 관습화된 서사의 강화로 귀결된다.

교사나 학습자가 이러한 빈약함에서 벗어나는 길은 작품 감상, 혹은 문학적 체험에서 안정적인 이해의 틀 대신 낯설고 막연한 새로운 이해의 틀을 선택하는 길이다. 하지만 이 일이 쉽지 않기 때문에 현대시 수업은 대개 교사의 체험을 학습자에게 은연중 강요하는 식이 되기 쉽다. 외형적으로는 독해 중심의 수업처럼 보이기 쉽고, 내적으로는 체험의 곤란함 혹은 편식성이 곧잘 문제가 된다. 현대시 수업에서는 체험의 성숙도 풍요화도 목표가 되면서 동시에 절박한 과제가 된다.

2) 넓게, 그리고 깊게

시를 경험하게 되는 과정을 단순화하면 일반적으로 다음과 같은 단계들이 순차적으로 설정된다. 곧, 〈텍스트 해독 → 텍스트의 의미 맥락의 파악 → 담화적 상황의 구성 → 상상적 체험 공간의 구체화 → 상상적 체험 → 정서적 반응〉이 그것이다. 물론 이 과정이 시간을 두고 순차적으로 진행되기만 하는 것은 아니지만, 기본적으로 '감상'에서는 '체험'이 전제되고, '체험'에서는 '담화적 상황'이 전제되며, '담화적 상황'에는 '텍스트 해석'이 전제되는 것만은 분명하다.

이 과정은 실제의 경험과는 상당한 차이를 보인다. 실제의 경험이 직접적인 체험을 가능하게 하는 반면, 시의 경험은 우선 텍스트의 언어적 기호들로부터 가상의 체험 공간을 구축해 내고, 연후에 이에 대해 체험을 하게 한다. 그런데 이 과정이 만만치 않아서 시를 경험하는 일은 실제의 경험보다 어려울 뿐 아니라 다른 문학적 경험들에 대해서도 어려운 것이 일반적이다.

시를 가르친다는 것은 이 과정을 촉진하거나 풍요화하도록 돕는 것을 뜻한다. 여기서 텍스트 해독으로부터 상상적 체험 공간을 구체화하는 과정까지 빠르게 도달할 수 있도록 작동 기제를 학습시키거나 자동화하도록 숙련시키는 것이 촉진 방향으로의 교육이라면, 텍스트의 의미 맥락으로부터 다양한 담화적 상황을 구성하거나 상상적 체험 공간에서의 체험 주체의 위치를 조정하도록 돕는 것은 풍요화 방향으로의 교육이 된다. 물론 여기에 간여하는 교사의 개입 정도와 교육적 관점은 논외로 하고서이다. 예컨대 다음과 같은 작품을 감상하게 한다고 해 보자.

1947년 봄
심야(深夜)
황해도(黃海道) 해주(海州)의 바다
이남(以南)과 이북(以北)의 경계선(境界線) 용당포(浦)

사공은 조심 조심 노를 저어가고 있었다.
울음을 터뜨린 한 영아를 삼킨 곳.
스무 몇 해나 지나서도 누구나 그 수심(水深)을 모른다.

-김종삼, 「민간인」

이 작품은 남북한이 각기 단독정부를 수립한 이후 긴장이 고조되고 국지전적 분쟁이 일어나기 시작하던 1947년의 접경 지역을 시·공간적 배경으로 삼고 있다. 남북한 왕래가 불가능해지고 각기 정부 체제가 고착되면서 사는 곳이 살아갈 방향을 결정해 버리게 되는 운명적 환경 속에서 자유의지로 목숨을 건 월경(越境)을 하는 행위는 분명 중대한 시적 상황이다. 하지만 독자인 학습자들은 이 경험을 가지고 있지 않다. 한국전쟁의 경험은 일제 식민지하의 경험보다 훨씬 더 낯설고 멀기만 하다. 그것이 이 작품에 대한 감상을 방해한다.

촉진의 방향으로 시 감상 지도를 한다고 해 보자. 교사는 학습자의 감상을 돕기 위해 작품의 담화 형식과 표현들에 주목하게 한다. 이것들이 발상과 인식의 중요한 단초가 되기 때문이다. 먼저 2개의 연이 배경과 사태로, 객관과 주관으로, 원경과 접경으로 대비되고 있는 것에 주목하게 한다. 한시(漢詩)의 구성 원리인 선경 후정(先景後情)으로 접근할 수도 있다. 혹은 '용당포(浦)'와 '곳'의 대응 구조로 접근할 수도 있다. 이러한 구조 원리는 (그 선택이 어떤 것이든 간에) 시적 화자가 주목하고 있는 '한 영아를 삼킨 곳'의 중요성을 부각시킨다. 그에 따라 1연의 배경 맥락이 2연의 '곳'으로 수렴되어 들어온다. 이른바 역사적 이해가 전면화되고, 학습자들은 이 목소리의 주인공을 어떻게 이해하든 간에 바로 '이남(以南)과 이북(以北)'의 갈등과 긴장이 이 '곳'에 집중되어 있음을 알게 된다.

그 이후로는 작품 이해는 역사적 엄중함이나 정치적 첨예함, 혹은 이데올로기적 대립의 비극성을 바탕에 두게 된다. 해석이나 감상은 다양성의 방향보다는 심화의 방향으로 발전하게 된다. 그 '곳'에서 영아의 죽음은 우연도 아니고, 개인사적인 경험도 아니고, 역사적 · 정치적 · 이데올로기적 행위로서의 무게감을 갖게 된다. 의미는 점점 확정적인 것이 되며, 명제화한다. 이것이 심화의 방향이다.

반면에 풍요화의 방향에서는 지속적으로 명제화를 유보하는 감상 지도의 전략을 세운다. 심화의 방향이 본질적으로 '명사적'인 데 반해, 풍요화의 방향은 '동사적'이다. 다시 말해 심화는 해석의 대상인 관념이나 사물, 사태 등을 먼저 주목하고 그것의 의미를 추구해 가는, 그럼으로써 개념의 외연을 정립하는 명제화 방식을 취하는 데 반해, 풍요화의 방향에서는 진술의 판단을 먼저 주목하고 그것의 주체를 찾아가는, 그럼으로써 주체가 확정되기 전까지는 명제화가 유보될 수밖에 없는 방식을 취한다. 그래서 풍요화의 방향에서는 "'영아를 삼킨 곳'은 어떤 곳인가?" 하고 묻지 않고, "'모른다'고 말하는 자는 누구인가?" 하고 묻는다. 그 '누구'는 누구라도 될 수 있으며 이 경우 '모른다'의 함축도 달라진다.

풍요화의 방향에서 교사는 이 작품의 목소리를 찾게 한다. 아마도 한밤중 몰래 작은 어선에 몸을 실은 수 명에서 십수 명에 이르는 월남자(越南者)들 중 한 사람이었을지 모른다. 그 목소리의 주인공은 아마도 깊이가 40여 미터가 안 될 서해 바닷길 어딘가에 한 영아가 물에 던져져 죽임을 당할 때 그 배에 타고 있었을 것이다. 그는 아무 말도 하지 않고 잔뜩 몸만 웅크리고 있었을 것이다. 그는 고개도 숙였을지 모르고, 눈도 감고, 귀도 막고 있었을지 모른다. 어차피 눈을 떠도 캄캄한 바다 위에서 보이는 건 없었을 것이다. 바닷길 어디쯤 자기가 탄 배가 지나고 있는지도 몰랐을 것이다. 그래서 그는 '모른다'고 말했을 것이다.

'모른다'는 바다 깊이를 모른다는 말이다. 하지만 '내 죄의 깊이가 너무 깊다' 하고 자백하는 것으로 읽어 내는 학습자는 작품 속에 또 다른 목소리가 존재하고 있음을 이해하는 학습자이다. 그 목소리란 이런 말을 건네는 목소리이다. '한 어린 아기가 바다에 던져져 목숨을 잃었을 때, 너는 무엇을 했는가?' 마치 이 장면은 예수의 제자 베드로가 자기 목숨을 구제하기 위해 '나는 모른다' 하고 부인하던 장면과 유사해 보인다.

누가 이런 질문을 던지고 있을까? 이 목소리가 직접적으로 노출되어 있지 않고, '모른다'는 말의 결을 타고 겹쳐서 들려온다는 점에 비추어 보면, 질문하는 이 목소리는 '모른다' 하며 부정하던 자의 또 다른 목소리라고 생각할 수 있다. 비록 시간적 간극(스무 몇 해)의 차이는 있을지 모르지만, 이 목소리는 숨길 수 없는 양심으로 인해 고통스러워하는 자가 원래부터 가지고 있던 목소리였을 것이며, 생존의 절박성에 대해 생명의 소중함을 말하는 목소리, 곧 보편의 가치를 말하는 목소리일 것이다.

이 두 개의 목소리를 듣게 된 다음부터 본격적인 풍요화의 감상 지도가 이루어진다. 두 개의 목소리는 한 사람에게서 울려나오는 것이다. 이 두 개의 목소리는 한 사람의 내면에 존재하는 두 방향의 가치이다. 가치들은 삶의 여러 장면들 속에서 충돌한다. 그런데 학습자들은 작품 속 상황을 겪어 보지 못했을 뿐 아니라 그 정서 체험 또한 기피하고픈 대상이기 때문에 공감이나 동화되기 어렵다. 그렇기 때문에 교사는 학습자의 삶의 경험들을 작품 공간으로 끌어온다. 가치 충돌의 체험 공간 속에서 자신의 목소리를 불러내게 하는 것이다. 암묵적인 공모(共謀)의 모든 상황들이 적용될 수 있다.

시 교육에 관한 논의들은 대개 이 둘 중 어느 하나를 기본적인 접근 방법으로 삼는다. 촉진의 방향으로의 교육은 기본적으로 효과성에 주목한다. 여기에는 도구적 지식과 절차적 적용과 반복적 강화가 주요 요소를 이룬다. 풍요화의 방향으로의 교육은 기본적으로 다양성에 주목한다. 여기에는 체험 주체들과 체험의 교호작용과 내면화가 주요 요소를 이룬다. 기본적으로 전자의 방법은 인지적이며 합리적·수렴적인 반면, 후자의 방법은 정서적이며 경험적·발산적인 특징을 갖고 있으며, 이러한 상이한 특징에서 비롯되는 교수학적 장단점을 함께 갖는다. 물론 이론은 이보다 구체적인 까닭에 서로 다를 수 있으며, 이론들 중에는 두 접근 방법의 절충을 시도한 것들도 있다.

2. 현대시 수업에서 교사의 역할

1) 문학교사는 어떤 존재인가

고등학교 현장에는 문학 과목을 전담하는 교사들이 있다. 만약 '문학교사'가 존재한다면, 이 교사들이 그 이름에 가장 근접한 이들이라 할 수 있겠다. 이들의 수가 충분하다면, 현대시 수업도 이들 교사가 맡게 되는 것이 이상적이다. 그런데 과연 '문학교사'는 존재하는 것일까?

현대시 수업은 문학교육의 한 실현태이므로, 우선 문학교육의 실현이 문제된다. 여기서 교사의 문학적 이해나 체험이 학습자를 감화시키는 것만으로는 문학교육이 이루어질 수 없다는 것을 전제해 두어야 할 것이다. 문학교육은, 그것이 학교에서 이루어지는 제도화된 실천인 경우라면, 반드시 '목표'가 전제되어 있어야 하기 때문이다. 그러면서도 인간을 자유롭게 하는 문학교육 본래의 의의가 손상되어서는 안 되므로, 교사의 문학적 이해나 체험이 학습자들에게 강요되어서도 안 된다는 것을 전제해 두어야 할 것이다.

문학교사는 교과 전문성을 갖추고 있어야 하므로, 문학 작품을 이해하고 해석하며 설명해 내는 능력을 갖추고 있어야 한다. 그렇기에 문학교사는 문학 이론에 대한 지식을 갖추고 있어야 하며, 문학적 이해나 체험에 대한 이론을 또한 지식으로 갖추고 있어야 한다.

문학교사는 교과 전문성을 갖추고 있어야 하므로, 학습자의 문학적 체험의 특성이나 방식, 그들의 체험에 대한 접근 방법에 대해 이해 능력을 갖추고 있어야 한다. 학습자의 문학적 체험이 미숙하고 곤란과 제약도 있으므로, 이를 평가할 수 있는 능력도 필요하다.

그리고 그들의 문학적 체험을 풍요롭고 깊이 있게 하는 능력도 필요한데, 이를 흔히 교수 능력이라고 한다. 문학교사에게는 교과 전문성의 핵심이라 할 수 있는 문학 교수 능력이 있어야 한다.

이런 특성들은 국어교사에게 요구되는 국어 교과 전문성처럼 특화된 전문성으로 인정된다. 이러한 전문성이 어떻게 만들어지는가? 그것은 문학교사의 수업과 그의 일상 속에서 만들어진다. 여기에 일곱 가지의 표지가 있다. 문학교사로서의 자질, 능력, 교육 수행, 자의식, 사회적 인정, 일상생활, 재교육. 문학교사는 문학 수업을 이끌어가는 데 필요한 충분한 자질과 능력을 갖추고 있으며, 다른 사람들뿐 아니라 자기 스스로도 자신을 문학교사로서 인식하고 있고, 일상의 삶 속에서 문학교사로서 살아가며, 이러한 문학교사의 전문성과 정체성을 유지, 발전시키키기 위해 지속적으로 재교육 받는 교사, 그가 문학교사이다.

개념적으로 보면, 문학교사는 매우 특별한 존재이다. 그들은 자신들의 문학 체험을 문학적 창조 행위로 이어갈 수 있기를 욕망한다. 일상적으로 시나 소설, 혹은 수필 등을 쓰기도 하고, 혹은 일상적으로는 그렇지 못하다 하더라도 이를 갈망하며 살아간다. 문학과 관련된 정기 간행물을 구독하기도 하며, 역동적이며 다채로운 문학 수업을 이끌어간다. 무엇보다 그들은 문학교사로서 자기 계발에 열심이다.

현실적으로 보면, 이러한 문학교사는 소수에 불과하다. 자질과 소양, 능력 등에서 그렇게 보이는 이들도, 결국 개인적인 차원에서 갖춘 문제를 보고 있는 것이라 할 수 있다. 그것으로는 제도로서의 문학교육을 설명하지 못한다. 여전히 우리에게 문제되는 것은 문학교육에서의 문학교사이기 때문이다.

2) 문학교사 되기와 문학교육

교사의 한 범주로 문학교사를 설정하는 일은 쉽지 않다. 그것은 '자격'이라는 객관적 표지에 의해 규정되는 '국어교사'와는 성격이 다른 범주이다. 하지만 개념적으로 정합성을 지닌 문학교사는 현실에서는 소수일 수밖에 없고, 이 '엄격한 의미'에서의 문학교사를 전제로 문학교육을 생각하다 보면, 문학교육 무용론에 앞서 문학교육 불가론을 받아들이게 될 수도 있다.

여기 몇 가지 유보 조건을 받아들여 문학교사를 재범주화하고, 이를 근거로 문학교육의 실행을 뒷받침하는 방법이 있다. 따지고 보면, 이 유보 조건이란 문학교사가 현실에서 소수일 수밖에 없는 원인이기도 하다.

우선, 문학교사는 동시에 국어교사이다. 이원적 자격을 가지고 있다는 것이 아니라 국어교사의 자격으로서 문학교사의 역할을 수행한다는 것이다. 달리 말해, 문학교사는 국어교육의 실천 범위 내에서 문학교육을 수행하게 된다.

혹은, 이와는 조금 다른 관점에서 규정할 수도 있다. 문학교사는 문학교육적 관점에 근거하여 문학교육의 목표를 지향하되 다만 그 수행의 한계가 국어과 교육과정 내에 있다는 것을 인정하는 교사이다.

아니면, 문학교육과정의 독자성을 좀 더 강조할 수도 있을 것이다. 문학교사는 국어교육의 교육과정 목표 달성을 위해 실천하되 그 실천은 문학교사로서의 교육적 역할을 수행하는 교사이다. 말하자면 국어과 교육이라는 형식을 통해 문학교육이라는 내용을 실천한다는 뜻이다.

작품을 예로 삼아 위 문학교사가 각기 어떤 다른 모습을 갖게 되는지 생각해 보자.

이제 세월처럼 흘러가는
남의 세상 속에서
가쁘던 숨결은 식어가고
뉘우침마저 희미해가는 가슴.

나보다도 진해진 그림자를
밟고 서면
꿈결 속에 흔들리는 갈대와 같이
그저 심심해 서 있으면
해어진 호주머니 구멍으로부터
바람과 추억이 새어나가고
꽁초도 사랑도 흘러나가고
무엇도 무엇도 떨어져버리면

나를 취하게 할 아편도 술도 없어
홀로 깨어 있노라.
아무렇지도 않노라.

-구상, 「구상무상(具常無常)」

첫 번째 문학교사는 국어과 교육으로 규정된 범위 내에서만 문학교육을 수행한다. 교육목표 수준에서 보면, 국어과 교육을 수행하는 것이며 다만 문학 영역의 교육을 수행하는 것이 된다. 위의 작품을 가르칠 때 문학교사가 취하게 되는 일차적인 교수 전략은 분석적 읽기나 추론적 읽기의 방법을 선택하는 것이며, 무엇보다 이 방법들을 상향식 읽기의 접근으로서 선택하는 것이다. 배경지식은 어디까지나 독해 과정에서 잃어버린 고리를 잇대어 놓기 위한 방안으로 선택된다. 문학교육은 문학 작품을 대상으로 선택한 읽기 교육이다. 다만 읽기의 대상이 '문학'이라는 양식에 속하기 때문에 이를 고려한 읽기의 방법을 선택한다는 차이가 있을 뿐이다.

이 교사는 문학 텍스트가 고유의 구조 원리를 가지고 있고, 특히 시의 경우 병치-반복의 대립 구조를 통해 응축된 심상을 형성함으로써 주제를 형상화한다는 것에 주목하여 이를 작품 분석과 해석의 주된 전략으로 삼는다. 병치-반복의 대립 구조는 흔히 계열축과 통합축의 교직(交織)을 통해 전체 구조 원리로 통합되므로, 이 교사는 이 원리를 구체적으로 추적하여 학습자들에게 제시한다. 이를테면 이와 같다. 이 작품에서는 '가슴'—'숨결 식어감'/뉘우침—희미해짐과 '호주머니 구멍'—'바람과 추억 새어나감/꽁초와 사랑 흘러나감/무엇도 무엇도 떨어져버림'이 계열축(A)을 이룬다. 또한 '밟고 서면'과 '심심해서 있으면'과 '홀로 깨어 있노라', 그리고 '아무렇지도 않노라'도 이에 대응하는 또 다른 계열축(B)을 이루고 있다.

'가슴'과 '호주머니 구멍'은 그 자체로는 연상 관계이지만, '숨결 식어감'과 '바람과 추억 새어나감'의 의미적 등가성에 기대어 계열적 관계를 형성한다. 같은 방식으로 '밟고 서면'부터 '홀로 깨어 있노라'도 모두 서정적 주체의 행위 진술이라는 의미적 등가성으로부터 계열적 관계가 만들어지는데, 문제는 '아무렇지도 않노라'라는 진술이 같은 계열축의 진술과는 불일치한다는 것이다. 이것은 계열축(B)의 일부가 계열축(A)의 일부와 계열적 관계를 만듦으로써 빚어진 결과인데, 구체적으로 말하면, '밟고 서면'과 '심심해 서 있으면'이 '떨어져버리면'과 문법적으로 동형이 되기 때문이다. 그리하여 '밟고 서면'과 '심심해 서 있으면' '아무렇지도 않노라' 할 수 있겠지만, 그 행위가 계열축(A)가 만들어 내는 의미인, 생명력의 소진 혹은 자유 의지의 박탈을 지켜보고만 있을 수밖에 없는 무력감과 관련되어 있기 때문이다. 자신의 정체성을 이루었던 모든 것들이 새어나가고, 흘러나가고, 떨어져버리는 상황에서 이를 잊기 위한 아편도 없이 홀로 깨어 있어야 하는 것을 두고 결코 '아무렇지도 않노라'고 할 수 없는 일이기 때문이다.

대개 시적 의미란 자연스러운 연상을 중단시키는 일상의 균열로부터 비롯된 발견과 깨달음을 뜻하기 때문에, 이러한 균열을 짐짓 모르는 척하고 있는 자체도 필시 중요한 의미를 지니고 있기 마련이다. 이 교사는 이 지점에서 상실감을 말하고, 무력한 현실을 말하고, 그리고 아이러니를 말한다. 이 교사의 문학교육은 거기까지이다. 곧, 분석과 해석 중심의 읽기 교육이 문학교육의 실제 이름인 셈이다.

두 번째 문학교사는 그 이상의 문학교육이 있다고 생각한다. 문학은 이미 결정되어 있는 규범이 아니며, 선택된 말하기 방식이라는 것을 주목한다. 그것을 말한 주체가 있고, 응당 그 말을 듣는 또 다른 주체가 있음을 교육의 내용에 포함시킨다. 따라서 텍스트를 읽고 내용을 분석할 독자만이 아니라 텍스트의 생산 주체인 작가, 그리고 소통적 관계와 구조에 대해서도 관심을 기울여야 한다고 생각한다. 이 교사에게 문학은 읽기 자료 이상이다. 문학은 사회적 담론이고 제도적 실천이다. 따라서 이 교사는 문학 이해와 수용을 문학교육이 해야 할 과제라고 인정하지만, 분석과 해석의 대상은 텍스트를 넘어선다는 것을 강조한다.

일제와 분단기와 전쟁을 거치면서 그의 삶이 박해와 수난 속에 있었는데, 그는 목하 고백담을 전하고 있다. 구멍 난 호주머니에서 넣어 둔 물건들이 새어나가는 것처럼 그의 영혼(가슴)에서 살아 있음의 증거들이 사라져 버리는 것이 그의 죄업 때문이었을까? 이렇게 말하는 데에는 어떤 곡절이 있었던 것일까? 시인의 현실 인식은 또 얼마만큼 객관적인 것이었던가? 이 교사는 학습자들과 텍스트를 통해 문학을 읽고, 사회와 역사, 그리고 심리를 함께 읽는다.

이를 통해 작품에 대해 얼마나 공감했느냐는 가외적 성과를 얻을 수도 있을 것이다. 다만 이 교사가 목표로 삼지는 않을 뿐이다.

두 번째 교사의 모습은 첫 번째 교사보다 한 걸음 더 나간 것이다. 텍스트에서 작품으로, 이해로부터 수용으로. 이를 위해 국어과 교육과정 내에서 수행할 수 있는 정도에서 문학교사로서의 자질과 능력, 정체성과 훈련이 요구된다. 이러한 문학교사를 찾는 것은 어려운 일은 아니다.

이와는 다른 방식으로 국어과 교육 내에서 문학교육을 실행할 수도 있다. 하지만 이 방식은 좀 더 전문적인 것으로 보이며 문학교사로서의 자기 정체성의 인식도 분명해 보인다. 그리고 훈련도 필요하다. 세 번째 방식의 문학교사는 작가 주변을 살피는 데 머물지 않고, 작가 내면으로 들어가려고 한다. 시인의 목소리에 귀를 기울이고 그의 어조와 심리, 태도와 거기서 묻어나는 분위기, 상황까지도 듣고자 하는 청자를 그의 교육적 실천의 대상으로 삼는다. 이 교사는 학습자들이 바로 그 청자가 되어야 한다고 여기며 체험과 향유가 문학교육의 본령이 되어야 한다고 생각한다. 이 교사는 이를 위해 때로는 심화된 문학적 지식이 동원될 필요가 있겠지만, 국어과 교육의 도구 지식으로도 수행할 수 있다고 판단한다.

하지만 이를 위해서는 상상적 체험이 필요하다. 설명으로는 결코 접근할 수 없기 때문에 교사 자신이 먼저 체험해야 한다. 그리고 그 체험은 공감되는 것이지 지식이나 이론으로서 학습되는 것은 아니다. 따라서 이 교사는 문학교육을 통해 학습자들에게 잠시라도 다른 사람의 인생을 살아보도록 하는 것, 그것이 무엇보다 중요하다고 여긴다. "이렇게 말하고 있는 이 사람은 어떤 인생을 살아온 사람일까?", "이 사람이 겪은 최근 한 달간의 삶은 어떠했을까?", "너희 중 이러한 경험을 겪었던 경우가 있었는가?", "만약 너희가 이러한 상황 속에 있다면, 어떤 말을 하게 될까?" 이 같은 질문들이 이 교사가 수업을 풀어가기 위해 선택된다.

이 교사가 수업 중 지도하는 것은 문학 세계의 체험이지만 교육의 목표로 삼는 것이 문학 텍스트의 이해일 수 있다. 보통의 경우, 텍스트의 분석이 작품 해석을 가능하게 하고, 작품 해석이 작품 세계를 향유하게 하는 경로를 갖지만, 그리고 작품 해석에서 작품 세계의 향유로 넘어가는 과정에서 문학교육의 특수성, 독자성, 정체성의 시련이 생기며 '문학교사'의 개념과 현실 사이의 간극이 발생하지만, 이 교사는 그 과정을 거슬러 가면서 국어과 교육 내에 문학교육이 존재하게 한다. 분석이나 해석, 체험과 향유를 문학교사가 대신해서는 안 된다고 여기기 때문에, 먼저 작품 세계 속에 들어가 학습자들을 기다린다. 조금씩 비슷하거나 다르거나 간에 서로 중첩된 저마다의 작품 세계들에서 학습자들은 다양한 세계를 잠시 맛본다. 그것은 시인의 눈을 가져보는 순간이기도 하고, 교사의 눈을 가져보는 순간이기도 하다. 하지만 어디까지나 그 순간은 학습자들 스스로의 상상적 체험의 순간이다.

3) 현대시 수업에서 문학교사의 역할

현대시 수업이 갖는 독특한 특성 중 하나는, 학습자들이 텍스트로부터 그럴 듯한 맥락을 찾아내는 일이 매우 어려운 반면, 교사가 제시한 텍스트 맥락은 지나치게 강력하여 학습자들로 하여금 다른 해석의 경로를 찾기 어렵게 한다는 것이다. 쉽게 말하면, 현대시 수업은 작품의 의미 파악을 위한 첫 출발이 매우 어려운 수업이다. 흔히 이해하기 쉽다는 말의 의미는 환언(paraphrase)이 용이하다는 것인데, 이 환언은 대표적으로는 서사화를 통해 이루어지고, 전형화를 통해서도 이루어진다. 소설이나 희곡은 서사가 바탕을 이루거나 서사화하기가 용이

✣ 서사화, 전형화, 자기화

서사화란 텍스트의 맥락이 일련의 시간적 연쇄로 이루어진 사건으로 이해하는 것을 말하며, 전형화란 대표적이거나 일정한 유형을 갖고 있거나 일반화된 사건으로 이해하는 것을, 그리고 자기화란 자신의 경험에 대입시켜 이해하는 것을 말한다.

공감적 조정(sympathetic regulation)'은 교사의 체험과 학습자의 체험이 교수·학습 과정에서 서로 교류되면서 심화되고 풍요화되는 과정을 가리키는 용어이다. 이 용어는 교사가 (그 스스로의) 체험 없이 학습자의 체험을 유도하거나 혹은 (학습자의 체험을 막고) 특정한 해석 맥락에서 체험 결과를 학습자에게 주입하는 독해 지도와 문학 감상 교육을 구분하기 위해 만들어졌다. 교사가 이미 해당 작품에 대해 상상적·정서적 체험을 한 경우라 하더라도 감상 지도 과정에서 그 체험이 동반되지 않는다면 이 역시 단순히 독해 지도에 머물고 말 것이므로, 공감적 조정의 관건은 교수·학습 과정 자체가 감상의 과정이 되어야 한다는 것이다.

한 상황적·사회적 맥락을 가지고 있고, 수필은 자신의 경험과 일치하기 쉬운 일상의 경험을 바탕으로 하고 있어 상대적으로 맥락 형성이 용이하다. 게다가 이들 문학 텍스트는 산문의 형태로 써진다. 하지만 현대시 수업에서 다루는 현대시 텍스트는 맥락 단서가 적고 그나마 찾아낼 수 있는 맥락은 도식화[1] 되기 쉽다는 것이다.

이러한 특성으로 인해 현대시 수업에서는 문학교사의 역할이 특별히 중요하다. 이 중요성에 있어서는 첫 번째 교사보다는 두 번째 교사가, 그리고 두 번째 교사보다는 세 번째 교사가 문학교사의 역할에서 시사하는 바가 더 크다고 판단된다. 풍요를 통한 심화를 지향하는 맥락 형성을 도모할 수 있고, 학습자가 선택적 체험을 할 수 있으며, 교사 자신도 체험을 통해 학습자들을 만나기 때문이다. 이 과정, 곧 학습자와 교사가 제각기 고유한 문학 세계를 체험하면서 만나게 되는 과정을 교감, 공명, 조응 등으로 말하며, 달리는 교육적 상호작용이라고 부른다. 문학교사의 측면에서 말하면, '개입(intervention)'이라 한다. 개

1 맥락 단서를 풍부히 갖고 있는 텍스트는 대표성으로 수렴되는 전형화의 경로를 따라 맥락 형성이 이루어지기 쉽다. 하지만 맥락 단서가 적어지면 전형화 대신 도식화 가능성이 커진다. 비유하자면 같은 대상을 그린 채색 중심의 세밀화와 선 중심의 소묘를 보고 나중에 기억했을 때 그 기억의 흔적이 다른 것과 같다.

입은, 이를테면, 문학교육의 과정이자 문학교사의 교수 원리이기도 하다.

개입은 학습자의 문학 체험에 문학교사가 간여한다는 의미를 담고 있지만, 그 체험의 장에 교사 또한 참여하고 있다는 뉘앙스도 포함한다. 그렇기 때문에 문학교사의 지식이나 입장이 개입되는 것(외적 개입)이 아니라 문학교사의 체험이 개입되는 것(내적 개입)으로 이해할 필요가 있다. 필시 여기서는 학습자의 체험 내용과 교사의 체험 내용에 차이가 생기고, 접점과 교감 영역이 생길 것이고, 일방적인 전수나 모방은 어려워지는 대신 공감을 통한 체험의 확장이 이른바 교육적 효과가 된다. 이 과정에서 학습자가 기왕의 자신의 문학 체험을 확장하게 되는 것을 '공감적 조정(sympathetic regulation)'이라 한다면, 이것은 곧 문학교육의 핵심적 과정이자 그 내용이 된다.

이러한 현대시 수업을 위해 문학교사는 문학교사로 살아가는 것이 무엇보다 절실해진다. 왜냐하면 문학교사의 역할이란 텍스트에 대한 지식이나 작품에 대한 교사 자신의 감상 내용을 제시하는 데 있는 것이 아니라 교감할 만한 가치가 있는 또 한 명의 독자로서 학습자들 앞에 나서는 것이며, 체험 과정에서 학습자들과 정서적 · 상상적으로 교류하는 것이기 때문이다.

3. 더불어 체험하기로서의 문학 수업

1) '내면화'로서의 학습자의 상상적 체험

이제 현대시 수업에서 학습자의 역할에 대해 생각해 보자. 이미 밝힌 바와 같이 문학교육은 작품 세계의 향유가 중핵적 내용이자 그 내용의 담보가 되는 활동이기 때문에, 현대시 수업에서는 학습자의 상상적 체험이 요구된다. 그런데 이를 위해서는 두 가지 요건이 갖추어져야 한다.

하나는 동기화이다. 학습자는 맥락 파악에 치중하는 텍스트 읽기에서 그칠 수도 있으며 이 경우 작품 세계의 향유는 불가능하다. 체험이 있기 위해서는 체험하고자 하는 동기가 형성되어 있어야 하는데, 이것은 자발적일 뿐 아니라 매우 목표 지향적이다. 대개 가치는 인식과 습관에서 형성되며 동기로 연결되기 때문에, 동기화를 위해서는 상상적 체험을 통한 작품 세계의 향유가 가치 있음을 인식하는 과정이 요구될 수 있다. 그런데 굳이 이러한 인식 과정이 필요한 까닭은 무엇인가?

일반적으로 가치 있는 문학 작품으로 평가 받는 작품들에서는 문제 상황이나 그 해결 과정이 부적(否的)인 체험 내용을 갖는 경우가 비일비재하다. 말하자면 상상적 체험이 직접 맞부딪히게 되는 체험 내용은 통념상 부정적인 것들일 가능성이 높다는 것이다. 체험 너머의 향유를 보지 못한다면, 동기화가 생기기는 어려울 수밖에 없다. 그렇기 때문에 동기화에서는 상상적 체험이 갖는 긍정적 가치를 인식하게 하는 일이 필요하다는 것이다.

또 하나는 도식의 이해와 비언어적 자질의 감응이다. 동기 형성이 되었더라도 정작 텍스트의 의미를 이해하지 못한다면, 상상적 체험은커녕 사회적·심리적 담화로서의 감상도 불가능할 수밖에 없다. 그런데 텍스트의 의미를 이해하기 위해서는 텍스트의 맥락 형성 원리인 도식을 이해하고 그 맥락에 대한 작가나 시인의 정서적 태도를 반영한 비언어적 자질들에 대해 민감하게 반응할 수 있어야 한다.

이 두 가지 요건이 갖추어지면 텍스트의 의미가 독자의 내면에서 형성된다. 곧 상상적 체험이 일어나게 된다. 문학교육에서는 이 과정을 '내면화(internalization)'라고 한다. 이는 비고츠키(Vygotsky)가 말한 바 있는, 사회적 과정의 개인 내적 과정으로의 전환이다.

중요한 것은 이 내면화가 결과적 양태가 아니라 과정적 작용이라는 점이다. 동기화가 이루어지고 이에 따라 이해와 감응이 텍스트의 의미를 실현시켰을 때(곧 작품으로 실현시켰을 때), 독자는 그것을 자신의 경험으로 통합함으로써 감상에 이른다. 이 과정이 일회적이거나 일방적인 것이 아니기 때문에 내면화는 그 전체를 가리키게 된다. 그래서 내면화를 자기화, 구체화, 현실화라고도 하는 것이다.

2) 교육의 실현, 공진화

감상은 작품의 내면적 실현을 말하며, 객관화하면 작품 세계의 형성이라고 할 수 있다. 그런데 독자마다 감상 내용이 다를 수 있기 때문에 한 편의 시 텍스트로부터 만들어지는 작품 세계는 논리적으로는 무수히 많아질 수 있다.

하지만 현실적으로는 그 수가 주요한 몇 개의 작품 세계 수준으로 수렴되고 줄어들 것이다. 그것은 감상의 일차적인 원리가 공감(empathy)에 있고, 이는 궁극적으로 타자에 대한 이해를 지향하고 있기 때문이다. 따라서 작가나 시인의 '전언(message)'이 작품을 규정하는 것은 아니라 하더라도 공감 원리에 의해 이를 따르려는 경향성이 생기며, 심지어 작가나 시인이 의도하지 않았다 하더라도, 혹은 의도에 반하는 것이라 하더라도 텍스트의 도식과 비문자적 자질에 근거하여 그러한 경향성이 생기기도 한다.

다른 한편으로 교사의 개입도 공감 원리를 작동시키는 작용을 한다. 학습자들은 공감을 통해 자신들의 상상적 체험을 서로 교류하며 교사의 체험과도 동조시키려 한다. 교사 역시 상상적 체험을 통해 학습자들의 체험에 개입하기 때문에, 그들의 체험과 교감하면서 자신의 체험을 확장시킨다.

그렇기 때문에, 감상의 과정은 어느 일방이 다른 일방의 뜻에 따라 변화하는 것이 아닌, 함께 변화하는 과정일 수밖에 없다. 더 풍요해지고, 이를 통해 심화되는 감상은 다른 방식의 교육에서는 찾기 힘든, 문학교육의 고유한 교육적 원리이다. 이를 한 종의 유전적 변화가 다른 종의 유전적 변화에 영향을 미치며 상호작용적 진화를 하게 된다는 의미의 공진화(co-evolution)로 표현할 수 있다. 이 발달적 원리는 무엇이 '교육적'이기 때문에 그 방향으로 나아가는 목적론적인 원리가 아니라 서로 다른 질서를 갖는 작품 세계들이 만나 새로운 질서를 갖는 더 풍요한 작품 세계로 발전해 나가는 적응론적 원리이며, 따라서 위계적 발달보다는 확산적 발달에 적합한 원리이다.

구인환 외(1988), 『문학교육론』, 삼지원.

김영란(2005), 「중학교 국어 교사의 교과서 사용에 관한 세 사례 연구—연구 방법론에 관한 논의를 중심으로」, 『국어교육학연구』 제24집, 국어교육학회.

김창원 · 정재찬 · 최지현(2000), 「문학교육과 상상력」, 『독서연구』 5, 한국독서학회.

우한용(1999), 「문학교사의 양성과 재교육」, 『문학교육학』 4, 한국문학교육학회.

우한용 외(1997), 『문학교육과정론』, 삼지원.

이대규(1999), 「문학교사의 역할」, 『문학교육학』 4, 한국문학교육학회.

장경렬 외 편역(1997), 『상상력이란 무엇인가』, 살림.

조용환(1999), 『질적 연구: 방법과 사례』, 교육과학사.

최지현(1998), 「이중청자와 감상의 논리」, 『국어교육연구』 5집, 서울대학교 국어교육연구소.

______(2003), 「감상의 정서적 거리—교육과정변인이 감상에 미치는 영향」, 『문학교육학』 12, 한국문학교육학회.

______(2006), 「문학교사는 존재하는가」, 『문학교육학』 21, 한국문학교육학회.

Hills, P. j.(1993). 장상호 옮김(1987), 『교수, 학습, 그리고 의사소통』, 교육과학사.

Joachim, B.(2006). 이미옥 옮김(2006), 『공감의 심리학』, 에코리브르.

Jonson, M.(1990). 이기우 옮김(1999), 『마음 속의 몸』, 한국문화사.

Parsons, M. J. & Blocker, H. G.(1993). 김광명 옮김(1998), 『미학과 예술교육』, 현대미학사

Wilson, C.(1978). 이경식 옮김(1987), 『문학과 상상력』, 범우사.

Woods, P.(1983). 손직수 옮김(1998), 『학교사회학: 상호작용론적 경해』, 원미사.

제7장

교과서와 현대시 제재

1. 국어교육과 정전, 그리고 교과서 제도

일반적으로 정전(正典, canon)이란 권위에 의해서 인정된 저작물의 정수를 일컫는다. 문학의 경우 정전은 특히 비평간 문헌학자에 의해 공인되고 이론적인 연구에 합당하다고 승인된 작품을 통칭한다(서울대학교 국어교육연구소 1999: 679~680).

교육 분야에서 정전은 '교육을 위해 현재 사용되고 있는 권위적인 교재의 목록' 또는 '확립되어야 할 바람직한 교재의 목록'이라고 할 수 있다. 한 나라의 교육 제도에 의해 선택된 정전은 특정 문학 작품을 이해하는 능력을 함양하는 기능뿐만 아니라 글 쓰는 방법과 글 읽는 방법을 습득하는 보다 기초적인 역할을 담당하며, 더 나아가 숙지해야 할 사회적 규범이나 바람직한 가치관을 정립하는 중요한 지침으로 자리잡게 된다.

그런데 현대 사회에서 정전에 대한 인식은 점차 변화하고 있다. 정전이 절대적인 권위를 지닌 것은 아니라는 인식이 보편화되면서, 새로운 텍스트의 생산과 보급에 따라 정전 목록은 끊임없이 수정되고 보완될 수 있다는 관점으로 전환되고 있는 것이다. 그리하여 국어교육에서의 정전에 대한 인식도 변화하고 있다. 사실 국어교육 분야에서 누구에게나 인정되는 정전이 별도로 구성된 적은 없지만, 준정전의 성격을 지닌 텍스트들이 교육 현장에서 권위를 행사하고 있으며, 그것이 현실이자 실체로 작용하고 있기도 하다는 점에서 이러한 인식은 지평의 변화를 가져오는 중요한 사고 과정이라고 할 수 있다.

교육에서 정전은 크게 세 가지 차원과 관련을 맺는다. 먼저, 교재 선정의 차원으로 교재의 목록이 가르쳐야 할 현대시의 범례적 가치를 골고루 체험시킬 수 있도록 짜였는가, 그렇지 않다면 교재의 목록을 어떻게 짜야 할 것인가 하는 점과 관련을 맺는다. 교수·학습 방법의 차원에서는 정전을 어떻게 읽음으로써 학생들로 하여금 범례적·문학적 가치를 효과적으로 체험시키고 그들의 문학적 능력을 기를 수 있는가, 또는 정전에 섞여 있을 수 있는 바람직스럽지 못한 부분을 어떻게 가려서 가르쳐야 할 것인가 하는 점 등과 관련을 맺는다. 제도의 차원에서는 교육과정, 학점 제도, 평가 제도 등이 효과적인 정전 교육이 이루어질 수 있도록 짜여 있는가 하는 점과 연관된다. 사실 이러한 세 차원은 각각 독립적이라기보다는 하나로 결합되어 있다고 보는 것이 타당할 것이다.

국어교육 분야에서 일반인들에게 정전으로 인식되고 있는 작품들은 주로 교과서에 실린 작품들이 많다. 이는 교과서를 정전으로 인식하고 있는 정황과 관련된다. 1977년 8월에 제정 공포된 '교과용 도서에 관한 규정'에 보면 "학교에서 교육을 위하여 사용되는 학생용의 주된 교재"라는 제한성을 부여함으로써 교과서에 관한 법률적인 정의를 내렸다. 이러한 인식이 새로운 전환을 보인 것은 위의 규정 공포로부터 25년 뒤인 2002년 6월에 이르러서였다. 당시 개정된 '교과용 도서에 관한 규정'에 의하면 "교과서라 함은 학교에서 학생들의 교육을 위하여 사용되는 학생용의 서책·음반·영상 및 전자 저작물 등을 말한다"로 규정되어 있다. 이렇게 볼 때, '교과서'라는 전통적인 교육 수단은 교수·학습 자료로서의 기본 기능을 수행하는 것 이상도 그 이하도 아님을 알 수 있다(이종국 2005: 9~10).

바람직한 교과서는 어떤 교과서인지 생각해 보자.

그렇다면 연구자들이 설정한 바람직한 교과서의 모습은 어떠한 것일까. 서혁은 바람직한 읽기 교재의 구성 방향을 모색하면서 수준별 교과서의 도입, 교수·학습 목표 도달에 가장 적합한 제재 선정, 언어와 문화성 확보를 위한 보조 교재의 도입·단문·단락·텍스트 등의 다양한 도입 등을 주장하고 있다(서혁 1996: 112~113).

권순긍(1999: 217~218)은 첫째, 삶의 가치를 지향하는 차원으로 문학교육 재정립, 둘째, 흥미 있는 문학 작품(학생 작품 포함)을 실을 것, 셋째, 문학뿐만 아니라 문화로까지 영역을 확대할 것, 넷째, 현장교사들이 참여하는 교과서 논의, 다섯째, 자유발행제의 시행 등을 주장하고 있다.

최현섭(1998: 56~57)은 자율성을 수용하고 권장하는 문학 독서를 이루기 위한 방안을 문학 교과서 제도와 관련하여 몇 가지 제시하고 있다. 첫째, 검정 기준의 '문학사의 평가를 받는 작품'을 싣는다는 조항을 탄력적으로 운용하는 것, 둘째, 청소년 문학의 창작을 적극 지원해야 한다는 것, 셋째, 대입 평가를 비롯한 각급 학교의 문학교육 평가에 대한 심도 있는 개선 방안이 연구되어야 할 것이 그것이다.[1]

사실 가장 '교과서적인 것'이 가장 '교육성'을 지닌 것이어야 한다는 말을 반박할 사람은 없을 것이다. 교육의 가장 이상적인 상은 그러한 바탕 위에서 마련되어야 한다는 사실도 당연한 것으로 받아들일 수 있다. 그러므로 교과서에 대한 논의는 좀 더 구체적으로 심도 있게 진행되어야 한다.

1 최현섭은 위의 논문에서 교과서의 순기능과 역기능을 정리, 제시하면서 이상적으로 볼 때 교과서가 없는 것이 더 낫다고 소견을 밝히고 있다. 최현섭이 주장한 교과서의 역기능은 첫째, 교과서가 혁신적 발달을 반영할 정도로 독창적이거나 역동적이지 못하다는 점, 둘째, 교과서에의 지나친 의존이 학생들의 창조적 발달을 방해한다는 점, 셋째, 교과서의 내용이 피상적 수준을 넘지 못한다는 점, 넷째, 지역이나 학교 간의 차이, 학생들 간의 개인차를 고려할 수 없다는 점, 다섯째, 시대에 너무 빨리 뒤떨어진다는 점, 여섯째, 교과서가 구시대의 유산이므로 교육의 과정에 반동적인 영향을 미칠 수있다는 점 등이다. 이에 대해서는 면밀한 검토를 거쳐야 하겠지만, 대부분이 교과서의 근본적인 문제를 지적한 것이기 때문에 일시에 개선하기는 어려운 사항이라고 할 수 있다.

단원재구성의 전략

'단원재구성의 전략'은 교사의 자율성과 학급의 특성을 최대한 보장하기 위해 구사해야 하는 것으로 '교수·학습 자료 재구성'과 '교수·학습 과정 재구성'의 두 측면에서 이루어진다. 이 둘은 함께 이루어져야 하는데, 전자는 교과서에 제시된 담화 및 그래픽 자료의 추가, 생략, 재조직, 대치를 통해 이루어지며, 후자는 교과서에 제시된 학습 과제의 추가, 생략, 재조직, 대치를 통해 이루어진다. 이러한 전략은 능동적인 조력자로서 교사의 역할을 생각해 보게 한다.

교과서와 관련하여 제기되는 여러 문제는 교과서관과 일정한 관련을 맺고 있다. 교과서를 무엇으로 보느냐에 따라 교육적 처방 또한 달라질 수밖에 없기 때문이다. 교과서는 일정한 교육 목표를 달성하기 위해, 교수·학습을 원활하게 수행하기 위해 마련된 일종의 도구이다. 이런 관점에서 본다면 교과서에 관한 시각은 크게 두 가지로 정리할 수 있다. 즉 교과서를 규범서로 규정하고 학습자에게 전범이 될 만한 교육 자료로서 특별한 교육 목적을 달성하기 위해 의도적으로 계산해 넣은 것 외에는 한 치의 오차도, 단 하나의 오점도 허용하지 않는 완벽한 것으로 바라보려는 시각과 교과서는 일정한 목적을 달성하기 위해 구성되는 것이므로 보다 편안하고 자유로운 관점에서 바라볼 필요가 있다는, 나아가 가르치는 사람이 '단원재구성의 전략'(최현섭 외 2000: 117~118 참조)을 구사하여 다양한 교수·학습 자료로 활용할 수 있도록 해야 하는 것이라고 바라보는 시각이 그것이다.

교육의 자율성과 구체성 등을 고려한다면 우리가 지향해야 할 관점은 후자의 관점이라고 할 수 있다. 이러한 관점에서 본다면 교과서 내용의 시시비비를 가리는 많은 논의들이 사실은 본질적인 부분에서 많이 벗어나 있음을 알 수 있다.[2] 물론 그러한 지적이 소중하지 않다거나 중요하지 않다거나 하는 것은 아니고, 본질적인 문제와 관련하여 더 많은 논의들이 이루어져야만 더욱 생산적인 결론에 도달할 수 있을 것이라는 인식이 확산될 필요가 있다는 뜻이다.

교과서 제도	장 점	단 점
국정 교과서	- 국민공통기본교육의 이념 구현에 적합 - 자원의 낭비와 출판사 간의 과다 경쟁 방지 - 교과서의 안정적 생산, 공급 가능 - 교과서의 질 유지	- 교육과정 해석의 획일화 초래 - 교과서 질 향상 면에서의 한계 - 교과서 집필 참여 인사의 제한성
검정 교과서	- 교육과정에 대한 다양한 해석 가능 - 획일적인 교과서 체제 탈피 - 자유경쟁을 통해 교과서 질 향상 - 단위학교에 교과서 선택권 부여 - 다양한 교사, 전문가 집단의 교과서 집필 참여 가능	- 미숙한 학생들의 가치관 혼란, 이념적 갈등, 교육적 혼란 초래 가능성 - 교과서 발행비 증가, 정부 부담 증가 - 교과서 검정 제도의 미비로 양질의 교과서 편찬 및 채택 상 한계 노출

[표 1] 국정 교과서와 검정 교과서의 장단점 비교

2007년 개정 교육과정이 도입되면서 중고등학교 국어 교과서는 검정 교과서 체제하에서 개발되고 있다. 이와 관련하여 국정 교과서와 검정 교과서의 장단점을 비교해 보면 [표 1]과 같다(조난심 2005: 192).

그러나 검정 교과서 체제하에서의 교과서 개발은 또 다른 문제점을 낳고 있다. 출판사 간의 과도한 경쟁과 좋은 교과서 선정의 어려움, 영업력에 의해 결정되는 교과서 채택률 등의 문제뿐만 아니라 검정 제도로 인한 다양한 교과서 개발의 어려움, 이념 차원에서의 보수성과 획일성 등의 또 다른 문제로 인해 검정 교과서 제도의 장점이 무색하다는 원성이 여기저기서 쏟아지고 있는 상황이다. 그렇다고 해서 현재 상황에서 인정제나 자유 발행제로 국어 교과서를 개발하기도 어렵다는 점을 고려해 본다면, 교과서 개발 제도에 대한 더욱 신중한 연구와 논의가 이어져야 하리라고 생각된다.

2 이와 관련하여 이인제(2001: 70~71)의 다음과 같은 논의에 귀기울여 볼 만하다.
"'가르치는 일'과 '배우는 일' 모두가 학습자의 '의미 구성을 돕는 과정'인 이상 이제 쟁점도 달라져야 한다. 예를 들어 학습자가 성취해야 할 목표가 무엇이며, 이 목표를 달성하기 위해 학습해야 할 내용이 무엇인지, 기초 어휘는 어떤 방식으로 학습해야 효과적인지, 교과서 수록 제재의 수용 가능성은 어떠한지, 국어 이해력과 국어 표현력 향상을 돕기 위해 어떤 전략이 필요한지, 또 각각의 특성에 맞게 교육 내용을 펼쳐 가는 방식이 목표 달성에 적합한지 등 보다 본질적인 문제가 핵심 쟁점이 되어야 한다. 특히 수준별 교육 과정을 지향하는 제7차 교과서가 아니더라도 목표 설정 및 진술 내용 및 방식, 학습 내용 선정, 언어 자료의 각 차원에서 수준 차를 정하는 원리와 기준이 무엇이어야 하는가를 핵심 쟁점으로 삼고 구체적이면서도 실제적인 대안을 제시할 수 있어야 한다."

2. 교과서 현대시 제재의 수용 양상

1) 교과서 제재의 수용 특성

여러 문제점에도 불구하고 교과서는 조금씩 진화하고 있는 것이 사실이다. 일단, 외형 면에서 판형의 확대, 사진과 삽화의 다양한 채택, 중등학교에서의 컬러판 교과서로의 개선 등이 눈에 띄게 드러나는 기존 교과서와의 차이점이다. 이러한 외형 면의 개선 외에도 활동 중심 교과서가 어느 정도 안정적인 궤도에 들어서고 있고, 수행평가와 자기 주도적 교육이라는 기치 아래 자기 평가와 상호 평가에 대한 관심도 증대되고 있다(유영희 2003: 13).

그러나 외형상·체제상의 이러한 변화에 걸맞게 교육 내용이나 교수·학습 활동도 실질적인 성과를 거두었는가 하는 점에 대해서는 다소 회의적이다. 특히 문학 영역의 교과서 구현 방식과 수업 상황에 대해서는 여러 연구자가 불만을 나타내고 있다. 문학의 '수용'과 '창작', 두 측면에 대해 모두 불만을 가지고 있는데, 특히 '수용'과 관련해서는 제재 선정에서부터 교육 내용, 영역 전체 차원에서 다양한 문제점을 지적하고 있다. 김상욱(2001: 172)은 현재의 교육과정이 여전히 인물, 구성요소, 사건의 전개 과정, 배경 등 거의 모든 형식주의적 장치들이 망라되어 있는 형태라고 분석하면서, 그렇게 교육과정을 구성하였을 때, 제시되는 교재의 선정 역시 그러한 특정 요소들에 집중하게 되면 작품의 전체적인 미적 자질들을 고려할 수 없게 된다고 보았다. 그러므로 "제재를 선정하는 데에도 특정한 목표를 중심에 두고 제재를 선택하기보다 작품이 담고 있는 경험 세계의 이해 가능성에 초점을 두어 위계를 구성하는 것이 더욱 바람직"하다고 주장하고 있다.

사실 '형식주의적 장치들'에 대해 무조건적인 비판만 할 수는 없다. 이러한 장치들이 문학 작품을 이해하고 감상하는 데 기본적인 지식으로 작용할 수 있기 때문이다. 이러한 장치들을 알고 작품을 읽는 것과 아무런 지식 없이 작품을 읽는 것은, 그 이해의 폭과 깊이에 있어 상당한 차이를 드러낼 수밖에 없다. 그러므로 그러한 장치들의 기여 부분에 대해서는 긍정적인 가치를 부여하고, 그러한 장치만 맹목적으로 신봉한다거나 그러한 장치에 초점을 기울이는 바람에 문학 작품의 균형 있는 이해와 감상에 도달하지 못하는 경우를 문제 삼아야 할 것이다. 형식주의적 장치와 관련되는 몇몇 목표를 중심으로 제재를 구성하다 보니 균형 있는 문학교육이 이루어지지 못한다는 비판에 귀기울일 필요가 있다.

현대시 분야에서 나타나고 있는 교과서 구성 경향은 다섯 가지 정도로 요약할 수 있다. 첫째, 교수·학습상의 용이성을 추구하는 경향이다. 학습자의 수준이나 취향에 대한 세부적인 연구가 되어 있지 않은 상황에서 제재 선택의 기준은 교과서 집필진과 개발진의 감각에 의존하는 수밖에 없다. 그러다 보니 자연 학습자의 수준을 낮게 잡고 수업 상황에서 교사가 학습자에게 가르치기 수월한 제재 위주로 선정할 수밖에 없다. 다수의 모더니즘 시가 배제되고 서정적인 서정시나 리얼리즘 계열의 작품이 주류를 이루고 있는 이유도 이러한 정황과 관련을 맺고 있는 듯이 보인다.

둘째, 대중성을 동반한 정전성을 추구하는 경향이다. 교과서가 정전이라는 생각은 아직까지 교육 현장에 널리 퍼져 있지만, 작품을 보는 시각은 많이 느슨해졌다고 할 수 있다. 여전히 보수적인 시각이 일반적이긴 하지만, 학생 작품이 많아졌다는 사실은 주목할 만하다. 물론 현대소설 장르처럼 본 차시 학습 제재로 수록되어 있진 않지만, 적어도 기존 시인들의 작품과 같은 층위에서 학생 작품이 다루어지고 있으며 그 양 또한 괄목할 만한 성장을 보이고 있다. 학습자 중심 교육관이 널리 퍼진 탓이라고 분석할 수도 있겠으나 작품의 정전성에 대한 탄력적인 접근이 이런 경향을 가능하게 했다고 판단된다. 또한 앞에서 언급한 것처럼 일반인들에게 널리 알려진 안도현, 정호승, 도종환 등의 작품은 문학사의 평가가 완전히 끝난 작품들로 보기 어려운 것들인데도 교과서 속에 본 차시 제재로 수록되고 있다. 이러한 현상은 보수적인 정전성을 고수하는 관점에서 보면 상당히 부정적인 경향이라고 할 수 있을 것이다.

셋째, 학습 목표나 학습 활동을 우선시하는 경향이다. 두 번째 현상과 밀접한 관련이 있을 터인데, 작품보다는 학습 목표나 학습 활동을 먼저 고려하고 그 후에 작품을 선정하는 방식으로 교과서가 구성되는 상황과 연관된다. 한 작가의 여러 작품이 수록되는 단원 구성 방식, 전 학년에서 가르친 시를 중심으로 다른 개념을 설명하는 방식 등이 대표적인 사례이다. 이는 가르칠 시를 먼저 배열해 놓고 학습 목표나 학습 활동을 구성하는 경우에는 반복적으로 나타날 수밖에 없는 현상이다. 초기의 교과서에서는 학습 목표나 학습 활동이라고 할 것이 없었기 때문에 제재 중심의 교과서 구성이 지배적이었다면 문학교육에 대한 인식이 뚜렷해지고 학습 목표나 학습 활동에 대한 인식이 강해지면서 아이러니하게도 제재에 대한 중요도가 저하되는 이러한 경향이 발생되었음을 알 수 있다.

넷째, 학교급 간, 학년 간 위계성이나 연속성을 고려하려는 경향이다. 교육과정에서 연속성과 수준 개념은 교육과정 내용의 위계와 관계라는 핵심적인 개념과 연관되어 있다. 교육과정이 경험이나 지식 내용을 선정하고 배열한 것이라고 할 때, 위계는 선정된 내용이 맺고 있는 수직적인 연관이며, 관계란 그 내용들이 영역과 학과 전반에 걸쳐 맺고 있는 수평적인 연관을 의미한다. 위계는 교육과정을 학습자의 발달 단계에 맞게 배열하는 장치이며, 관계는 그렇게 배열된 내용이 학습자의 전반적인 교육 활동 속에 충분히 적절하게 조정, 습합되어 있는지를 측정하는 척도인 것이다(김상욱 2001: 152~153).

연속성은 문학사에서 매우 중요한 개념인데, 주로 고전문학과 현대문학, 일제 강점기의 문학과 현대문학 등 여러 문학 양식 사이에 생기는 틈을 어떻게 메워 나가면서 완전한 문학사를 기술할 것인가에 초점이 놓이는 개념이다.

이와 마찬가지로 교수·학습에서의 연속성은 초등학교와 중학교, 중학교와 고등학교 문학 수업 사이에 생기는 틈을 어떻게 메울 것인가 하는 문제와 연관된다. 이는 학습자의 발달 단계와 연결된다.

특히 그간 문제가 되었던 것은 초등학교와 중학교 사이의 연속성이다. 초등학교 6학년과 중학교 1학년 사이의 학년 차이는 1년밖에 되지 않는데, 교과서에 실리는 문학 작품의 수준 차이는 실로 엄청났다. 그래서 초등학교를 졸업하고 중학교에 입학한 학생들은 전혀 다른 문학 세계에 어안이 벙벙해지곤 했다. 초등학교에서는 중학교의 수준을 높게 설정하고, 중학교에서는 초등학교의 수준을 매우 낮게 보는 현상이 교과서 편찬 과정에서 나타났기 때문이다.

그러한 편차를 줄이기 위한 목적으로 국민공통기본교육 기간이 설정되었다고 볼 수도 있다. 국민공통기본교육 기간의 설정은 초·중·고등학교의 학교급별 차이에 따른 연속성이나 연계성의 부족을 극복할 수 있다는 점에서 환영할 만하다. 특히 이 기간 동안 교육 내용 조직이나 수준별 교육과정의 편성 면에서 연속성의 보장을 제도화할 수 있기 때문에, 학습자는 학교급 간 교육 내용의 차이에 따른 손실을 감수하지 않아도 될 것이다(최미숙 2000: 70~71). 그러나 국민공통기본교육 기간이 이러한 모든 문제를 해결했다고 평가할 수는 없다. 학습자의 발달 단계에 대한 기초 연구가 이루어지지 못한 현 상황에서 초등학교와 중등학교 사이의 틈은 당연한 것일 수밖에 없기 때문이다.

다섯째, 열린 교과서관을 수용하려는 경향이다. 교과서관이 어떠하냐에 따라 교과서의 내용도, 학습의 질도 달라질 수밖에 없다. 열린 교과서관은 다음과 같은 특징을 가지고 있다.

1. 교과서 내용은 언제나 옳은 것으로 습득되도록 제시되기보다, 왜 우리 인간은 지금까지 여러 가지 문제를 해결함에 있어서 교과서 내용에 포함된 사례처럼 접근하게 되었나를 생각하도록 제시된다.

2. 교육 내용은 문제 해결의 사례를 제시하는 것이기 때문에 그것을 전달하는 학습 자료는 학습자가 문제 해결의 생생한 경험을 가질 수 있도록 마련된다.
3. 과거처럼 교과서에 전적으로 의존하는 교육은 지양된다.
4. 창의로운 사고를 하는 인간이 강조된다(곽병선 · 이혜영 1986).[3]

여기에서 1, 2항은 앞의 정전 항목에서 어느 정도 설명이 되었다고 할 수 있다. 학생 작품이 등장하게 된 배경 속에 이러한 의도가 담겨 있다고 볼 수 있기 때문이다. 그리고 4항은 모든 교과서가 지향하고 있는 보편적인 이념이라고 할 수 있으므로, 논의에서 제외하기로 한다. 그렇다면 3항이 문제가 되는데, "과거처럼 교과서에 전적으로 의존하는 교육은 지양된다"라는 명제는 교과서 외적인 국면과 교과서 내적인 국면에서 모두 논의가 가능하다. 열린 교과서관의 실현은 교과서 외적 국면에서 이미 제7차 교육과정 시기에서부터 구현되었다고 봐도 과장은 아니다. 예를 들어 교사 단체에서 만든 『우리말 우리글』은 교사들의 폭발적인 지지를 받으며, 비싼 가격에도 불구하고 교육 현장에 보급되었다. 보조 교재로서의 『우리말 우리글』은 국가에서 주관하여 개발한 교과서의 권위에 대한 하나의 도전이라고 할 수 있다. 또 초등학교 교과서의 경우에도 각 학년 학기에 해당하는 멀티미디어 교재가 개발되어 현장에서 폭넓게 활용되고 있으며, 'i-Scream'이나 '에듀넷'과 같은 교육 사이트도 교사들에게 활용되고 있다. 이러한 상황은 국가에서 개발하고 검정한 국어 교과서만이 교수 · 학습의 유일한 자료가 된다는 인식 자체가 깨졌음을 의미한다.

한편, 교과서 내적인 국면과 관련하여 보면 열린 교과서관은 정전성과 밀접한 관련을 갖는다. 학생들의 작품을 교과서에 수용한다든가, 최근 작품을

3 여기에서는 최현섭(1998: 35 ~36)에서 재인용하였다.

대폭적으로 수용한다든가 하는 것 자체가 이미 열린 교과서관에 기반한 것이기 때문이다. 이러한 작품들은 정전의 지위를 확고하게 차지하고 있는 것이 아니기 때문에 얼마든지 비판 가능하며, 또 얼마든지 대체 가능하다.

2) 현대시 제재와 학습자

현대시 제재의 교과서 구성과 관련하여 학습자 자체의 요인은 무시할 수 없는 문제점으로 부각되고 있다. 학습자들이 가장 기초적인 텍스트조차 제대로 읽어 내지 못하는 일이 비일비재하게 발생하면서 작품의 해석이나 감상 활동 이전에 작품 수준에 대한 논의가 먼저 이루어져야 한다는 주장이 제기되고 있다.

홍정선(2004: 307~308)은 대학생들을 대상으로 한 수업에서 백석의 시 「북방(北方)에서」를 활용하려다가 학생들이 한자를 읽지 못해 수업에 어려움을 겪었던 경험을 떠올리며 그 원인을 다음과 같이 분석하고 있다.

> 오로지 수학능력시험을 목표로 한 천박한 공부와 문제풀이만을 줄기차게 되풀이하는 학교, 학생들의 내신성적 향상을 위해 정답을 미리 가르쳐주며 중간고사와 기말고사를 치는 학교, 학생들의 실력과 능력을 변별하며 키우기보다 대다수 학생들의 성적을 평균 90점 이상으로 만들기에 급급한 학교에서 학생들이 배우는 것은 학문에 대한 진지한 태도나 방법적 탐구가 아닌 까닭이다.

이러한 지적은 홍정선의 예전 글에서도 이미 지적된 바 있다. 이 글은 제6차 교과서를 분석하고 있으므로 시간적인 간격이 꽤 있는 논의인데도 불구하고 동일한 지적을 하고 있다는 점에서 문제의 심각성을 느낄 수 있다.

일제 시대에 씌어진 작품은 무조건 애국과 저항의 안목으로 읽어야만 한다는 식의 문학교육은 학생들의 사고 체계를 전체주의적인 발상법으로 유도하는 나쁜 교육이다. 시 작품에 대한 이해를 일방적으로 외부적 상황에 종속시키면서 경직된 획일적 독서로 몰고 가는 그런 애국주의 교육은 한국 문학의 발전을 위해 아무 도움이 되지 않을 뿐만 아니라 개인과 사회의 발전에도 전혀 도움이 되지 않는다. 심하게 말한다면 그런 교육은 차라리 하지 않는 것이 낫다. 우리가 인문학의 한 분야로 문학을 공부하는 것은 인간의 전면적 완성이라는 목표 때문이며, 시를 읽는 것은 그런 목표에 합당하게 더 넓어지고 깊어지기 위해서이다(홍정선 1996: 1579~1580).

다소 다른 관점이긴 하지만, 학습자들의 기본적인 문학적 소양을 고려하고 있지 못한 교육 현실, 입시 위주의 평가가 노출한 문제점, 천편일률적인 해석과 감상의 폐해에 대해 지적하고 있는 것이다. 이러한 현상은 비단 고등학교에서만 나타나는 현상이 아니다. 초등학교 국어 교과서의 경우에도 동일한 현상이 나타나고 있다. 류덕제(2002: 19)는 이러한 현상에 대해 다음과 같이 조심스럽게 언급하고 있다.

구조 요소에 관한 지식은 학습해야 할 주체인 학습자와는 상관없이 외부에 존재하는 객관적 지식으로 고정된 것이라는 생각을 과연 그대로 따라야 할 것인가도 생각해 보아야 할 점이다. 암묵적으로 이런 생각을 그대로 갖고 있으면서 수용이론이나 학습자 중심의 문학 이론들을 교육과정에 가미하는 방식은, 좋은 것을 모으면 더욱 좋은 것이 된다는 식의 기계적 결합주의로 비판받을 수 있을 것이다.

비교적 입시에서 자유롭다고 할 수 있는 초등학교에서조차 이러한 현상이 발생한다는 것은 기본적으로 국어교육 분야에서 문학을 해석하는 태도나 관점에 문제가 있다는 사실을 암시하는 것이라고 할 수 있다. 그러므로 이제 문학의 독자성, 문학 자체의 논리에 의한 교육에 대해 관심을 기울일 필요가 있다고 판단된다.

3) 바람직한 문학 교과서 편찬 방향

교육은 능률성, 보편성, 안정성을 확보하기 위하여 제도화되는데, 제도는 능률을 높이지만 동시에 고착되어 버리는 본성을 가지고 있으므로, 문학과 교육 제도는 서로 길항 관계에 놓일 수밖에 없다(최현섭 1998: 25).

이 중에서 특히 '국어 교재학' 또는 '국어 교과학'의 영역을 설정하는 것은 국어교육의 내용과도 연결되는 것으로, 경험에 의한 교재 편찬이 아니라 이론을 바탕으로 한 체계적인 교재 편찬을 위한 필수적인 요건이라고 할 수 있다. 거시적인 국면에서 교과서 편찬 방향을 설정해 보면 교재의 이론화, 문학의 이론화 풍토를 마련하는 일이 바람직한 교과서를 편찬하기 위한 방안이 될 수 있다.

교과서 내적인 면에서의 방향성은 주로 문학 제재 수용 양상과 관련하여 모색해 볼 수 있다. 제7차 및 2007년 개정 국어과 교과서에서도 이러한 방향성은 견지하고 있으나, 그것이 좀 더 명문화될 필요가 있다.

첫째, 문화적 문식성을 기를 수 있는 문학 작품을 선정하여야 한다. 문화적 문식성은 기존의 읽기 또는 기본적 문식성 기능을 포함하는 복합적 문식성이며, 학생들을 발달시키는 더욱 높은 수준의 문식성 기능이다. 문화적 문식성은, 교육받은 사람들의 공동체(또는 뉴미디어에 의해서 커뮤니티화되는 현대인들)에 의해 공유되는 '텍스트 해석의 구조'를 아는 것까지를 포함하는 것(박인기 2002: 91)이라고 할 수 있다. 그러므로 이런 차원에서 문학 작품 선정에 대한 세부 기준이 구체화되어야 한다.

둘째, 감동 을 주는 문학 작품을 선정하여야 한다. 감동의 편차는 교수자와 학습자가 다르며, 학습자 간에도 서로 다른 양상으로 나타날 수밖에 없지만, 문학 작품의 성격을 규정하는 가장 기본적인 기준이 감동이라는 점에서 이 부분을 제외하고 작품 선정 기준을 마련할 수는 없는 일이다. 그러므로 문학 작품에 나타나는 감동의 기제들을 정밀하게 분석하고, 그것을 극대화할 수 있는 학습 활동이 무엇인지를 고려하여, 전략적으로 교과서에 수용할 수 있는 방안이 모색되어야만 한다.

셋째, 다의적(多意的) 독서 가 가능한 문학 작품을 선정해야 한다. 다의적 독서는 문학 작품에 대한 해석의 편향성을 막기 위한 독서 방법이라고 할 수 있다. 문학 작품의 경우에는 해석의 다양성이 언제나 이해와 감상의 중심축으로 작용하고 있어야 하며, 학습자에게 이러한 원리를 내면화하기 위해, 그러한 학습이 가능한 작품을 수록해야 한다.

넷째, 초인지 학습을 유도하는 문학 작품과 학습 활동이어야 한다. '초인지'는 학습자 스스로 인식하는 방법을 아는 것으로 학습자가 어떤 문제 상황이나 과제에 어떻게 반응해 왔고 어떻게 반응할 것인가에 대한 사고를 의미한다. 문학 작품이라고 해서 초인지 학습이 불가능한 것은 아니다. 오히려 문학

물론 문학에서의 감동은 개인적인 편차가 있을 수 있다. 그러한 편차에도 불구하고, 누구나 공감하고 있는 부분 또한 있다. 우한용(1998: 29)의 다음 언급에서 그러한 보편성을 발견할 수 있다.

"문학에서 느끼는 감동은 최고의 것이라야 한다. 이는 내용이 난해하다는 것이나 지루한 읽기 과정을 거쳐야 한다는 것과는 다른 차원의 논의이다. 존재의 완벽한 자기실현을 추구하는 작품만이 이러한 최고 수준의 감동을 가져다줄 수 있다. 최고 수준은 보편적인 것이라고 보지 말아야 한다. 성장의 단계별로 각각의 수준에서, 개인적 체험의 지평에 따라, 사고의 심도에 따라 최고는 각기 달리 규정될 수 있다."

'다의적 독서' 개념은 다소 모호할 수도 있다. 바르트(윤희원 옮김 1996: 75)는 이에 대해 다음과 같이 밝히고 있다.

"매 순간마다, 매 사건마다 다의적(多意的) 독서를 발전시키는 것이다. 드디어 다의성을 가질 수 있는 권리를 인정하고, 실천 가능한 다의적 비평을 확립하며, 상징주의적 사고를 도입하여 텍스트를 여는 것이다."

'초인지'란 말을 처음 사용한 사람은 존 프라벨(John Flavell)로 초인지적 활동은 다음과 같은 행동 특성을 가지고 있다고 설명한다.

① 만일 내가 B보다 A를 학습하는 것이 더 어렵다는 것을 안다면
② 만일 내가 C를 사실로 받아들이기 전에 재확인을 해야겠다고 생각한다면
③ 만일 내가 선다형 과제에서 최선의 것을 선택하기 전에 각각의 모든 가능한 대안들을 자세히 조사해야겠다고 생각한다면
④ 만약 내가 잊어버리지 않으려고 D를 적어두는 것이 낫겠다고 생각한다면

(J. Nisbet · J. Shucksmith, 이신동 · 이경화 옮김, 2001: 53).

수업에서 초인지 능력은 학습자에게 더욱 필요한 능력이다. 문학 작품의 해석과 감상은 다양한 경우의 수를 포함하고 있으며, 그렇기 때문에 암기를 통한 단순 이해로는 진정한 감상이 이루어질 수 없다. 학습자가 반복적인 교수·학습을 통해 초인지 능력을 기른다면, 제도교육이 끝나는 순간에도 문학 학습은 지속적으로 이루어질 수 있을 것이다.

3. 현대시의 교과서 재구성 방안 및 방향

홍정선(2004: 316)은 "시 교육에서 가장 중요한 것은 일차적으로 학생들이 작품을 정밀하게 읽는 습관을 갖도록 만드는 일이며, 그다음으로 중요한 것은 작품의 구조가 왜 어떤 해석들은 허용하고 다른 해석들은 허용하지 않는가를 이해하도록 만드는 일이다"라고 언급하면서 그러한 수업이 가능할 때, 학습자들이 '인문적 교양'을 지닌 인간으로 성장할 수 있다고 주장하고 있다.

이명찬(2005:12~13)은 중등 교육 현장에서 많이 읽히는 시 개설서 및 안내서 등을 검토하면서 거의 모든 경우의 해설이 단정적인 진술로 일관하고 있어 실망스럽다고 언급하고 있다. 그는 그 자리에서 김수영의 시를 점검하면서 '해석 가능성의 풍부성'에 대해 다음과 같이 언급하고 있다.

> 필자는 모두(冒頭)에서 김수영과 관련해 두 가지를 강조했다. 그가 갖는 문학사상의 중요성에 대한 언급이 그 하나고, 그를 그토록 중요하게 만든 원천으로서의 해석 가능성의 풍부성에 대한 언급이 그 두 번째다. 이때, 해석 가능성의 풍부함이라는 두 번째 그의 미덕은, 일차적으로는 그의 문학 텍스트 전반을 꿰는 해석학적 준거틀을 여러 방향에서 찾을 수 있다는 의미와 함께 개별 텍스트들 또한 폭넓게 열려 있어서 다양한 접근법이 허용된다는 의미를

동시에 지닌다고 보아야 할 것이다.

우리가 새로운 시 교육 방법론을 모색하는 이유는 한 마디로 창의력·사고력 함양 교육으로서의 시 학습이라고 요약할 수 있다. 우리 모두의 외양이 다르듯이 생각이 각기 다르기 때문에, 학습 자료로 제공되는 텍스트를 바라보는 관점은 다를 수밖에 없다. 따라서 이런 다양한 이해와 감상 또는 표현과 창작 활동을 통하여 학습자들이 다양하게 사고하는 모습을 확인하고, 이를 통하여 독창적이고 창의적으로 생각할 수 있는 능력을 함양하는 교육을 지향하여야 한다(윤여탁 외 2002: 338).

구체적인 교수·학습 활동의 측면에서 현대시 교육이 어떤 양상으로 전개되고 있는지 점검해 보기 위해 제7차 교육과정하에서 개발된 『중학교 국어 1-1』 교과서의 '읽기 전에'와 '학습 활동'의 예를 살펴보기로 하자.[7] 이 소단원은 김지하의 「새봄」을 제재로 학습 활동을 전개하고 있다. 중학교 1학년 1학기 1 소단원이라는 상징적인 의미를 지니는데, 학습자들과 교사들에게 어려움을 주었던 활동이다. 이 학습 활동의 개요는 다음과 같다.

이 소단원의 학습 활동은 작품이 하나의 해석으로 규정된 후, 그에 따라 학습 활동이 전개되는 전형적인 양상을 보여 주고 있다. 교과서에 해석과 관련된 내용이 명시됨으로써 현대시에 대해 풍부한 감상 능력을 지니고 있지 못한 학습자들은 그러한 해석만이 올바른 해석이라는 신념을 굳히게 되는 것이다. 그리하여 모든 시 작품의 해석과 감상에는 일정한 정답이 있고, 그러한 정답을 찾아가는 것이 바른 작품 감상 과정이라고 인식하게 되는 문제가 발생할 수 있다.

7 2007년 개정 교육과정하에서의 교과서가 이미 도입되고 있지만 아직 적정화 연구 등이 제대로 진행된 상황이 아닐 뿐만 아니라 개정판 교과서의 경우에는 검인정이라서 출판사별로 제재를 다루는 방식이 다르므로 이 논의에서는 제7차 교육과정하에서 개발된 교과서를 중심으로 분석하였음을 밝혀 둔다.

■ 대단원명: 문학의 즐거움

■ 대단원 학습목표:

- 문학 작품을 읽고 느낀 점을 말이나 글로 표현할 수 있다.
- 문학 작품을 즐겨 읽을 수 있다.

■ 단원의 길잡이 시 관련 내용: "시는 운문이기 때문에 소설이나 수필과 같은 산문을 읽을 때와는 또다른 재미가 있다. 즉, 운문이기 때문에 노래를 부르는 것과 같은 말의 리듬을 느껴 가며 읽을 수 있다는 점, 또 길게 풀어서 써야 할 말을 짧게 줄여서 나타내기 때문에 압축된 뜻을 헤아려 가며 읽어야 한다는 점 등이 시를 읽는 즐거움이라고 할 수 있다."

■ 소단원 1

- 제재: 김지하의 「새봄」

  벚꽃 지는 걸 보니
  푸른 솔이 좋아.
  푸른 솔 좋아하다 보니
  벚꽃마저 좋아.

- '읽기 전에' 활동:
  - '소나무', '벚나무'와 관련하여 떠오르는 생각 자유롭게 적기
  - 제시된 글을 읽고 소나무와 벚나무의 매력에 대해 생각해 보기
  - 관련 제시문: "산과 들에 소나무나 벚나무 한 종류만 있다고 상상해 보자. 과연 소나무나 벚나무 한 종류만으로도 산과 들이 아름다울 수 있을까? 다음 시를 읽고, 이 물음에 대하여 좀더 깊이 있게 생각해 보도록 하자."

- '학습 활동'

〈내용 학습〉 '새봄'을 읽고, 물음에 답해 보자.

1. 글쓴이는 '벚꽃'이 지는 것을 보고 '푸른 솔'을 좋아하게 되었다고 하였다. 그것은 '푸른 솔'의 어떤 점 때문이라고 할 수 있겠는가?
2. 글쓴이가 '벚꽃'마저 좋아하게 된 것은 무엇 때문이라고 생각하는가?

〈목표 학습〉 글쓴이가 실제로 산과 들에 서 있는 소나무와 벚나무를 바라보면서 이 노래를 불렀다고 상상해 보자. 글쓴이가 바라는 산의 모습은 어떤 것이라고 생각하는가?

〈적용 학습〉 다음 물음에 답하면서, 이 시에 담긴 의미를 좀더 넓게 생각해 보자.

1. '내가 옳고, 저 사람은 틀렸어.', '나는 이것만 좋고, 저것은 싫어'라고 생각했다가 '아, 내가 생각을 잘못했구나'하고 깨달은 경험이 있으면 말해 보자.
2. 소나무의 푸른빛과 벚꽃의 연분홍빛이 만들어 내는 조화로움처럼, 우리 주변의 삶에서 이런 조화로움의 지혜가 필요하다고 생각되는 부분이 있으면 말해 보자.

김지하의 「새봄」이라는 시는 수준 면에서도 중학교 1학년 학습자가 감상하기에 적절한 작품이라고 보기 어렵다. 김지하라는 시인의 복잡한 시 세계에 대해 고려하게 되면 더욱 상황이 난감해지므로 중학교 1학년 수준에서 작품의

내적 의미만 점검한다고 하더라도 학생들에게 이 추상적인 작품을 이해시키기란 쉽지 않다. 시적 대상도 우리 주변에서 쉽게 접할 수 있는 것들이며 시어도 어렵지 않기 때문에 표면적으로는 쉬운 작품으로 보이지만, 시어가 가지고 있는 상징성('벚꽃'과 '푸른 솔'), 관념적이고 철학적·이념적인 메시지 등을 고려해 보면 학습자들이 이해와 감상에 어려움을 겪는 것은 당연하다고 할 수 있다.

이 부분을 시 교실에서 교수·학습하기에 어려움이 있다면 교사는 당연히 학습자의 차원에서 교과서를 재구성할 방안을 모색해 보아야 한다. 앞에서도 여러 차례 언급했지만, 교과서가 더 이상 정전이 아닐 뿐만 아니라 중등학교 국어 교과서가 검정 체제하에서 다양한 형식으로 출간되고 있으므로, 교사가 학습자를 고려하여 가장 적절한 교수·학습 상황을 만들어가는 것이 가장 이상적인 교수·학습 형태라고 할 수 있을 것이기 때문이다. 국어 교과서의 재구성 방안은 몇 가지 차원으로 나누어 살펴볼 수 있다.

먼저 교육과정 차원에서 점검해 보면, 이 단원은 7학년 문학 영역의 "작품이 지닌 아름다움과 가치를 파악한다"라는 항목과 관련이 있음을 알 수 있다. 작품의 아름다움을 강요할 수는 없으므로 교과서상의 대단원 학습 목표는 "문학 작품을 읽고 느낀 점을 말이나 글로 표현할 수 있다"로 학습 방향이 수정되어 있다. 사실 문학교육과정에서 언급하고 있는 '작품의 아름다움과 가치'는 '느낀 점 말이나 글로 표현하기'와 다른 활동이라고 할 수 있다. 교사가 이 부분에 문제의식을 가진다면, 대단원 학습 목표와 소단원 학습 목표 및 차시 학습 목표 전반에 대해 점검해 볼 필요가 있다. 그리하여 교육과정의 의도를 충분히 살려 대단원 학습 목표를 수정할 것인지 현재의 대단원 학습 목표를 살린 상태에서 하위 차원의 학습 목표를 촘촘하게 배치할 것인지 결정해야 한다. 이 단원의 경우, '단원의 길잡이' 부분을 보면 '문학의 즐거움'에 좀 더 초점이 놓여 있으므로, 어떤 형태로든 이에 대한 보강이 이루어져야 하리라고 생각된다.

일단 교육과정과 대단원 학습 목표에 대한 점검이 끝나면, 소단원 제재와 학습 활동을 점검해야 한다. 소단원 제재는 학습 목표에 부합하는 내용이어야 하며 학습자의 수준과 흥미에 맞는 것이어야 한다. 김지하의 「새봄」은 그런 차원에서는 그다지 적절한 제재로 평가 받고 있지 못하다. 중학교 1학년 수준이므로 차라리 동시를 선정하거나, 학습자들의 생활 체험, 특히 아름다움과 가치를 느낄 수 있는 내용이어야 하므로, 친구 간의 우정, 가족 간의 사랑, 여행이나 소풍에서 발견한 자연의 아름다움 등 구체적이면서 설명이 필요 없는 내용으로 구성되어야 한다. 작가의 경우에도 작품 세계가 확연히 드러나 해석상 이견이 없는 작가를 선정하는 것이 좋다.

학습 활동은 읽기 전, 중, 후 활동에 대해 세세하게 점검해야 한다. 이 소단원의 학습 활동에서 '읽기 전에'는 제재를 이해하고 감상하는 데 오히려 어려움을 주었다. 교과서에서 이미 제재에 대한 명확한 해석을 제시하고, 이를 교사와 학습자가 따라 줄 것을 종용하고 있는 것이다. 여러 자연의 대상이 어우러져야 아름답다는 인식은 중학교 1학년 학생에게는 체험 가능한 것이라고 볼 수 없다. 문학의 아름다움과 가치를 느끼기 위한 것이라면 시어의 형식적인 아름다움이나 이미지의 아름다움, 비유나 상징의 아름다움 등이 느껴지는 부분을 찾아보거나 경험상의 아름다움과 가치를 표현해 보게 하는 활동으로 구성하는 것이 일반적이면서도 학습 목표를 충족시킬 수 있는 활동이라고 할 수 있다. '학습 활동'의 경우에도 시를 바라보는 하나의 관점을 지나치게 강요함으로써 활동이 반복된다는 인상을 줄 뿐만 아니라 교과서의 시 해석에 동의할 수 없는 학습자의 경우에는 시 학습이 난해한 것이라는 오해를 줄 여지가 있다.

지금까지 교과서에 제시되어 있는 문학 작품과 관련된 활동의 문제점을 살펴보았고, 이를 극복할 수 있는 방안은 무엇인지 모색해 보았다. 다양한 관점을 수용할 수 있는 교과서가 되기 위해서는 어떤 형태를 갖추어야 할지에 대해서 아직 뚜렷한 틀을 마련하기는 어려운 실정이다. 그 구체적인 학습 과정이나 방법에 대한 확실성이나 연구도 부족한 상황이고, 그러한 내용들을 수용할 수 있는 학습자의 수준, 교사의 수준에 대한 연구도 일정한 궤도에 올랐다고 단정적으로 말하기 어려운 실정이기 때문이다.

게다가 교과서 개발과 관련하여 해결해야 할 문제는 산적해 있다. 그러한 문제들은 국어교육, 또는 문학교육 분야에서 아직 해결하지 못한, 논란이 되고 있는 문제 그 자체라고 해도 과언이 아니다. 그러므로 단기간의 연구나 합의를 통해 그러한 문제를 해결하는 것은 사실상 불가능하다고 할 수 있다. 예를 들어 정전 문제만 해도 학자들의 견해는 분분하기만 하다.

> 우리나라처럼 시대에 따라, 집필자에 따라 교과서의 내용이 크게 흔들리고, 가치 있게 생각하는 작품들이 뒤바뀌고, 여기에 대한 설명과 해석마저 흔들리는 것은 문학교육의 올바른 모습과는 거리가 멀다. 문학교과서가 집필자들의 입장을 전시하는 곳이 되고, 일정한 권위를 확보한 작품보다는 논란의 대상이 되는 작품을 수록하는 장으로 전락한다면, 그리고 문학 작품의 완성도에 대한 판단보다도 작가의 인격적 측면을 더 중요시한다면 문학교육에 대한 신뢰는 확보되기 어렵다. 이런 점에서 7차 문학교과서 중 일부가 이해인, 도종환, 장정일 등의 작품을 수록한 것이나, 대표적 작가들을 친일행적 때문에 홀대한 것은 아쉬운 일이다(홍정선 2004: 320).

제7차 문학 교과서에 수록한 이해인, 도종환, 장정일 등의 작품에 대해 문제가 있다고 판단한 점이나 친일 문제와 관련 있는 작가들의 작품을 교과서에서 배제한 점 등에 대해 유감을 표시하고 있는 이 글은 단지 개인적인 견해를 표명한 것이라고 보기 어렵다. 게다가 이해인, 도종환, 장정일의 작품을 문제 삼고 친일 작가의 작품이 배제된 것에 대해 문제를 삼고 있는 이 글에 대해서도 얼마든지 비판적 견해를 제기할 수 있다는 점에서 논란의 여지는 더욱 크다. 글쓴이의 이러한 시각은 문학 작품의 정전주의, 닫힌 교과서관에 의한 제재주의와 일정한 연관을 맺고 있으므로 실제적인 교육 상황과 부합되지 않는다는 반대 논리를 제시할 수도 있는 것이다. 이러한 정전 논의, 교과서에 수록할 만한 작품에 대한 논의는 끊임없이 이어지고 있으며 앞으로도 지속적으로 제기될 수밖에 없는 문제이다.

교육적 상황을 살펴보면 이와 같이 쟁점이 산적해 있지만 그렇다고 해서 그러한 논의가 해결될 때까지 바람직한 교과서 구성에 대해서 유보만 할 수는 없다. 일단 해결 가능한 부분부터 차근차근 단계를 밟아나가면서 교육 주체 차원에서 개선해 나가겠다는 시각이 필요하다.

교과서에서 현대시 영역의 존재 가치는 현대시 자체의 고유한 특성이 부각될 때에야 비로소 의미를 지니게 된다. 현대시 영역의 교수·학습은 시가 중심에 놓일 때, 비로소 시 수업다운 것으로 자리매김할 수 있다. 그러므로 현재 이 시점에서 해석의 다양성, '인지적 유연성(cognitive flexibility)'(류덕제 2002: 22 참조) 등이 확보될 수 있는 현대시 제재, 문학 교수·학습 활동, 평가 목표 등에 대한 폭넓은 고려가 필요하다. 그렇게 한 걸음 한 걸음 문학의 문학다움을 완성해 나갈 때, 국어교육에서 지향하는 진정한 시 교육이 구현될 수 있으리라고 확신한다.

고려대학교 · 한국교원대학교 1종도서편찬위원회(2001), 『중학교 국어 1-1』, 교육부.
권순긍(1999), 「교과서의 변천과 문학교육의 방향—고등학교 『국어』 교과서를 중심으로」, 『문학교육학』 제4호.
김상욱(2001), 「초등학교 아동문학 제재의 위계화 연구」, 『국어교육학연구』 제12집, 국어교육학회.
김중신(2001), 「입시 제도에서의 교과서의 위상과 역할」, 『국어교육과 국어교과서』, 한국국어교육연구회.
류덕제(2002), 「초등학교 문학교육의 바람직한 방향」, 『어문학교육』 제25집.
박인기(2002), 「문화적 문식성의 국어교육적 재개념화」, 국어교육학회 제21회 학술발표대회, 『국어교육과 문화교육』.
서울대학교 국어교육연구소 편(1999), 『국어교육학 사전』, 대교출판.
서혁(1996), 「효과적인 읽기 교수 · 학습을 위한 교재 구성 방안」, 국어교육연구소 학술발표회 자료집 1, 『읽기 영역 교육과정 내용의 체계화 연구』, 서울대학교 국어교육연구소.
우한용(1998), 「문학교육의 이념과 문학 교재론의 방향」, 『문학과교육』 제5호, 문학과교육연구회.
유영희(2001), 「교과서와 아동 문학 생활화」, 『문학교육학』 제10호, 한국문학교육학회.
______(2003), 「교과서 문학 제재의 수용 양상 및 특성—제7차 국민공통기본교육과정 교과서를 중심으로」, 『문학교육학』 제11호, 한국문학교육학회.
______(2005), 「국어 교과서 현대시 제재와 해석의 다양성」, 『돈암어문학—국어 교육과 '국어' 교과서』 제18집, 돈암어문학회.
윤여탁 · 최미숙 · 유영희(2002), 『시와 함께 배우는 시론』, 태학사.
이명찬(2005), 「김수영의 '어느 날 고궁을 나오면서' 다시 읽기」, 『문학교육학』 제17호, 한국문학교육학회.
이인제(2001), 「국어(읽기) 교과서와 독서 교육—초등 학교 고학년을 중심으로」, 한국독서학회 제9회 학술발표대회, 『제7차 교육 과정의 적용과 독서 교육의 방향』, 한국독서학회.
이종국(2005), 「국어 교과서에서의 이념 지향과 출판 정책」, 『돈암어문학—국어 교육과 '국어' 교과서』 제18집, 돈암어문학회.
조난심(2005), 「초등학교 국정 교과서 검정화 방안」, 『국정교과서 검인정화 방안에 대한 공청회 자료집』, 연구자료 ORM 2005-29, 한국교육과정평가원.
최미숙(1998), 「국어교육에서의 문학 영역 교재화 원리」, 『문학과교육』 제5호, 문학과교육연구회.
최현섭(1998), 「문학교육과 교과서 제도」, 『문학교육학』 제2호, 태학사.

최현섭 외(2000), 『국어교육학 개론』(제2판), 삼지원.

홍정선(1996), 고등학교 문학 교과서를 통해 본 우리 문학교육의 현주소」, 『문학과사회』 겨울호.

_____(2004), 「수능시험과 문학교과서로 본 우리나라의 문학교육」, 『오늘의 문학』.

Doubrovsky, S. & Todorov, T. eds.(1989). 윤희원 옮김(1996), 「교과서에 대한 고찰」, 『문학의 교육』, 하우.

Nisbet, J. & Shucksmith, J.(1986). 이신동·이경화 옮김(2001), 『학습전략과 교육』, 교육과학사.

III

제8장

현대시 교수·학습

일반적으로 '교수·학습(teaching-learning)'이란 교사 중심의 '교수 활동'과 학습자 중심의 '학습 활동'을 아우르는 의미로, 특히 교사와 학습자 간의 빈번한 상호작용을 강조하는 맥락에서 자주 사용된다(최지현 외 2007).[1] 현대시 교육 분야에서 교수·학습에 관한 논의는 그다지 활발하게 이루어지지 않은 편이다. 문학 교수·학습 방법에 관한 논의가 몇 가지 방법을 중심으로 이루어졌으며, 그러한 방법을 현대시 교육에 어떻게 적용할 것인가 하는 차원에서 주로 고민해 왔기 때문이다. 여기에서는 그러한 점을 전제로 하여 그동안 소개된 문학 교수·학습 방법을 현대시의 관점에서 소개하고, 현대시 교수·학습에서의 유의 사항, 현대시 교수·학습에서 고려해야 할 방법 등을 중심으로 알아보고자 한다. 단, 이 장에서는 시를 이해하고 해석하는 능력의 신장을 위한 교수·학습에 초점을 맞출 것이다.

1 참고로 기법(technique)은 '구체적인 수업 장면에서 교사가 교수·학습 환경에 따라 언제든지 활용할 수 있는 세부 기술이나 기능을 가리킨다. 예컨대 질문법(발문법)이나 ICT를 활용한 수업 기법은 교수·학습 환경에 따라서 교사가 언제든지 적절히 활용할 수 있어야 하는 기법에 속한다(최지현 외 2007)'.

1. 현대시 교수·학습에 대한 문제 제기

현대시 교육의 본질에 맞는 교수·학습의 방법은 무엇인지 생각해 보자

현대시를 어떻게 가르칠 것인가 하는 문제는 사실 시 교육에서 오랫동안 고민해 온 주제이며, 한때 이에 대한 논의가 이루어지기도 했었다. 그 대표적인 논쟁으로 분석적 시 읽기 지도를 중시해야 하는가 아니면 학생 개인의 주관적인 감상을 중시해야 하는가를 둘러싼 논의를 들 수 있는데, 그 내용을 〈가〉와 〈나〉로 정리하여 살펴보면 다음과 같다.

〈가〉 하나의 지식을 이루고 있는 기본 개념과 그 상호 관련 체계를 이해하게 되면 그것과 성격이 동일한 다른 지식을 파악할 수 있다. 문학 작품을 구성하고 있는 기본 원리에 대한 지식을 알게 되면 다른 문학 작품을 이해하기 위한 원리로 활용할 수 있다. 또한 문학 작품을 세밀하게 나누고 분석하는 방법을 익히게 되면 다른 문학 작품을 분석할 수 있는 능력을 습득할 수 있다. 이런 관점에 따르면 문학교육에서 작품을 이해하기 위한 지식과 그 분석 방법을 가르치는 것이 매우 중요해진다. 시의 형식이나 운율, 소설에서의 인물이나 플롯 등에 대해 알고, 그런 것을 중심으로 작품을 분석할 수 있도록 가르쳐야 하는 이유가 바로 여기에 있다.

〈나〉 우리는 지금껏 학교에서 시를 배워왔다. 그러나 어떻게 배워왔는가? 과연 시를 시답게 배워왔을까? 불행하게도 결코 그렇지 못한 게 우리 교육의 현실이다. 시의 형식을 나누고, 운율을 따지고, 수사법이나 찾으려고 혈안이 되어왔다. 어떻게 하면 시험에서 하나 더 맞출 수 있을까 전전긍긍하며 시인의 호와 알량한 발표 잡지를 외기에 급급했던 것이 현실이다. 그러나 시를 그렇게 읽어서는 안 된다. 적어도 시를 읽고 감동을 느끼려면, 무언가 따스함을 전해 받으려면 결코 그렇게 읽어서는 안 된다. 여기 사과가 있다. 우리는 사과를

먹을 때 이것은 껍질이고 이것은 과육이며 이것은 비타민 C라고 혓바닥으로 나누고 가르면서 사과를 먹지 않는다. 우리는 그저 '와싹' 깨물어 먹을 따름이다. 그때에야 비로소 사과의 제 맛이, 그 달콤한 수액이 와락 우리들 입속을 가득 채울 것이다. (중략) 시 역시 마찬가지다. 나누고 쪼개고 가르는 것이 아니라 그저 사과를 먹듯 와싹 먹어치우는 것이다. 시는 읽는 것이 아니라 먹는 것이다. 먹고 씹어봐서 맛이 없으면 뱉어내 버리면 그만이고 맛있으면 꿀꺽 삼켜라. 그리고는 입을 닦고 그 맛을 천천히 음미해라(김상욱 1990: 44~45).

시 교육과 관련지어 볼 때, 〈가〉에 드러난 지식 중심 교육은 시 지도의 자의성과 임의성이라는 한계를 벗어나 시 교육에서 가르쳐야 할 내용을 항목화하여 구조화했다는 데 의의가 있다. 또한 어떻게 가르쳐야 할지에 대한 논의를 본격화시켰다는 장점도 있다. 그러나 이 방법은 지나친 분석주의적 방법과 결합함으로써 오히려 시를 어려운 대상으로 만들었다는 비판을 받았다. 이 점과 관련하여 이 방법이 지니는 중요한 문제점 중 하나는 독자의 위치와 역할에 대해 고려하지 않고 있다는 점, 즉 독자의 이해와 감상 과정에 대해 배려하지 않고 있다는 점을 들 수 있다.

반면에 시를 읽는 경험이 시를 더 잘 이해하고 감상하고 즐길 수 있는 능력의 신장으로 나아가기 위해서는 그에 상응하는 지식과 원리에 대한 이해가 필요하다는 논의도 제기되었다. 시를 이해하는 데 필요한 지식과 원리를 버팀목으로 삼아 시를 즐기는 안목을 지속적으로 향상시켜야 한다는 것이다. 이와 더불어 사실 그동안의 시 교육은 지식을 바탕으로 제대로 된 분석적 읽기 지도도 해 본 경험이 별로 없다는 의견도 제기되었다. 그저 수업 시간에 교사는 시와 관련된 지식과 시 분석 내용을 일방적으로 전달하고 학생들은 그 내용을 수동적으로 받아들이는 교육을 했다는 것이다. 이런 논의를 바탕으로, 의미 있는 시 교육을 위해서는 시 지식 교육 자체를 부정할 것이 아니라 학생들이 시를 스스로 이해하고 감상하는 데 필요한 원리를 제공하는 시 지식 교육을 방향으로 삼아야 한다는 의견이 힘을 얻게 되었다.

한편, 〈나〉는 시를 분석하며 읽는 것보다 느끼면서 감상하는 것이 더 중요하다고 강조하고 있다. 이 관점에 의하면 사과를 혓바닥으로 나누고 가르면서 먹지 않듯이, 시를 형식이나 운율, 비유법 등의 지식을 바탕으로 나누고 따지면서 읽는 것은 올바른 방법이 아니다. 시 지도에 있어서도 학생들의 개인적이고 주관적인 취향을 존중해야 하며, 따라서 문학 지식을 근거로 쪼개고 분석하는 시 읽기 지도는 의미가 없다고 강변하고 있다.

〈나〉의 관점은 분명 타당한 측면이 있다. 사과를 '와싹' 깨물어 먹으면서 그 맛을 느끼는 것은 개인적이면서 주관적인 것이다. 개인의 취향과 미각에 따라 신 사과가 맛있다고 느끼는 사람이 있는가 하면 맛이 없다고 느끼는 사람도 있다. 시도 마찬가지로 볼 수 있다. 개인마다 시를 읽은 감상이 다를 수 있기 때문이다. 하지만 다른 관점에서도 생각해 볼 필요가 있다. 〈나〉는 개인의 취향과 미각을 존중해야 한다고 이야기하고 있지만 나아가 왜 사과는 맛이 있으며, 사과를 제대로 즐기기 위해서는 어떤 방법으로 먹어야 하는지에 대해서는 설명해 주지 못하고 있다. 물론 사과가 왜 맛이 있는가를 알아야만 사과 맛을 제대로 느낄 수 있는 것은 아니다. 하지만 사과의 맛을 이루는 성분에 대해 알고, 먹는 법을 제대로 안다면 사과를 '제대로' 즐길 수 있을 것이다. 예를 들면 사과는 풍부한 비타민과 무기질을 포함하고 있어 몸에 좋다는 점, 하지만 위에 부담을 주기 때문에 저녁 늦게 사과를 먹으면 위산의 분비가 촉진되어 위가 쓰릴 수 있다는 점 등 사과에 대한 지식은 일상생활에서 사과를 즐기는 데 필요한 사항이다.

그리고 '사과 먹기'와 '시 읽기'의 분명한 차이는 사과의 맛은 가르치지 않아도 느낄 수 있지만, 시의 심미성을 이해하기 위한 안목은 교육을 필요로 한다는 점이며 나아가 교육을 통해 그 안목을 신장시킬 수 있다는 점이다. 사과는 먹고 씹어봐서 맛이 없으면 뱉어내 버리면 그만이고 맛있으면 꿀꺽 삼키면

되지만, 시는 재미없다고 치워버리면 그만인 대상이 아니라는 점이다. 개인적으로 읽었을 때는 재미가 없었지만 시 읽기 방법에 대한 이해를 통해 비로소 그 시가 감동적으로 다가올 수도 있으며, 그러한 경험을 바탕으로 다른 시를 읽을 수 있는 새로운 능력을 겸비할 수도 있다.

개인의 취향과 미의식을 계발하고 신장시키는 것은 교육이 담당해야 할 중요한 교육 내용이다. 이를 위해서는 그에 상응하는 지식과 원리에 대한 교육이 필요하며 그 교육 내용은 주입식·일방적 전달이 아닌 개인의 시적 취향과 미의식을 존중하고 신장시킬 수 있는 방향을 취할 필요가 있을 것이다.

2. 현대시 교수·학습의 유의점

여기서는 현대시 교수·학습에서 유의해야 할 점을 점검함으로써 궁극적으로 좀 더 의미 있는 시 교육 방법을 해 보기로 하자.

1) 지식 전달 중심이 아니라 시적 사유의 발견으로서의 교수·학습 지향

학교 현장에서 이루어지는 시의 표현법과 시의 주제, 소제, 형식 등에 대한 교육은 주로 시에 대한 지식 교육이라는 이름으로 이루어지고 있다. 하지만 지식 교육의 경우, 지식을 일방적으로 학습자에게 전달하는 것이 의미 있는 교수·학습 방법일 수는 없다. 예를 들면 비유법을 교육하면서 직유, 은유, 의인법 등의 개념을 교사가 일방적으로 전달하는 교수·학습에 대해서는 다시 생각해 볼 필요가 있다는 점이다. 국어 교과서 시 단원의 교육 내용을 중심으로 좀 더 구체적으로 살펴보자.

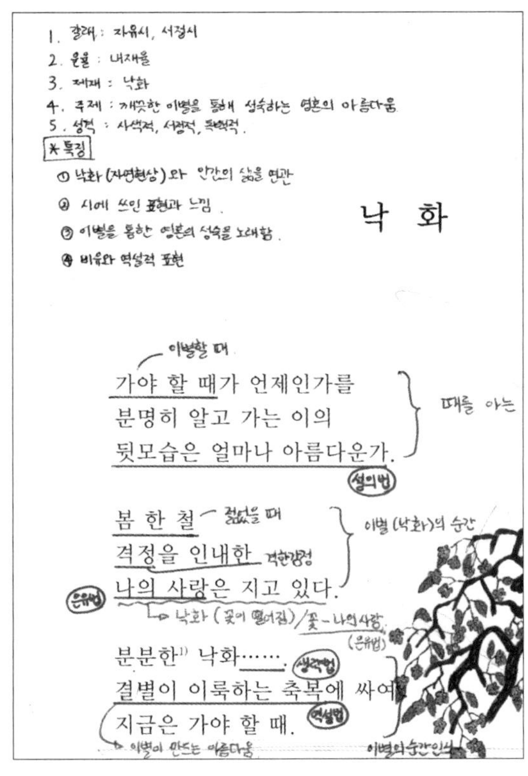
1. 갈래 : 자유시, 서정시
2. 운율 : 내재율
3. 제재 : 낙화
4. 주제 : 깨끗한 이별을 통해 성숙하는 영혼의 아름다움
5. 성격 : 사색적, 서정적, 독백적
*특징
① 낙화(자연현상)와 인간의 삶을 연관
② 시에 쓰인 표현과 느낌
③ 이별을 통한 영혼의 성숙을 노래함
④ 비유와 역설적 표현

낙 화

가야 할 때가 언제인가를
분명히 알고 가는 이의
뒷모습은 얼마나 아름다운가.

봄 한 철
격정을 인내한
나의 사랑은 지고 있다.

분분한[11] 낙화……
결별이 이룩하는 축복에 싸여
지금은 가야 할 때.

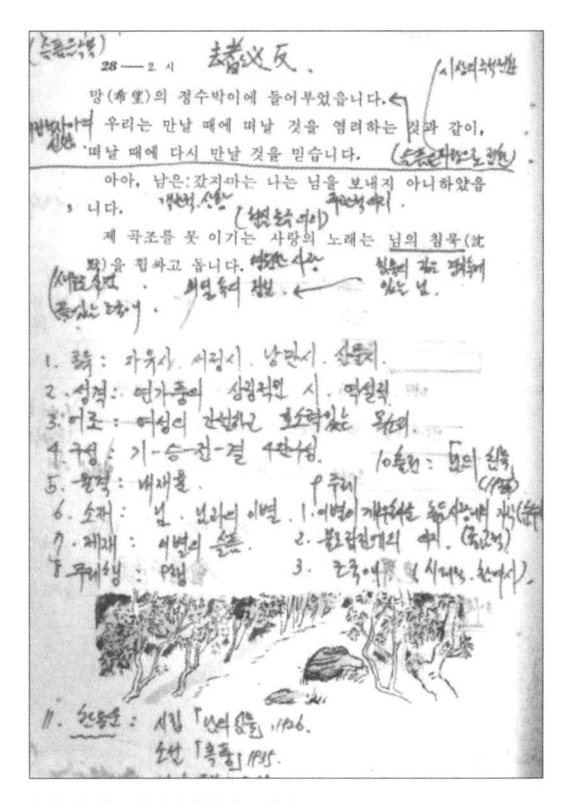
28 — 2. 시

망(希望)의 정수박이에 들어부었습니다.
우리는 만날 때에 떠날 것을 염려하는 것과 같이,
떠날 때에 다시 만날 것을 믿습니다.
아아, 님은 갔지마는 나는 님을 보내지 아니하였습니다.
제 곡조를 못 이기는 사랑의 노래는 님의 침묵(沈默)을 휩싸고 돕니다.

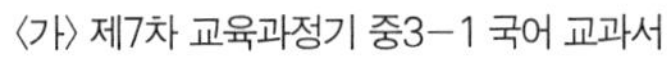
〈가〉 제7차 교육과정기 중3－1 국어 교과서

〈나〉 제3차 교육과정기 국어 교과서

위의 〈가〉는 2010년 중학교 현장에서 이루어진 교육 내용이고, 〈나〉는 1970년대에 이루어진 교육 내용이다. 두 자료를 비교해 보면 알겠지만, 요즘에도 이루어지고 있는 〈가〉와 같은 시 지도는 실상 70년대, 80년대에 이루어지던 시 지도와 하등 차이가 없는 교육 내용이다. 시의 소재, 주제, 형식상의 갈래, 시의 표현법, 시어의 의미 등을 정리하는 수업 내용도 그러하거니와, 그 교수·학습 방법도 교사는 일방적으로 전달하고, 학생은 그것을 수동적으로 교과서에 받아 적는 수업이 오늘날에도 이루어지고 있는 것이다. 물론 모든 수업이 이러한 모습을 띠는 것은 아니다. 하지만 그러한 모습을 학교 현장에서 여전히 자주

발견할 수 있다는 점은 깊이 반성해야 할 항목일 것이다. 교육과정이 바뀌고 교과서가 바뀌어도, 실질적으로 학교 현장에서 학생들을 대상으로 하여 이루.어지는 시 지도에서 그것이 실현되지 않는다면 아무런 의미가 없다.

물론 분석적 시 읽기 지도가 필요하기는 하다. 하지만 그것이 작품의 전체적인 감상과 밀접한 관련을 갖지 않은 채 그저 시를 쪼개고 분석하는 것으로만 그친다면, 그것은 이미 시 읽기로서의 의미를 갖지 못하게 된다.

앞에서 서술했던 것처럼, 운율, 심상, 비유, 상징, 반어, 역설 등의 수사법에 대한 이해는 시를 이해하는 데 매우 중요한 역할을 한다. 그동안 우리가 비판했던 것은 수사법에 대한 이해를 바탕으로 전체적인 시 감상을 유도하기보다는 시에 어떤 수사법이 사용되었는지 단순히 확인하는 데 그치는 경우가 많았다는 점이었다. 시에 쓰인 직유법, 은유법, 과장법, 돈호법, 수미상관(首尾相關) 등의 수사법 사용을 확인하기만 하는 데 그쳤던 것이다.

하지만 그것은 진정한 의미의 시 교육이라 할 수 없다. 수사법이란 느낌이나 정서를 표현하기 위한 장식적인 것, 기교적인 것으로서의 의미를 지니는 것은 아니다. 수사법이란 세계에 관한 우리의 사유방식을 언어로 조직화하는 표현 방식의 일종이라는 점을 염두에 두어야 한다. 시적 사유의 발견으로서의 시 교육이 필요한 이유가 여기에 있다.

2) '시 형식과 의미의 상관성'에 초점을 두는 교수·학습 지향

학교에서 이루어지는 시 지식 교육은 시의 형식에 대한 개념 이해를 중심으로 이루어지는 경우가 많다. 시 교육이 지식 교육뿐만 아니라 학생 스스로 시를 이해하고 감상할 수 있는 능력의 신장을 목표로 한다면 현행 교육에 대해 재고할 필요가 있다. 앞서 서술한 시의 다양한 표현법에 대한 교육은 시의 표현법에 대한 지식을 바탕으로 시를 실제로 읽을 수 있고 감상할 수 있는 능력의 신장으로 나아갈 수 있도록 해야 한다. 이를 위해서는 시의 지식에 대한 이해와 시의 의미 해석을 분리시키지 않고 서로 결합할 수 있어야 한다. 이 점과 관련하여 되짚어 보아야 할 부분이 바로 '시 형식과 의미의 상관성'에 초점을 두는 시 교수·학습이다.

우선, 시 텍스트에 표현된 '형식'에 대해 알아보자. 미학자인 아도르노(T. W. Adorno)는 형식을 "주제의 우연한 부가물"로 받아들이는 것에 대해 비판하면서 이 형식적 요소가 작품의 미적 내용에 관계하는 객관적 기능에 주목하였다. 아도르노의 '형식' 개념은 시 텍스트 해석에서 '형식'이 갖는 역할에 대해 몇 가지를 시사점을 준다. 우선, 형식은 '내용'이나 '주제'를 담기만 하는, 병 같은 고정된 용기(容器)가 아니라는 점이다. 형식은 아무런 의미가 없이 내용물을 위한 단지 껍데기로만 존재하는 것이 아니라 미적인 내용 속에서 일정 정도 자신의 몫을 가지고 있다는 의미이다. 형식을 내용이나 주제를 담아내는 틀이라고 보는 관점은 작품 전체에서 유기적으로 작용하는 형식적 요소의 의미적 측면을 간과하는 것이다. 다음으로, 형식은 소재 혹은 제재 등이 지니고 있는 지극히 물질적인 측면을 해체시키면서 그 시 고유의 의미를 지니도록 재구성한다는 점이다. 이렇게 보면 동일한 사물이나 상황을 소재로 택하더라도 그 의미가 시 텍스트에 따라 각기 다르게 나타나는 이유 중의 하나는 그 시 텍스트에 사용된 다양한 형식적 요소 때문이다(최미숙 1996).

이 두 번째 특성은 자연히 다음 특성으로 연결될 수밖에 없는데, 그것은 한 편의 시 속에서 형식적 요소는 의미화되는 경향이 있다는 점이다(최미숙 1993). 시 텍스트에서 형식의 차이는 의미의 차이를 실현시킨다. 형식은 새로운 의미를 창출해 내거나 혹은 어떤 의미를 더욱 배가시키는 의미론적 역할을 할 수 있다. 가령 운율이라는 형식은 낭송을 위해서만 필요한 것이 아니다. 운율의 완급을 어떻게 조절하는가에 따라 그 시에서 읽을 수 있는 의미 혹은 의미의 폭이 달라지기 때문이다(최미숙 1996).

시는 사물이나 현실을 혹은 사물이나 현실을 대하는 시적 화자의 태도를 직설적인 방식으로 표현하지 않는다. 대상에 대한 정서를 직설적으로 발언한 듯 보이는 시에서도 거기에는 시적 화자의 발언을 규정하거나 의미화하는 형식적 장치들이 있게 마련이다. 시에서 시적 화자의 태도 혹은 정서는 항상 시적 형식이라는 장치를 통해 실현되기 때문이다. 따라서 형식이란 내용이나 주제를 담는 그릇이 아니라 그것 자체가 하나의 의미를 지니는, 그럼으로써 시 전체의 의미를 구성해 나가는 중요한 시적 요소로 보아야 한다(최미숙 1996).

시의 형식이나 표현 방법을 확인하는 것에서 그치기보다는 그러한 표현 방법을 통해 어떤 의미를 형성하며 그것이 어떤 점에서 효과적인가, 특정 정서를 표현하는 데 있어 시적 표현 방법이 갖는 의미는 무엇인가 등에 대한 이해로 나아가야 한다. 나아가 그런 표현 방법을 활용해 자신의 정서를 표현해 보도록 하는 활동 역시 필요하다.

이를 위해서는 교수·학습 역시 변화해야 한다. 시의 형식이 시의 의미와 어떤 관련을 맺으며, 어떤 방식으로 의미화하는지 끊임없이 질문할 수 있어야 하며, 질문과 대화를 통한 교수·학습을 활성화할 필요가 있다. 현대시 교육의 특성은 그것이 논리적인 이해나 해석으로 그치지 않고 독자의 주체적인 감상과 표현의 차원까지 교육이 이루어져야 한다는 데서 찾을 수 있다. 이를 위해 정해진 교수·학습 방법이나 모형에 따라 수업을 하는 것도 중요하지만 그 과정에서 이루어지는 교사와 학습자 간의 의견 교환은 매우 중요한 역할을 한다. 이러한 의견 교환은 교사와 학습자 간 질문과 대화의 형식으로 이루어지는 것이 바람직하다.

3) 독자 중심 시 교수·학습의 중요성

제7차 국어과 교육과정에서부터 2015 개정 국어과 교육과정에 이르기까지 중요하게 강조하고 있는 교육 내용 중 하나가 '문학 작품의 해석과 감상의 다양성'이다. 이는 이전 몇 십여 년간 이루어져온 시 교육의 틀을 깨는 매우 의미 있는 내용이라 할 수 있다.

작품 해석의 다양성에 대한 강조는 곧 독자에 따라 시를 다르게 해석할 수 있다는 점을 강조한 것이다. 독자 변인을 강조하는 것은 제7차 국어과 교육과정부터 문학교육의 중요한 핵심 내용 중 하나였다. 이 내용은 한 편의 문학 작품 혹은 "한 편의 시는 읽히고 또 다시 읽힐 때마다 의미가 끊임없이 변하는 법"(A. Easthope/박인기 옮김 1994: 23)이라는 점에 주목하면서 그 중요한 변인으로 독자를 강조하는 것이다.

어떤 해석도 절대적인 권위를 갖지 않는다는 것, 절대적인 권위를 갖는다고 생각했던 김소월의 「진달래꽃」에 대한 해석도 이미 연구자에 의해 다양한 시 해석이 시도되고 있다는 점 등을 고려할 때 시 교육에서의 이러한 변화는 당연한 것이라 할 수 있다. 이를 위해서는 시 작품을 이해하고 감상하는 방법을 일방적으로 전달하는 것이 아니라 학습자가 스스로 경험하고 선택할 수 있도록 교수·학습 과정에서 배려하는 것이 중요하다.

이를 위해서는 한 편의 시 해석과 감상에도 여러 방식이 있다는 것을 다양한 교수·학습 자료 제시를 통해 이해시키며, 각 방법의 차이가 어디에서 기인하며, 자신은 어떻게 생각하는지 스스로 생각하고 선택할 수 있도록 기회를 제공할 필요가 있다. 이를 통해 "어떠한 텍스트라도, 특히 시와 같은 텍스트는 여러 사람들에 의해서, 같은 사람이라도 생애의 여러 다른 시기에 따라서, 또 역사상 서로 다른 시대에 살았던 다양한 사람들에 의해서 여러 방식으로 끊임없이 반복해서 다시 읽혀지게 마련(A. Easthope/박인기 옮김 1994: 25)"이라는 점을 교수·학습할 수 있다.

작품의 해석과 감상의 다양성, 해석 과정에서 독자의 역할에 대한 강조가 곧 독자에게 상당한 정도의 자유를 허용하는 것은 사실이다. 하지만 이것이 독자가 혹은 학습자가 시를 자신 마음대로 자유롭게만 해석해도 된다는 것을 의미하는 것은 아니다. 다른 독자와는 다른 자신만의 읽기가 가능하다는 점은 전제로 하되, 그 읽기는 주체적인 것이어야 하며 그 타당한 근거를 제시할 수 있어야 한다.

3. 현대시 교수·학습의 실제

다음에 소개하는 현대시 교수·학습 방법은 기존에 여러 차례 지면을 통해 소개된 방법이다. 여기에서는 '내면화 중심 교수·학습 방법, 반응 중심 교수·학습 방법, 대화 중심 교수·학습 방법'에 대하여 간단하게 소개하고자 한다.[2]

1) 내면화 중심 교수·학습 방법

내면화 중심 문학 교수·학습 방법으로는 '구인환 외(2007)'에서 제시한 문학 수업 절차 모형을 들 수 있다.

(1) 분석주의에 대한 대안으로서 '시 감상의 종합적 재구성 단계' 설정

'내면화 중심 교수·학습 방법'의 특성은 우선 지도 단계에서 '시 작품의 전체적 접근→시 작품의 부분적 접근→시 감상의 종합적 재구성'이라는 과정을 설정했다는 데 의미가 있다. 기존의 시 지도에서 중시했던 분석주의 위주의 '부분적 접근'에 대한 극복 방안으로 전체→부분→종합적 재구성이라는 단계를 취한 것이다. 다시 말하면 시에 대한 부분적 접근으로만 끝나서는 안 되며, 이후 종합하는 과정을 거쳐야 시 감상을 제대로 할 수 있다는 관점을 반영한 것이다.

2 여기서 소개한 3가지 교수·학습 방법에 대한 좀더 구체적인 논의는 최미숙(2006), 최지현 외(2007), 최미숙 외(2017)를 참조하기 바람.

(2) 문학교육의 특성을 살린 '내면화 단계' 설정

또 다른 특성은 '내면화 단계'를 따로 설정한 것인데, 여기서 내면화는 현대시 수업의 제일 마지막 단계에서 사후적으로 진행되는 것이 아니라, 시 텍스트를 읽고 감상하는 전 과정에서 이루어지는 활동으로 제시하고 있다. 시 텍스트를 읽으면서 동시에 공감하기도 하고 자신의 경험이나 체험을 떠올리기도 하고 때로는 시적 감화를 받으면서 시의 세계에 깊이 감정이입되기도 한다고 설정한 것이다. 사실 '내면화 단계'는 수업의 과정에서 가시적으로 파악하기가 곤란하고 수업의 물리적 여러 조건 속에서 의도적으로 통제하기가 어렵다는 점이 있다. 하지만 그렇다고 해서 시 수업 과정에서 '내면화 단계' 자체를 배제하는 것은 바람직하지 않다(구인환 외 2007). 문제는 이렇듯 작품을 실제로 읽고 감상하는 과정에서 독자의 내면에서 이루어지는 내면화 활동을 교사가 어떻게 수업 장면에서 효율적으로 담아낼 것인가 하는 점일 것이다.

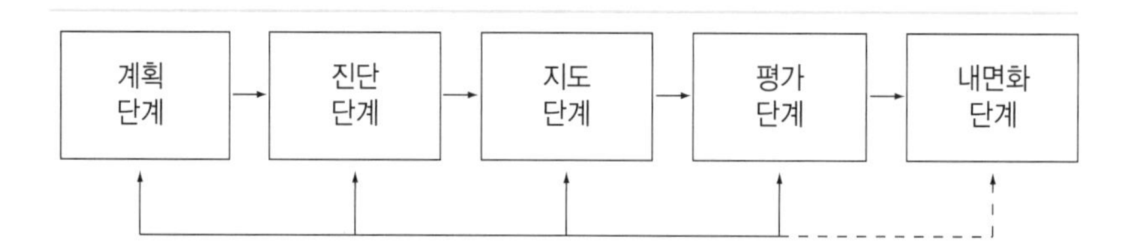

1. 계획 단계 (1) 수업 목표의 설정
   (2) 학습 과제(시 텍스트) 선정
   (3) 평가 요목의 작성
2. 진단 단계 (1) 시에 대한 지식, 체험, 감수성 등의 진단
   (2) 학습 과제인 시 텍스트와 수용자들과의 제반 상호성 진단
   (3) 진단을 위한 도구 마련
3. 지도 단계
   (1) 시 작품의 전체적 접근
      ① 낭독 및 윤독
      ② 관련 경험의 재생과 경험 교환

(2) 시 작품의 부분적 접근
① 시 작품의 상황 파악
② 시적 화자의 톤 이해
③ 시의 이미지 파악-은유의 원리
④ 시의 율격 이해
⑤ 시의 구성[구조] 이해
(3) 시 감상의 종합적 재구성
① 의미의 다의성과 함축성 이해
② 말맛과 의미의 어울림
③ 내용과 형식의 어울림
4. 평가 단계
(1) 지도 내용과 호응되는 평가 목표
(2) 인지와 정의의 통합 평가
(3) 시적 수행에 대한 평가
5. 내면화 단계
(1) 시적 체험의 수평적 확대
(2) 시적 체험의 수직적 심화
(3) 시 작품 쓰기

[표 1] 구인환 외(2007)의 문학 수업 절차 모형(시 수업의 경우)

2) 반응 중심 교수·학습 방법

(1) 문학 작품에 대한 학습자의 반응 중시

반응 중심 교수·학습 방법이란 학생들이 문학 경험에 대한 반응과 감정을 자유롭게 표현하게 하는 것을 중시하는 교수·학습 방법이다. 반응 중심 교수·학습 방법은 교사가 일방적으로 교육 내용을 전달하는 이전의 문학 교수·학습 방법을 비판하고, 문학 작품에 대한 학생들의 반응을 중심으로 한 수업을 제안했다는 점에서 의의가 있다. 작가, 작품, 독자로 형성되는 문학의 소통에서 그동안 소외되어 있던 독자의 위치 및 역할을 부각시킴으로써 학습자의

3 반응 중심 교수·학습 방법에 대해서는 L.M. Rosenblatt/김혜리·임해영 역(2006), 경규진(1993)을 참조하였다.

역할을 강조하는 문학 수업을 계획할 수 있게 된 것이다. 특히 같은 문학 작품을 읽더라도 독자의 반응은 개인별로 다를 수 있다는 것을 전제로 함으로써 전문가의 해석을 중심으로 이루어지던 문학 작품의 이해와 감상 수업에 큰 관점의 변화를 가져오기도 했다.

(2) 단계별 교수·학습 내용

반응 중심 교수·학습 방법의 단계별 교육 내용은 다음 페이지의 표와 같다.

각 단계별 교수·학습의 특성은 다음과 같다.

〈1단계: 반응의 형성 - 텍스트와 학생의 거래〉

1단계의 초점은 학생들이 심미적 독서를 하도록 격려하는 것이다. 학생들에게 문학 작품 읽기는 정보나 지식의 습득을 위해서가 아니라 일차적으로 즐거운 경험을 하는 것에 초점을 두는 것이다. 이를 위해 텍스트에 대한 학생들의 부정적 선입견을 제거하고 어려운 어휘나 표현 등을 쉽게 이해할 수 있도록 해야 한다. 심미적 독서에 방해가 되는 요인을 제거해 주어야하며, 이를 통해 독자와 텍스트의 일차적인 거래가 이루어지도록 해야 한다.

〈2단계: 반응의 명료화 - 학생과 학생의 거래〉

2단계에서는 학생들이 자신의 문학적 반응이 무엇인지 알고, 작품에 대한 첫 반응을 확장하기 위한 넓고 다양한 방식을 경험하도록 한다.학생과 학생 사이의 거래를 활성화시킴으로써 학생의 반응을 명료화시킬 필요가 있다.

학생들은 자신의 반응을 명료하게 할 필요가 있으며, 또한 습관화된 반응을 반성하기 위한 노력이 필요하다. 작품을 읽은 후 동료 집단과의 집단적인 반응은 학생들에게 새로운 아이디어를 도출하도록 도와줄 수 있고 더 나아가

1단계 : 텍스트와 학생의 거래 ···› 반응의 형성
(1) 작품 읽기
심미적 독서 자세의 격려
텍스트와의 거래 촉진
2단계 : 학생과 학생 사이의 거래 ···› 반응의 명료화
(1) 반응의 기록1단계 : 짝과 반응의 교환
(2) 반응에 대한 질문
반응을 명료히 하기 위한 탐사 질문
거래를 입증하는 질문
반응의 반성적 질문
반응의 오류에 대한 질문
(3) 반응에 대한 토의(또는 역할놀이)
짝과의 의견 교환
소그룹 토의
전체 토의
(4) 반응의 반성적 쓰기
반응의 자유 쓰기(또는 단서를 놓은 쓰기)
자발적인 발표
3단계 : 텍스트와 텍스트의 상호 관련 ···› 반응의 심화
(1) 두 작품의 연결
(2) 텍스트 상호성의 확대
* 태도 측정

학생들의 자기성장을 도울 수 있다. 특히 반응의 기록은 독서 후에 간단하게 활용할 수 있으며 학생들이 아무 간섭 없이 자신의 반응을 응시하고 성찰하기 위한 좋은 전략이라고 볼 수 있다. 그리고 반응에 대한 질문이나 반응에 대한 토의, 반응의 쓰기 역시 이 단계에서 할 수 있는 주요 학습 활동이다.

〈3단계: 반응의 심화 - 텍스트와 텍스트의 상호 관련〉

3단계에서 자신이 읽은 작품과 다른 작품을 비교하며 읽는 것은 학생들의 반응을 풍부하게 하고 또 문학적인 사유를 촉진시킬 수 있다. 이 단계에서 다른 텍스트와 관련지어 읽는 것은 두 작품의 연결뿐만 아니라 더 큰 범주로 확대시킬 수 있다. 이전 학습에서 읽은 작품과 관련시킬 수 있고, 나아가 동일 작가의 다른 작품 또는 그 작품의 주제, 인물, 문체 등에서 서로 관련지을 수 있는 작품과 비교하는 것도 가능하다. 이러한 과정에서 학생들은 텍스트에 대한 확산적인 통찰을 얻을 수 있을 것이다.

(3) 구체적인 수업 방법의 부족

반응 개념을 '텍스트에 의해 구조화된 경험'이라는 점, 텍스트의 중요성을 배제하지 않고 독자의 위치를 부상시켰다는 점, 독서 과정과 독서 후의 전 과정을 포함시킬 정도로 확대시켰다는 점, 개인적이면서도 사회적 · 문화적 행위라는 점 등의 차원에서 규정함으로써(경규진 1995) 문학 텍스트 읽기에서 독자의 능동성이 지니는 역동적인 역할을 부각시킨 점은 반응 중심 교수 · 학습 방법의 의의라 할 수 있다. 하지만 수업 현장에서 그것을 어떤 방식으로 구체화할 수 있는지에 대한 실질적인 방법이 부족한 것이 사실이다. 텍스트와 학생의 거래, 학생과 학생 사이의 거래 등의 단계를 설정하기는 했지만 그 거래의 구체적인 방식은 문학 수업의 몫으로 남아버렸고, 그 과정에서 교사가 어떤 역할을 해야 하는지에 대한 논의는 부족하다는 평가를 받고 있다.

3) 대화 중심 교수 · 학습 방법

(1) 다양한 문학적 사유의 상호 교환으로서의 '대화'

학교 현장에서 이루어지는 교수 · 학습 과정에서는 무엇보다도 교사의 지도가 중요하다. 교사는 때로는 학생들 간의 토의를 이끌어가고 조정하기도 하며, 또 때로는 학생과의 상호작용을 통해 수업을 이끌어가기도 한다. 교수 · 학습 과정에서 이루어지는 다양한 상호작용을 '대화' 형태를 통해 활성화하고자 하는 것이 바로 '대화 중심 교수 · 학습 방법'이다. 여기서 '대화'란 단순히 두 주체 사이에 말을 주고 받는다는 의미가 아니라 다른 사고, 다른 관점 혹은 타인과의 의견 교류를 통해 자신의 문학적 사유 방식을 성찰할 수 있으며, 새로운 문학적 사유를 추동시킬 수 있는 상호 소통 형태의 의견 교환을 의미한다. '대화'는 다양한 관점과 목소리의 교환을 통해 관점의 차이, 목소리의 차이를 인정하면서 좀 더 타당한 자신의 목소리를 찾아가는 '과정'을 중시한다.

(2) 문학 감상과 교수·학습 과정의 핵심으로서의 '대화'

교수·학습의 관점에서 볼 때 '대화'는 세 층위에서 이루어지는데, 이는 수업 현장에서 문학 작품을 해석하고 감상하는 과정이기도 하면서 핵심적인 교수·학습 절차와도 밀접한 관련이 있다. 첫째 층위는 문학 작품을 읽으면서 독자 개인의 내면에서 이루어지는 '내적 대화'이며, 둘째 층위는 독자와 독자 사이에 이루어지는 '횡적 대화'이고, 셋째 층위는 전문가와 독자 사이에 이루어지는 '종적 대화'이다.

(3) 세 층위의 '대화'와 교수·학습

교수·학습 과정에서 이루어지는 세 층위의 대화 방식을 구체적으로 살펴보면 다음과 같다.

교수·학습 과정	주요 학습 활동의 예
시를 이해하는 데 필요한 지식과 원리 이해하기	ㅇ 해당 시와 관련 있는 문학적 지식과 원리 이해하기 ㅇ 대화 중심 읽기 방식 이해하기
시 낭송하기	ㅇ 시의 분위기나 어조 파악하기 ㅇ 낭독자의 목소리를 선택하여 시에 맞게 낭송하기 ㅇ 시의 의미 예측하기
〈대화 1〉 독자 개인의 내적 대화	ㅇ 시 텍스트에 근거하여 시 이해에 필요한 질문을 스스로 생성하고 답하기 ㅇ 상호 경쟁적인 읽기 중 스스로 가장 타당한 근거를 제시할 수 있는 읽기(지배적 읽기)를 선택하기
〈대화 2〉 독자와 독자들 간의 대화	ㅇ 자신이 선택한 해석의 근거와 다른 독자의 해석 근거를 비교하며 대화 나누기 ㅇ 타당한 근거와 관련 있는 내용을 텍스트에서 찾아보기 ㅇ 애매한 해석 내용을 명료화하고 각 근거의 설득력을 비교하면서 타당한 해석 내용 판단하기
〈대화 3〉 교사(전문가)와 독자의 대화	ㅇ 그동안의 대화 과정에서 제시되지 않은 새로운 관점 제시하기(교사) ㅇ '대화2'에서 오독이 발생한 경우 수정하기 ㅇ 여러 관점 간의 경쟁적 대화를 통해 좀더 근거 있는 해석의 가능역 설정하기
시의 의미 정리와 확대	ㅇ 가장 타당하다고 생각되는 시의 의미 정리하기 ㅇ 모작, 개작, 모방 시 창작하기 ㅇ 독서 스토리 완성하기

[표 2] 대화 중심 문학 교수·학습을 위한 수업 절차와 주요 학습 활동의 예

〈대화 1(독자 개인의 내면에서 이루어지는 내적 대화)의 단계〉

이 단계는 독자의 내면에서 이루어지는 시 텍스트 읽기 방식을 의미하는 것으로, 이 단계에서 이루어지는 대화는 독자의 내적 자아들 간에 이루어지는 내적 대화의 형태를 띤다. '내적 대화'란 문학 텍스트를 읽는 과정에서 독자 개인의 내면에서 이루어지는 다양한 문학적 사고들 간의 대화로, 텍스트를 읽을 때 독자의 내면에서 이루어지는 '읽기를 구성하는 극적인 교환(J. E. Seitz 2002)'[1] 에 주목한 용어이다. 텍스트를 읽으면서 때로는 문학적 정서와의 동일시를 통해 해당 텍스트의 세계에 공감하기도 하지만, 때로는 고민과 갈등 그리고 망설임을 겪기도 하며 그것은 끊임없는 질문과 대답, 되물음의 형태를 띠면서 이루어진다. 공감하며 읽거나 거리를 두고 읽거나 시 텍스트에 대한 자신의 문학적 사고를 이런 관점, 저런 관점과 견주어보고 고민하고 선택하는 과정은 흡사 독자의 내면에서 소리 없이 이루어지는 대화의 형태를 띠며, 이런 과정을 활성화하도록 할 필요가 있다.

〈대화 2(현실적 독자 사이에서 이루어지는 횡적 대화) 단계〉

이 단계에서 대화는 독자 간 대화, 즉 학생과 학생 사이에 이루어지는 대화는 현실적 독자들 사이에서 이루어지는 횡적 대화의 형태를 띤다. 이 대화를 통해, 내적 대화를 통한 독자 개인의 문학 텍스트 읽기의 타당성을 검증할 수 있다. 다른 학생들과 더불어 상호 의견 교환을 하면서 다른 학생을 설득하는 과정이기도 하며, 동시에 자신의 문학적 사유를 공개하고 타인의 사유와

자이츠(Seitz)는 독자를 단순히 수동적인 존재로 환원시키는 작품 읽기 방식을 비판하면서, 읽기 과정에서 나타나는 의미 창조에 독자가 참여한다는 사실을 강조한다. 그는 읽기가, 대화를 할 때 가정되는 것과 유사한 수사학적 배치를 요구한다고 주장하면서 문학 텍스트를 읽는 과정에서 독자들은 주어진 하나의 역할이 아니라 여러 독자의 역할을 수행하는 경향이 있다고 말한다. 읽기가 많은 목소리를 갖는 다성음악(polyphony)으로 가장 잘 서술될 수 있는 내적 대화(inner dialogue)를 야기시킨다는 것이다. 이 관점에 의하면 내적 대화는 텍스트의 '상황이 요구하는 대로 움직이는 다양한 자아들(selves)', 즉 텍스트를 읽는 동안에 지배적 읽기를 수행하기 위해 노력하는 '독자 내부의 다양한 내적 자아들 사이에 이루어지는 대화(J. E. Seitz 1992: 147)'를 의미한다.

동등하면서도 횡적인 대화를 통해 문학적 사유의 폭을 넓히고 조정하는 과정이기도 하다.

〈대화 3(이상적 독자와 현실적 독자 사이에서 이루어지는 종적 대화) 단계〉

이 단계에서 대화는 교사와 학생 사이에서 이루어지며, 전문적 중개자로서의 교사와 학습자 사이, 다시 말하면 이상적 독자와 현실적 독자 사이에 이루어지는 종적 대화라는 특성을 지닌다. 종적 대화라는 것은 이 대화가 교사가 교육적 관점을 견지하면서 통제하는 성격을 지닌다는 것, 이상적 독자로서의 교사와 현실적 독자로서의 학생이라는 차이에 근거를 둔 대화임을 의미한다. 그렇다고 해서 독자에게 특정 의미를 제시하거나 강요하는 것을 의미하지는 않는다. 내적 대화, 독자 간 대화를 통해 해결하지 못했던 것이나 횡적 대화 과정에서 오독으로 끝난 부분, 텍스트의 의미상 결락된 부분에 대해 교사의 지도 아래 대화를 나누는 것이다. 이 대화에서 교사의 역할은 새로운 관점을 제시하거나 의도를 가진 질문을 던짐으로써 새로운 문학적 사유를 가동시키는 것이다. '전문적 중개인'으로서의 교사와 학생이 나누는 대화는 근거 있는 해석을 타당한 해석으로 전환시키는 데 결정적 역할을 할 수 있으며, 또 다른 관점에서 해석이 가능하다는 것을 보여줄 수 있다. 이런 과정을 통해 이상적 독자와 현실적 독자 사이의 거리를 좁힐 수도 있다.

(4) 대화의 회귀적 성격

여기서 '대화 1', '대화 2', '대화 3'의 관계는 대화의 일반적인 절차이기는 하지만, 꼭 선조적으로만 이루어지는 절차는 아니라는 점에 유의해야 한다. 그 순서를 기계적으로만 적용해서는 안 된다는 의미다. '대화 1'에서 '대화 3'까지 절차를 거치는 과정에서 다시 회귀적으로 돌아가 이전 단계의 대화도 수행할 수 있다. '대화 2'나 '대화 3' 단계에서도 독자 개인의 내적 대화가 이루어질 수 있으며, '대화 3' 단계에서 교사의 지도에 따라 '대화 2'로 돌아가 새로운 쟁점을 가지고 독자들과 대화를 나눌 수도 있다.

다만 교수·학습 과정으로서 순차성을 고려해야 하는 이유는 '대화 2'는 '대화 1'을 바탕으로 해야 가능하다는 점, 즉 '대화 2'는 독자가 개인적으로 작품에 대해 사유하고 자신이 생각하는 근거에 대해 마련해야 가능하며 그래야 독자 간의 대화가 교육적 의미를 가질 수 있다는 점 때문이다. 충분한 사유 과정 없이 이루어지는 독자 간 대화는 즉각적인 사고를 바탕으로 하기 때문에 비효율적일 수 있다. 마찬가지로 '대화 3' 역시 독자 간 대화가 과연 문학적으로 의미 있게 이루어졌는지 성찰하는 기회를 제공한다는 점에서 차후 단계로서의 의미가 있다. 독자 간 대화에 대한 '전문가의 교육적 판단'이 이루어지고, 그에 따라 오독을 수정할 수 있는 기회를 가질 수 있기 때문이다. 독자 간 대화에서 충분히 의미 있는 대화가 이루어졌다면, 그것이 어떤 점에서 의미 있는 대화인지 아는 것도 교육적으로 의미가 있다. 결국 3단계에 이르는 대화의 차이는 각 대화 단계에서 핵심적으로 수행하는 대화의 유형이 무엇인가 하는 점이다.

(5) 자기 주도적 시 읽기와 '내적 대화'의 활성화

그리고 무엇보다 중요한 것은 대화 중심 교수·학습 방법의 최종 목표는 내적 대화의 활성화에 있다는 점이다. 교수·학습의 절차로 제시하는 '대화 2'나 '대화 3'은 사실 좀 더 밀도 있는 내적 대화 능력을 신장시키기 위하여 교육적으로 구성한 단계다. 교수·학습 상황을 벗어나 학생이 개인적으로 문학 작품을 읽을 때는 대부분 내적 대화의 단계를 활성화시켜야 한다. 스스로 작품을 읽으면서 사유하고 성찰하는 과정을 통해 해석하고 감상하는 것이다. 따라서 '대화 2'나 '대화 3' 단계는 궁극적으로 좀 더 의미 있는 내적 대화 방식을 배우기 위한 단계로 설정할 수도 있다.

4. 현대시 교수·학습에서 활용 가능한 지도 방법

여기에서는 현대시 교수·학습에서 활용할 수 있는 다른 지도 방법 중 '시 낭송 지도법', '질문과 대화 중심의 교수·학습'에 대해 살펴보고자 한다.

1) 운율 교육과 시 낭송 지도

시를 이해하는 데 입문 역할을 하는 것 중 하나로 바로 시 낭송을 들 수 있다. 시 낭송은 시 텍스트를 이해하고 해석하는 데 매우 중요한 역할을 하는데, 그동안 현대시 교육에서 시 낭송 지도는 소홀하게 다룬 측면이 있다. 물론 이에는 근대시로 이행하면서 '노래하는 시'보다는 '읽는 시' 중심으로 변화했다고 보는 사정과도 관련이 있다. 그럼에도 불구하고 시를 읽는다는 것이 눈으로 읽는 행위뿐만 아니라 입으로 낭송하는 행위 또한 의미한다는 점을 인정한다면 시 낭송하기 활동은 현대시 교육에서 여전히 중요한 교육 내용이다.

(1) 운율의 실질적 체험이 중요

운율 교육에서는 운율을 실제로 느끼는 것이 중요하며, 운율을 잘 살린 표현이 왜 우리의 마음을 움직이는지 이해할 필요가 있다. 이를 위해서는 운율 자체에 대한 이론 교육도 중요하지만 다양한 운율 표현을 통해 운율을 실질적으로 느끼고 체험하도록 지도할 필요가 있다.

I like Ike.[5] 나는 아이크가 좋아.
Ike for me. 아이크를 나에게.
I admire Ike. 나는 아이크를 존경해.

[5] '아이크'는 미국의 제34대 대통령 아이젠하워의 애칭이며, 이 슬로건은 대통령 선거 당시 공화당 선거구호였음. 인용한 세 가지 예는 A. Easthope(1994)에서 가져온 것이다.

앞의 인용문에서 'I like Ike'와 같은 정치 슬로건은, 'Ike for me'나 'I admire Ike'로 말하는 것보다 더 효율적이다. 그것은 단음절로 된 세 개의 이중모음으로 이루어진 기표를 사용함으로써 전달내용이 더욱 '강화'되기 때문이다(A. Easthope/박인기 역 1994: 37). 다시 말하면, 'I', 'like', 'Ike' 각 어휘마다 반복되는 [ai] 발음이 형성하는 운율 때문에 전달하고자 하는 내용을 훨씬 효율적으로 전달할 수 있다는 것이다. 이는 'I like Ike'를 반복하여 읽을수록 'I'와 'like'와 'Ike'가 하나가 되는 정서적 효과를 얻기 때문이다.

밤마다 밤마다
온 하룻밤
쌓았다 헐었다
긴 만리성!

- 김소월, 「萬里城」

이 시의 각 행은 2음보의 운율을 지니고 있다. 그런데 이것을 단순히 확인하고 지나가는 것은 아무런 의미가 없다. 2행과 4행의 '온'과 '긴'이라는 시어에 주목할 때, 비로소 이 시의 운율을 제대로 느낄 수 있다. 다른 시어는 모두 3음절로 이루어져 한 음절을 발음하는 데 모두 동일한 시간이 소요되고 있다. 그런데 2행과 4행의 '온'과 '긴'은 1음절로 이루어져 있다. 그런데 이 시를 실제로 읽다보면 이 두 시어를 발음할 때, 각 음보를 발음하는 데 소요되는 시간의 길이, 즉 3음절을 발음하는 데 필요한 동일한 시간만큼 늘여 읽게 된다. 그럼으로써 '온'과 '긴'의 시적 의미, 즉 '하룻밤을 온통 새었다'는, '만리성이 길다'는 시간적 의미를 강화하는 의미를 갖는다. 그리고 이것은 시를 낭송할 때 '온--', '긴--'으로 읽음으로써 실현할 수 있게 된다.

이렇듯 시 텍스트에 구현된 운율을 실질적으로 느낄 수 있도록 지도할 필요가 있으며, 이를 통해 운율을 이론으로서만이 아니라 구체적인 느낌과 정서로 만날 수 있도록 지도해야 할 것이다.

(2) 시의 표현 방식을 기반으로 한 운율 이해 지도

한 편의 시에 사용된 음절 하나하나, 종결 어미, 혹은 연의 구분 등은 얼핏 보면 그냥 간과하기 쉽지만, 독특한 운율적 효과를 발휘하면서 시의 의미를 결정짓는 중요한 역할을 하기도 한다. 시에 두루 나타나는 시행걸침이나 쉼표, 구두점, 말없음표의 처리, 대시(dash) 등의 운율적 효과도 간과할 수 없는 것이다(윤여탁·최미숙·유영희 2002).

따라서 운율을 살려 시를 읽을 때에는 음의 반복이나 시행과 연의 구성 방식, 구두점 하나하나를 고려하면서 시를 낭송하도록 지도해야 한다. 일상어에서 음의 반복은 별다른 의미를 지니지 못하지만 시 텍스트에 등장하는 음의 반복은 일반적으로 추론이나 논의하려는 마음을 잠재우는 대신 추억이나 정서, 상상력 등을 일깨워준다(C. Day-Lewis 1944). 정지용의 「향수」에 표현된 '뷔인 밭에 밤바람 소리'라는 시행에서는 파열음인 'ㅂ' 음이 4번이나 반복됨으로써 겨울 밤 황량한 들판에 부는 바람 소리를 효과적으로 느낄 수 있도록 하는 역할을 하고 있다.

시 쓰기에서 시행과 연의 길이, 배치 등은 시의 의미를 형상화하는 데 중요한 시적 장치이다. 마찬가지로 시를 읽을 때도 이는 시의 분위기를 형성하고, 나아가 시의 의미를 느끼며 파악하도록 하는 데 매우 중요한 역할을 한다. 시행과 연의 길이와 배치는 시 텍스트로부터 독자가 얻는 일차적인 단서에 해당하는 것으로 시를 처음 읽을 때부터 작용하는, 시 이해의 출발점이라 할 수 있다. 시행과 연의 길이와 배치 등을 고려하며 다음 두 편의 시를 읽어보자.

〈가〉

우리는 어디로 갔다가 어디서 돌아왔느냐 자기의 꼬리를 물고 뱅뱅 돌았을 뿐이다 대낮보다 찬란한 태양도 궤도를 이탈하지 못한다 태양보다 냉철한 뭇별들도 궤도를 이탈하지 못하므로 가는 곳만 가고 아는 것만 알 뿐이다 집도 절도 죽도 밥도 다 떨어져 빈 몸으로 돌아왔을 때 나는 보았다 단 한 번 궤도를 이탈함으로써 두 번 다시 궤도에 진입하지 못할지라도 캄캄한 하늘에 획을 긋는 별, 그 똥, 짧지만, 그래도 획을 그을 수 있는, 포기한 자 그래서 이탈한 자가 문득 자유롭다는 것을

– 김중식, 「이탈한 자가 문득」

〈나〉

우리는 어디로 갔다가 어디서 돌아왔느냐
자기의 꼬리를 물고 뱅뱅 돌았을 뿐이다
대낮보다 찬란한 태양도 궤도를 이탈하지 못한다

태양보다 냉철한 뭇별들도 궤도를 이탈하지 못하므로
가는 곳만 가고 아는 것만 알 뿐이다
집도 절도 죽도 밥도 다 떨어져
빈몸으로 돌아왔을 때 나는 보았다
단 한 번 궤도를 이탈함으로써
두 번 다시 궤도에 진입하지 못할지라도

캄캄한 하늘에 획을 긋는 별, 그 똥, 짧지만,
그래도 획을 그을 수 있는, 포기한 자
그래서 이탈한 자가 문득 자유롭다는 것을.[6]

6 참고로 〈나〉 시는 인터넷의 개인 블로그에 실린 것으로, 여기에서는 블로그에 실린 그대로 인용한 것이다.

〈가〉와 〈나〉는 동일하게 김중식의 「이탈한 자가 문득」이라는 제목을 달고 있지만 실질적으로는 다른 시라고 할 수 있다. 시행과 연의 길이와 배치, 구두점 등을 고려할 때 두 편의 시는 다르게 낭송해야 하며, 낭송 단계에서부터 시의 의미는 달라진다.

〈가〉 시에는 마침표가 없다. 시의 종결 부분도 '자유롭다는 것을'이라는 표현을 통해 미완인 채로 끝나고 있다. 이 시의 운율을 살려 낭송할 때에는 마치 자기의 꼬리를 물고 뱅뱅 궤도를 도는 별처럼 숨가쁘게 읽어야 한다. 쉼표와 마침표 없이 끊임없이 이어지는 문장의 연결이 그러한 운율을 요구하고 있다. 이 시의 운율에서 특징적인 부분은 "그러다가 획을 긋는 별, 그 똥, 짧지만, 그래도……" 부분이다. 이 부분에서는 여러 개의 쉼표 때문에 짧게 스타카토 형식으로 읽어야 한다. 이것은 이 시의 의미와 밀접한 관련을 지닌다. 궤도를 도는 듯 정신없이 읽다가 그 궤도를 포기하고 궤도에서 이탈한 별을 목격한 순간, 드디어 가쁜 숨을 몰아 쉬며 아주 짧게 쉴 수 있는 시간을 맞이한다. 궤도에서 이탈한 순간부터 비로소 숨을 쉬며 앞뒤를 되돌아볼 여유를 갖는 것이다. 그리고 '문득 자유롭다는 것을'이라는 표현으로 끝나는 종결부에서는 그 비워져 있는 부분을 독자로 하여금 채울 것을 제시하고 있다.

이에 비해 〈나〉는 제목과 문장상의 내용은 〈가〉와 동일하지만 전혀 다른 시로 볼 수 있다. 〈가〉에서 1개의 연으로 표현된 것이 〈나〉에서는 5개의 연으로, 〈가〉에서 긴 하나의 행으로 표현된 것이 〈나〉에서는 모두 12개의 시행으로 표현되었다. 이러한 변형은 무엇보다 〈나〉의 5연에 있는 여러 개의 쉼표가 별다른 의미를 지니지 못하게 하고 있다. 그리고 〈가〉 시가 지니는 운율적 특성을 〈나〉에서는 전혀 구현할 수 없다.

이렇듯 시의 표현 방식은 그대로 운율로 드러나며, 그러한 운율은 곧 해당 시의 의미를 형성하는 데 중요한 역할을 한다는 점을 고려하여 교수·학습할 필요가 있다.

2) 질문과 대화 중심의 교수·학습

시 교수·학습 과정에서 교사의 질문은 시 수업을 이끌어가는 중요한 수업 기법 중 하나다. 의미 있는 질문은 생동감 있게 수업을 이끌어갈 수 있으며, 학생들이 수업에 역동적으로 참여할 수 있도록 하는 기회를 제공하기도 한다. 수업을 마치기 직전에 '질문 있는 사람?', '질문 있으면 하기 바랍니다' 식의 형식적인 질문은 시 교수·학습이 그다지 효과를 발휘하지 못한다. 하지만 시 교수·학습 과정에서 교사가 던지는 질문은 곧 학생들이 시를 읽으면서 스스로 던지는 질문의 모범적인 예를 제공할 수 있다는 점에서 중요한 의미를 지닌다.

(1) 지식이나 이론을 직접 질문하기보다는 시를 예로 들어 구체적으로 질문한다

예를 들면 '일반 산문과 시의 차이는 무엇이라고 생각하는가?'라는 질문을 한다고 가정하자. 물론 이러한 질문이 필요한 경우가 있으며 또한 질문에 답변을 할 수 있는 학생도 있을 것이다. 하지만 질문을 통해 학생들이 구체적으로 사유할 수 있도록 하려면 구체적인 예를 통해 생각하도록 하는 질문이 더 효율적이다.

해와 하늘빛이
문둥이는 서러워
보리밭에 달 뜨면
애기 하나 먹고
꽃처럼 붉은 울음을 밤새 울었다.

– 서정주, 「문둥이」

「문둥이」라는 시를 읽어 나가면서 '이 시에 담긴 내용이 만약 신문 기사로

제시되었을 경우 두 텍스트는 동일한 내용을 담고 있다고 볼 수 있는가?', '두 텍스트를 읽는 방식이 달라지는가?', '만약 달라진다면 그 이유는 무엇이겠는가?' 등의 질문으로 구체화하는 방안이 그것이다. 교사의 질문에 대해 학생이 시를 예로 들어 구체적으로 반응할 수 있도록 한다. 이 과정에서 학생들은 매우 제한적이고 추상적인 답변을 하는 경우가 많다. 그 경우에는 학생의 반응을 바탕으로 하여 추상적인 내용을 구체적으로 풀어가기 위한 다음 단계의 질문을 던지는 것이 좋다.

예를 들면 학생이 '이 시의 내용이 만약 신문 기사로 제시되었을 경우 두 텍스트는 동일한 내용을 담고 있다고 볼 수 있는가'라는 질문에 대해 "동일한 내용을 담고는 있지만 동일한 텍스트는 아닌 것 같다" 혹은 "텍스트에 따라서 의미가 달라질 것 같다" 등의 추상적이고 제한적인 답변을 했다고 하자. 이 경우 전자에 대해서는 "왜 동일한 텍스트라고 생각하지 않는가?", 후자에 대해서는 "두 텍스트의 의미가 각각 어떻게 달라질 것이라고 생각하는가?" 등의 추가 질문이 필요하다. 학습자의 답변이 추상적이라 하더라도 그 답변을 바탕으로 새로운 질문을 제기함으로써 구체적인 반응을 할 수 있도록 도와줄 수 있다.

한편, 추상적인 질문을 던지는 것은 바람직하지 않다. 추상적인 질문은 학생들의 반응을 어렵게 만든다. 가능하다면 사고를 활성화할 수 있는 자료를 제공하고, 그 자료를 중심으로 고민하도록 할 필요가 있다. 학생 개인이 해결하기에 어려운 질문이라면 조를 편성하여 조 중심으로 생각해 보고 답하도록 하는 것도 좋은 방법이다.

(2) 사고를 촉진시키는 질문이 필요하다.

교사가 제기하는 질문은 '흥미 유발과 주의집중, 진단과 점검, 고차원적 사유의 경험, 정서 표현의 허용(김재춘 외 2005: 330)'의 네 가지 기능을 수행할 수 있는 질문이어야 한다고 한다. 교수·학습 과정 중에 이루어지는 교사의 질문은 학생의 사고를 유도할 수 있으며, 학생의 아이디어를 격려하고 명료화하도록 돕는 역할을 한다. 이 과정에서 교사는 되도록 단순 질문보다는 구조화된 질문, 확장된 사고를 유도하는 질문을 하도록 한다. 이를 위해 교사는 항상 자신의 질문이 "학생의 사고를 자극하고 유지하면서 사고의 수준을 끌어올리는 대화 맥락을 유지(최지현 외 2007: 105)"하고 있는지 스스로 점검할 수 있어야 한다.

> 나는 나룻배
> 당신은 행인
>
> 당신은 흙발로 나를 짓밟습니다.
> 나는 당신을 안고 물을 건너갑니다.
> 나는 당신을 안으면 깊으나 얕으나 급한 여울이여도 건너갑니다.
>
> 만일 당신이 아니 오시면 나는 바람을 쐬고 눈 비를 맞으며 밤에서낮까지 당신을 기다리고 있습니다.
> 당신은 물만 건너면 나를 보지도 않고 가십니다 그려.
> 그러나 당신이 언제든지 오실 줄만은 알아요.
> 나는 당신을 기다리면서 날마다 낡아 갑니다.
>
> 나는 나룻배
> 당신은 행인

한용운의 「나룻배와 행인」이라는 시로 수업을 한다고 하자. 만일 교사가 "이 시의 화자인 '나'를 무엇으로 비유했는가?"라고 질문한다면, 이는 단순 질문을 한 것이다. 시의 표면에 나타난 '나는 나룻배'라는 단순 사항을 확인하는 것에 그치는 질문이기 때문이다. 물론 수업 과정에서 이런 유형의 질문이 필요한 경우도 있기는 하지만, 본격적인 질문을 위한 전제로만 활용하는 것이 좋다. 이보다는 다음과 같은 '구조화된 질문'이 좀 더 필요하다.

> 이 시에서는 '나'를 '나룻배'로, '당신'을 '행인'으로 비유했다. '행인'이 '나룻배'를 어떻게 대하고 있는지 파악하면, '당신'이 '나'를 어떻게 대하고 있는지 파악할 수 있다. '나룻배'를 대하는 '행인'의 태도가 잘 나타난 시구는 무엇인지 찾아 말해 보자.

이 질문은 현재 교사의 질문이 어떤 지점에 있으며, 교사의 질문에 대해 반응한다면 어떤 문제를 해결할 수 있는지 그 좌표를 제시하면서 질문하고 있다는 점에 의미가 있다. 이 질문에 답하기 위해 학생들은 시를 다시 읽으면서 행인의 태도를 알 수 있는 시구를 찾아야 하며, 그 과정에서 이 시의 의미를 구조화하는 틀을 얻을 수 있다. 이 질문에 대한 후속 질문은 "그 시구의 의미를 바탕으로 '나룻배'를 대하는 '행인'의 태도는 어떠한지 말해 보자"일 것이다. 이 과제를 해결한 후 "그렇다면, '당신'에 대해 '나'는 어떤 태도를 취하고 있는가? 그 태도가 잘 나타난 시구는 무엇인가?"라는 질문으로 연결할 수 있다. 이러한 질문은 학생들의 시적 사고를 촉진시킴으로써 시의 의미를 명료화하는 데 도움을 줄 수 있다.

이 외에도 '확장형 질문'을 하는 것이 좋다. 이는 학생들의 시적 사고와 안목의 수준을 끌어올리기 위한 질문 방법이다. 이 질문은 구조화된 질문을 하면서 시에 대한 이해가 어느 정도 이루어진 후에 하는 것이 좋다. "만일 시의 화자인 '나'의 성격이 시 속의 '당신'과 유사하다면, 이 시의 의미는 어떻게 달라질 수 있을지 말해 보자" 혹은 "이 시에 드러난 '나'와 '당신'의 태도는 각각에 대해 서로 다른 유형의 태도를 보여주고 있다. 각각의 태도에 대한 자신의 생각을 말해 보자" 등의 질문이 그 예이다.

한편, 질문과 대화의 과정에서 학생들이 명백한 '오답'에 해당하는 반응을 보일 경우, 그 반응에 대해 '틀렸다'라고 부정하기보다는 그것을 바탕으로 타당한 해석으로 나아갈 수 있도록 안내하는 것이 좋다. 이를 위해서는, 오답을 바탕으로 다른 관점에서 접근할 수 있도록 유도하는 것이 중요하다. 이 경우 오답과는 다른 관점을 제공하는 데 적절한 시적 표현, 즉 시 텍스트에 표현된 여러 형식적 요소를 중심으로 하여 구체적으로 질문하는 것이 좋다.

일반적으로 독자들은 텍스트가 주는 많은 단서를 생략하거나 무의식적으로 반응하는 경향이 있다고 한다. 학습자의 오답은 대부분 그러한 생략과 무의식적 반응에서 오는 경우가 많다. 시 읽기 과정에서 이루어진 하나의 해석이 다른 어떤 텍스트에 대한 해석이 아니라 대면하고 있는 특정 텍스트에 대한 해석이 되기 위해서는 그 해석이 어떤 의미든 텍스트 자체와 긴밀한 관련을 지녀야 한다. 다른 말로 하자면 '작품은 독자의 반응에 어느 정도의 확정성을 행사하는 것(Terry Eagleton/ 김명환·정남영·장남수 공역 1986)'이다. 즉 시 텍스트에 대한 독자의 반응이나 해석이 무조건 자유롭기만 한 것이 아니라, 그것은 시 텍스트에 표현된 다양한 시적 요소들과 관련 있는 자유라는 점을 강조할 필요가 있다.

경규진(1993), 「반응 중심 문학교육의 방법 연구」, 서울대학교 박사학위논문.
______(1995), 「문학교육을 위한 반응 중심 접근법의 가정 및 원리」, 『국어교육』 87호, 한국국어교육학회.
구인환 외(1989), 『문학교육론』, 삼지원.
______(1998), 『문학 교수 · 학습 방법론』, 삼지원.
김대행(2000), 『문학교육의 틀 짜기』, 역락.
김대행 · 우한용 · 정병헌 · 윤여탁 · 김종철 · 김중신 · 김동환 · 정재찬(2000), 『문학교육원론』, 서울대학교 출판부.
김상욱(1990), 『시의 길을 여는 새벽별 하나』, 친구.
김재춘 · 박소영 · 김재현 · 변효종 · 최손환(2005), 『교수 · 학습 활동의 이론과 실제』, 교육과학사.
김주환(2009), 『청소년을 위한 자유로운 글쓰기』, 양철북.
김중신(1997), 『문학교육의 이해』, 태학사.
박영목 · 한철우 · 윤희원(1997), 『국어과 교수학습 방법 탐구』, 교학사.
윤여탁 · 최미숙 · 유영희(2002), 『시와 함께 배우는 시론』, 태학사.
정재찬(2006), 「현대시 교육의 방향」, 『문학교육학』 제19호, 한국문학교육학회.
최미숙(1993), 「시 텍스트 해석 원리에 관한 연구: '부재(不在) 요소'의 의미 실현 방식을 중심으로」, 서울대학교 석사학위논문.
______(1996), 「시의 형식과 주제를 어떻게 지도할 것인가」, 『현대시 교육론』, 시와시학사.
______(2005a), 「현대시 교육 방법에 대한 고찰」, 『국어교육학연구』 제22집, 국어교육학회.
______(2005b), 「현대시 해석 교육에 대한 비판적 검토」, 『한국시학연구』 제14호, 한국시학회.
______(2006), 「대화 중심의 현대시 교수 · 학습 방법」, 『국어교육학연구』 제26집, 국어교육학회.
최미숙 외(2017), 『국어교육의 이해(개정 3판)』, 사회평론.
최지현 외(2007), 『국어과 교수 · 학습 방법』, 역락.
한국교육과정평가원, "KICE 교수학습 센터", http://www.kice.re.kr.
Abrams, M. H(1988). 최상규 옮김(1989), 『문학용어사전』, 보성출판사.
Adorno, T. W.(1977). 방대원 옮김(1991), 『미적이론 1』, 이론과실천.
Adorno, T. W.(1991). *Notes to Literature*, Columbia University Press.
Day-Lewis. C(1944). *Poetry for you*, Basil Black.
Eagleton, T.(1986). 김명환 · 정남영 · 장남수 옮김(1989), 『문학이론입문』, 창작과비평사.

Easthope, A.(1983). 박인기 옮김(1994), 『시와 담론』, 지식산업사.

O'Malley, J. M. & Pierce, L.V.(1996). *Authentic Assessment for English Language Learners*, Addison-Wesley Publishing Company.

Rosenblatt, L. M(1995). 김혜리 · 엄해영 옮김(2006), 『탐구로서의 문학』, 한국문화사.

Seitz, J. E.(1992). A rhetoric of reading, Rebirth of Rhetoric, (ed.) Richard Andrews, London and New York: Routledge.

제9장

현대시의 이해와 감상 교육

1. 학습자의 시 감상 양상과 그 특성

1) 학습자의 시 감상 양상

시 교육의 중심을 학습자에게 맞추어야 한다는 생각은 이미 대다수의 연구자들에게 익숙하다. 그리하여 학습자를 중심으로 한 시 교육 방안에 대한 연구가 지속적으로 이어져 왔다. 그러나 시 교육은 여전히 교사들에게는 곤혹스러운 부분이고, 학습자들은 시를 이해하고 감상하는 데 어려움을 겪는다.

이러한 현상을 심화시킨 원인 중의 하나가 검증되지 않은 가설을 시 교육에서 자명한 사실로 받아들였기 때문이라고 할 수 있다. 그중 대표적인 것이 이상적인 상황에서 문학 전문가의 문학 작품에 대한 감상 수준과 학습자의 감상 수준은 동일한 것이며, 설사 동일하지 않더라도 끊임없이 동일한 수준에 오를 수 있도록 방법을 모색해야 한다는 것이다. 그래서 기존의 시 작품에 대한 이해와 감상의 예를 학습자에게 제공하면서 동일한 과정을 거쳐 동일한 결론에 도달할 것을 암묵적으로 강요하는 경향이 있었다. 국어 교과서에서 학습자에게 학습 목표로 제시하고 있는 '인상적인 부분', '감동적인 부분'이 그러한 경향과 연결되는 사례이다. 학습자는 문학 전문가가 시에 대해 가지고 있는 감수성과는 다른 감수성을 가지고 있고, 그러므로 인지적 차원에서 시에 대해 접근하고 있는데, 그것을 정서적 차원에서 동일한 반응을 보이는 것으로 오해하는 경향이 있어 왔다는 것이다.

(1) 이미 알려진 이해와 감상에 의존하는 양상

최지현(1998: 336)은 "상이한 동기화 요인들은 상호 경쟁하면서 심리적 갈등을 일으키거나 혹은 그 가운데 특별한 동기화 요인이 정서적 지향을 이끈다. 하지만 인지적으로 해석된 특정한 동기화 요인을 활성화하여(혹은 동기화 요인을 산출하여) 실제적인 수단적 행위로 이끄는 것은 의도이다. 의도는 특정한 정서에 선택적으로 반응하도록 동기화한다"라고 주장하면서 "학습자로 하여금 여러 동기들을 통제하도록 함으로써 특정한 의도를 실현시키는 관리 기술이 '교육'이라는 제도 속에 내재"하고 있다고 언급하고 있다.

학습자들은 의식적, 무의식적으로 이러한 교육의 영향에서 자유롭지 못하며, 때로 그것은 자신이 알고 있는 지식과 새로 생성해낸 지식 사이의 경계를 무너뜨리기도 한다. 정지용의 「유리창 1」[1] 에 대한 한 감상자의 언급에서 그러한 사례를 발견할 수 있다.[2]

정지용이 모더니즘의 대표적인 시인으로 평가받고 있음을 상기할 때 시어들에서 시대와 관련한 의미를 찾기보다는 느껴지는 이미지 그대로를 받아

[1] 琉璃에 차고 슬픈것이 어린거린다. / 열없이 붙어서서 입김을 흐리우니 / 길들은양 언날개를 파다거린다. / 지우고 보고 지우고 보아도 / 새까만 밤이 밀려나가고 밀려와 부디치고, / 물먹은 별이, 반짝, 寶石처럼 백힌다. / 밤에 홀로 琉璃를 닥는것은 / 외로운 황홀한 심사이어니, / 고흔 肺血管이 찢어진 채로 / 아아, 늬는 山ㅅ새처럼 날러 갔구나!

[2] 여기에 제시한 감상문은 2005학년도 2학기 대구대학교 3학년 전공선택 과목 '현대시 교육론'을 수강한 학생들이 작성한 것임을 밝혀 둔다. 자세한 내용은 유영희(2006)를 참조할 것.

들이는 편이 좀 더 매끄러운 해석이 되지 않을까 생각된다. 그리고 다른 방향으로 내가 생각지 못한 또 다른 해석에의 코드를 발견할 수도 있겠지만 나는 「유리창」이라는 시에 대한 나의 감상과 해석에 억지로 덧붙이기보다는 이상으로 마무리하고자 한다.

이 학습자는 「유리창」이 아들을 잃고 쓴 시이며, 모더니즘 계열의 대표적인 작품이라는 사실에 대해 추호도 의심하지 않고 있으며, 그러한 창작 동기와 관련하여 시종일관 작품을 감상해 나가고 있다. 그런데 그러한 감상 틀 자체가 이미 다른 전문가에게서 빌려 온 것이라는 사실에 대해서는 전혀 의식하지 못하고 있다. 작가에 관한 전기적인 사건이나 작품의 특성을 기정 사실화해 놓고, 그 속에서 이루어지는 미세한 시어의 의미 차이를 규명하는 것이 새로운 감상 방법이라고 여기고 있는 것이다. 이는 우리 교육 현장에서 학습자들에게 일반적으로 나타나는 시 감상 경향 중 하나라고 할 수 있다.

(2) 자신의 느낌이나 직관에 기대는 양상

자신의 느낌, 즉 직관에 의해서만 작품을 감상하는 사례는 그다지 일상적으로 나타나지는 않는다. 시 감상에 관심을 가지고 있고 시를 이해해 보려는 욕구가 충만한 경우, 몇몇 학습자에게 나타나는 현상이라고 할 수 있다. 대부분 의욕이 앞서 결국은 다른 사람의 감상을 따라가게 되지만, 탄탄한 시 감상 훈련을 받지 못한 경우, 주관적인 이해의 깊은 수렁에 빠지기도 한다.

천상병의 「나는 행복합니다」 라는 시와 관련하여 한 감상자는 "아주 사실

나는 아주 가난해도 / 그래도 행복(幸福)합니다. / 아내가 돈을 버니까! // 늙은이 오십세 살이니 / 부지런한 게 싫어지고 / 그저 드러누워서 / KBS 제1FM방송의 / 고전음악을 듣는 것이 / 최고의 즐거움이오. 그래서 행복. // 텔레비전의 희극(喜劇)을 보면 / 되려 화가 나니 / 무슨 지랄병(病)이오? // 세상은 그저 / 웃음이래야 하는데 / 나에겐 내일도 없고 / 걱정도 없습니다. / 예수님은 걱정하지 말라고 했는데 / 어찌 어기겠어요? // 행복은 충족입니다. / 나 이상의 충족이 있을까요?

적인 묘사와 지금 배우고 있는 현대시와는 다른 느낌의 글이기 때문에 더더욱 끌렸는지 모릅니다. 그런데 이렇게 글을 쓰면서도 이 글이 키치시가 아닌지 궁금합니다"라고 언급하면서 자신의 느낌에 근거를 두고 시를 감상해 나가고 있다. 그러나 그 느낌이라는 것은 천상병 시인이 진솔하고 사실적인 고백을 하는 시인이라는 것과 관련하여 문면 그대로 작품을 이해하고 감상해 나가는 과정을 명문화한 것이었다. 천상병의 작품을 혹 '키치시'가 아닐까 의심스러운 눈초리로 바라볼 정도로 초보적인 수준에 있는 감상자이지만, 이 감상자의 감상 방법은 시 교육이 지향해야 할 감상 방법의 하나라는 점에서 제대로 된 감상에 이르게 할 수 있는 방안에 대해 고민해 보게 한다.

일반적으로 학습자는 어느 정도 어렵거나 참신하다고 느끼는 과제들에 대해서는 창의적이고 유연성 있게 대응하며 자신에게 특별히 의미 있다고 여기는 체험들은 이 과제를 수행하기 위해 동원하기 마련이므로, 교사는 학습자가 수행할 과제를 잘 조직하여 학습자 스스로 감상할 수 있는 여건을 조성해 줄 필요가 있다. 이는 학습자에 의한 과제 통제 또한 필요하다는 것을 뜻하기도 한다(최지현 1998: 339).

그런데 학습자가 자신의 느낌을 강조하면서 기존의 시 감상 방법에 어려움을 느끼는 경우, 시 작품의 특성을 고려하지 않고 모든 시를 일관된 감상 방법에 의해 읽어내는 현상을 보여 특기할 만하다. 김광균의 「와사등」[4]에 관한 한 감상자의 글을 참고해 보자.

> 모더니즘적인 경향이 있어 해석에 다소 어려움이 있을지 모르나 개인적

4 차단—한 등불이 하나 비인 하늘에 걸려 있다 / 내 호올로 어딜 가라는 슬픈 신호냐 // 긴— 여름해 황망히 나래를 접고 / 늘어선 고층(高層) 창백한 묘석(墓石)같이 황혼에 젖어 / 찬란한 야경 무성한 잡초인 양 헝클어진 채 / 사념(思念) 벙어리 되어 입을 다물다 // 피부의 바깥에 스미는 어둠 / 낯설은 거리의 아우성 소리 / 까닭도 없이 눈물겹고나 // 공허한 군중의 행렬에 섞이어 / 내 어디서 그리 무거운 비애를 지니고 왔기에 / 길—게 늘인 그림자 이다지 어두워 // 내 어디로 어떻게 가라는 슬픈 신호(信號)기 / 차단—한 등불이 하나 비인 하늘에 걸리어 있다

으로 김광균 시가 나와 잘 맞고 또 좋아하기 때문에 선택하였다. (중략) 한 가지 개인적으로 시를 또 다른 방향에서 해석해 보고자 한다면 이 시가 개화와 보수의 두 세력 간의 입장에서 작품을 쓴 것이 아닌지, 아니면 작가의 외로움의 정서를 어느 한 시점에서 정적으로 표현한 것은 아닌지 등의 생각을 해 보았다. 즉 전자는 보수의 입장에서 현대 문명을 반대하는 입장에서 작품을 썼고, 후자는 시인이 길을 가다 시상이 떠올라 그 자리에서 그대로 시를 전개한 것은 아닌가 하는 것이다. 어리석은 생각일지도 모르겠지만 후에 내 모자란 지식이 충분해진다면 한번쯤 고민해 보고 싶다.

이 감상자는 스스로 시 해석에 어려움이 있다고 느끼는데, 그 원인을 텍스트의 특성과 관련하여 고민해 보고 새로운 감상 방법을 도출해 냄으로써 문제를 해결해 보려고 한 것이 아니라, 다른 텍스트를 해석할 때의 틀을 적용함으로써 해결하려고 하였음을 위 글을 통해 알 수 있다. 김광균의 시집 『와사등』이 1939년에 출간되었다는 역사적 사실을 축으로 하여 이를 작품 감상에 적용하면서, 주관적인 감상을 자신의 느낌에 기반하여 전개하고 있는 것이다. 이는 시 작품의 개별 특성에 대한 학습자의 인지 능력이 떨어질 때 발생하는 감상 경향 중 하나라고 할 수 있다.

(3) 자신의 경험이나 배경지식, 다른 텍스트를 적용하는 양상

학습자들은 시 감상에 관한 한 자신들이 초보적인 수준에 있다는 사실을 명확히 인지하고 있다. 그러므로 자신의 감상을 정당화하기 위해 다른 감상 기제에 기대는 경우가 많다. 물론 이러한 현상은 초보적인 수준의 시 감상자에게만 나타나는 현상은 아니다. 전문가의 경우에도 이러한 현상은 종종 나타난다.

이러한 양상은 여러 유형으로 나타나는데 먼저 자신의 경험과 관련짓는 경향부터 살펴보자. 김종길의 「성탄제」[5]에 대해 한 감상자는 "시험이다 뭐다 해서

한 달 만에 만난 어머니, 아버지, 동생이었는데 또 매번처럼 다투고 와 버렸다. 집에 가지 못할 때는 전화 통화를 할 때마다 애틋한 마음으로 반갑게 이야기를 하다가도 꼭 집에 가기만 하면 '다시는 안 올 거야'라고 언성을 높이고 어머니의 마음에 대못을 박고 오는지 모르겠다. 학교로 돌아오는 버스 안에서 과제 때문에 이 시를 읽는데 갑자기 코끝이 아리면서 눈물이 어른거려 혼났다" 라고 언급하고 있다. 이러한 감상 행위는 초등학교 때부터 늘 교육 받아온 자신의 경험과 관련지어 시 작품을 감상하는 학습 활동과 긴밀한 관련을 맺고 있다고 할 수 있다.

그런데 가장 일반적일 것 같은 이러한 감상 경향이 대학생들의 경우에는 예상 외로 그다지 많이 나타나지 않았다. 이는 학습자의 경험의 폭과 깊이와 관련이 있는 것으로 판단된다. 학습자의 경험의 폭과 깊이는 우리가 상상하는 것보다 더욱 넓다. 예를 들어 초등 저학년 수준에서의 경험은 단순히 경험해 보았느냐 그렇지 않느냐, 경험할 때 느낌이 어땠느냐 정도라고 한다면, 고등학생이나 대학생 수준의 경험은 자신의 감동과 연결되느냐 그렇지 않느냐 자신의 정체성과 관련이 되느냐 그렇지 않느냐로 깊어질 수 있다는 것이다. 그렇기 때문에 시 감상 과정에서 그러한 단계로 나아갈 가능성이 없으면 학습자는 경험에 의한 감상 방법을 해당 작품에 적용하지 않는 경우가 많다.

사실 상투적인 교육 내용으로 생각하며 소홀히 하기 쉬운 경험을 동원한 감상도 위계화가 제대로 이루어진다면 시 감상에서 매우 중요한 방법이 될 수 있다. 이해란 '너' 안에서 '나'를 재발견하며, 정신은 점점 높은 단계들의 연관에서 자신을 다시 발견한다. '나' 안에서, '너' 안에서, 한 공동체의 모든 주관

5 어두운 방 안엔 / 빠알간 숯불이 피고, // 외로이 늙으신 할머니가 / 애처로이 잦아드는 어린 목숨을 지키고 계시었다. // 이윽고 눈 속을 / 아버지가 약(藥)을 가지고 돌아오시었다. // 아 아버지가 눈을 헤치고 따 오신/ 그 붉은 산수유(山茱萸) 열매— // 나는 한 마리 어린 짐생, / 젊은 아버지의 서느런 옷자락에 / 열(熱)로 상기한 볼을 말없이 부비는 것이었다. // 이따금 뒷문을 눈이 치고 있었다. / 그날 밤이 어쩌면 성탄제(聖誕祭)의 밤이었을지도 모른다. // 어느새 나도 / 그 때의 아버지만큼 나이를 먹었다. / 옛것이라곤 찾아볼 길 없는 / 성탄제(聖誕祭) 가까운 도시(都市)에는 / 이제 반가운 그 옛날의 것이 내리는데, // 서러운 서른 살 나의 이마에 / 불현듯 아버지의 서느런 옷자락을 느끼는 것은, // 눈 속에 따 오신 산수유(山茱萸) 붉은 알알이 / 아직도 내 혈액(血液) 속에 녹아 흐르는 까닭일까.

안에서, 문화의 모든 체계 안에서, 결국에는 정신의 총체성과 보편성 안에서의 정신의 자기성(自己性, Selbigkeit)은 정신 과학에서 다양한 기능들의 협력을 가능하게 해 준다(Wilhelm Dilthey/이한우 옮김 2002: 17~18).

둘째, 시의 사회적 상황을 오늘날의 사회적 상황에 대입하는 경향이다. 신경림의 「농무」에 대한 감상문에서 한 감상자는 "이 시는 분명 70년대의 농촌 상황을 표현한 시인데 왜 현실의 농촌의 모습도 보이는 걸까? 30년 전의 농촌 상황과 지금의 농촌 상황이 하나의 시로 표현되어진다는 사실은 매우 흥미롭다. 물론 예나 지금이나 변하지 않는 살기 어려운 농촌과 농민의 현실은 마음을 어둡게 한다. 하지만 현실이 변하지 않았다는 생각을 잠시 접어두고 이 시가 그만큼의 세월을 포용하는 보편성을 지녔다고 생각할 수 없을까?"라고 자신의 견해를 드러내고 있다. 감상자가 선택한 이러한 장치는 자신이 선택한 시의 의의를 한층 두텁게 해 준다는 점에서도 효과적이며 시의 사회적 효용성을 강조한다는 측면에서도 의미가 있다고 할 수 있다.

한편 자신이 읽은 작품을 다른 텍스트에 적용하려는 경향도 시 감상문에서 일반적으로 발견할 수 있는 현상이다. 예를 들어 서정주의 「귀촉도」를 읽으면서 김소월의 「접동새」, 「초혼」 등 비슷한 정서적 분위기를 가진 작품과 비교한다든가, 장르적 차원을 뛰어넘어 시 작품을 다른 장르와 연결하여 감상한다든가 하는 경우를 발견할 수 있다.

일부의 시 평론가들은 이 시와 빈센트 반 고흐의 '해바라기'라는 작품을 연관시켜서 보기도 해. 둘 다 해바라기를 소재로 했고, 그 노랑이 주는 밝고 역

징이 울린다 막이 내렸다 / 오동나무에 전등이 매어달린 가설 무대 / 구경꾼이 돌아가고 난 텅빈 운동장 / 우리는 분이 얼룩진 얼굴로 / 학교 앞 소주집에 몰려 술을 마신다 / 답답하고 고달프게 사는 것이 원통하다 / 꽹과리를 앞장세워 장거리로 나서면 / 따라붙어 악을 쓰는 건 쪼무래기들뿐 / 처녀애들은 기름집 담벽에 붙어 서서 / 철없이 킬킬대는구나 / 보름달은 밝아 어떤 녀석은 / 꺽정이처럼 울부짖고 또 어떤 녀석은 / 서림이처럼 해해대지만 이까짓 / 산구석에 처박혀 발버둥친들 무엇하랴 / 비료값도 안 나오는 농사 따위야 / 아예 여편네에게나 맡겨 두고 / 쇠전을 거쳐 도수장 앞에 와 돌 때 / 우리는 점점 신명이 난다 / 한 다리를 들고 날나리를 불거나 / 고갯짓을 하고 어깨를 흔들꺼나

동적인 이미지 때문이겠지. 하늘에서 방금 내려 온 태양처럼 이글이글 타오르는 해바라기의 모습은 이 시에서나 그림에서나 매우 인상적이잖아. 하지만 그 이면에 깔린 '꽃'이라는 연약한 느낌도 배제할 수는 없는 것 같아. 아, 반 고흐가 '해바라기'라는 그림을 그린 배경을 알면 시인 함형수가 이 시를 쓰게 된 동기를 더 잘 알 수 있을 거야. 반 고흐의 형은 태어나자마자 죽었는데, 반 고흐가 어릴 적, 형의 무덤에 갔다가 찬란하게 핀 해바라기를 보았대. 그 이후로 해바라기는 그의 정체성을 의미하는 꽃이 되었지. 이렇게 반 고흐가 형의 죽음 후 무덤가에 핀 해바라기를 그림의 제재로 삼게 된 것처럼, 시인 함형수도 누군가의 무덤가에 핀 해바라기를 보고 이 시를 창작하게 된 것은 아닐까?

함형수의 「해바라기의 비명 - 청년 화가 L을 위하여」[7]에 관해 감상하고 있는 위의 글과 같은 경우가 대표적이다. 이러한 감상은 작품의 의미를 작품 내적 차원으로 국한하는 것이 아니라 다양한 시각으로 확장할 수 있다는 차원에서 긍정적이므로 감상자들이 적극적으로 활용하는 방법 중 하나라고 할 수 있다.

(4) 잘못된 지식이나 맥락을 적용하는 현상

흔히 읽기교육 전공자들이 주장하는 것처럼 배경지식이나 관련 지식의 동원이 원활한 시 감상으로 바로 이어지는 것은 아니다. 배경지식이나 관련 지식을 동원할 때에는 세심한 주의가 동반된다. 학습자들의 경우에는 눈에 보이는 지식을, 떠오르는 지식을 즉각적으로 작품에 적용하기 때문에 논리적 비약이나 오류에 빠지는 경우가 많다. 그리하여 작품 내적으로 세세하게 분석하는 경우보다 이러한 지식을 잘못 적용하는 경우, 오히려 이해와 감상상의 객

[7] 나의 무덤 앞에는 그 차가운 비(碑)ㅅ돌을 세우지 말라. / 나의 무덤 주위에는 그 노오란 해바라기를 심어 달라. / 그리고 해바라기의 긴 줄거리 사이로 끝없는 보리밭을 보여 달라. / 노오란 해바라기는 늘 태양같이 태양같이 하던 화려한 나의 사랑이라고 생각하라. / 푸른 보리밭 사이로 하늘을 쏘는 노고지리가 있거든 아직도 날아오르는 나의 꿈이라고 생각하라.

관성을 확보하는 데 어려움을 겪는 경우가 많다.

가) 이 시가 쓰인 시대가 일제 시대이며 시인이 사상범으로 수차례 감금 당했다는 사실은 시인의 기본 성향에 대해 간접적으로 나타내는 단서가 될 수 있지 않을까. (중략) 오히려 사상범으로서 그가 가지고 있는 전적 자체가 그의 활동을 소극적인 범위 내에서 멈추게 한 것은 아닌가? 민족 말살 정책 속에서 그가 나라를 위한 감정을 표현하기에는 너무 제한적인 상황이 아니었을까. 시인이 사상범이라고 해서 시가 급진적이고도 급격한 의미를 담아야 한다는 생각. 이것은 시와 시인과의 관계를 너무 일차적으로 생각하는 우를 범하고 있는 것은 아닌지 생각해 보아야 할 문제인 것 같다. 적어도 나의 경우는 힘든 현실 속에서도 작지만 자신의 목소리를 내고자 한 시인의 모습이 눈물 나게 감명 깊다(김상옥의 「사향」에 관한 감상문).

나) 이 시를 읽어 보면 시인은 그 시대의 나약한 지식인이었음을 알 수 있다. 하지만 사회적 의식은 없었고 이상처럼 자신의 개인적인 고뇌라도 작품에 드러내지도 못한 작가였다. 시어의 사용이나 수법에 있어서는—작품론적인 면에서 보았을 때—뛰어난 작품임에 틀림없지만 반영론적인 입장에서 보았을 때는 시대적 상황과 부합하지 않는 작품이다. 어찌 보면 내면세계나 의식의 깊이가 없다는 것으로 판단할 수 있겠다(이장희의 「봄은 고양이로다」에 관한 감상문).

다) 이 시의 창작 시기를 1960~70년대로 잡는다면, 주제가 완전히 달라

8 눈을 가만 감으면 굽이 잦은 풀밭 길이, / 개울물 돌돌돌 길섶으로 흘러가고, / 백양숲 사립을 가린 초집들도 보이구요. // 송아지 몰고 오며 바라보던 진달래도 / 저녁 노을처럼 산을 둘러 퍼질 것을. / 어마씨 그리운 솜씨에 향그러운 꽃지짐. // 어질고 고운 그들 멧남새도 캐어 오리. / 집집 끼니마다 봄을 씹고 사는 마을, / 감았던 그 눈을 뜨면 마음 도로 애젓하오.

9 꽃가루와 같이 부드러운 고양이의 털에 / 고운 봄의 향기(香氣)가 어리우도다. // 금방울과 같이 호동그란 고양이의 눈에 / 미친 봄의 불길이 흐르도다. // 고요히 다물은 고양이의 입술에 / 포근한 봄졸음이 떠돌아라. // 날카롭게 쭉 뻗은 고양이의 수염에 / 푸른 봄의 생기(生氣)가 뛰놀아라.

질 수 있을 거야. (중략) 점점 낙후되어 가는 농촌에서 젊은 나이를 눈물로만 보낼 수는 없었기에 너도나도 도시로 향했던 것이다. '나두야 간다'라고 큰소리 뻥뻥 치며 길을 나섰겠지만 속으로는 하염없이 울었을 거야. 정든 고향, 그리운 사람들을 뒤로 하고 거친 콘크리트 더미 위에 몸을 싣기가 얼마나 슬펐을까(박용철의 「떠나가는 배」[10]에 관한 감상문).

라) 제목에서도 약간은 느껴지듯이 성북동은 한 도시의 동의 이름이고 비둘기는 자연적인 소재로 성북동 비둘기는 도시와 자연과 무슨 관계가 있을 것 같고, 또 비둘기는 평화를 상징하는 유형적인 존재로 쓰이는데 여기서도 그럴까 하는 의문을 품게 된다(김광섭의 「성북동 비둘기」[11]에 관한 감상문).

가)는 작가에 초점을 둔 대표적인 시 감상 유형이라고 할 수 있다. 이렇게 감상하는 방식이 타당하지 않다고 할 수는 없지만, 세세한 근거 없이 지나치게 전기적 사실에 의존하는 것은 문제가 있어 보인다. 이 작품은 1947년에 출간된 시조집 『초적(草笛』에 수록된 것인데, 김상옥의 사상범으로서의 전력을 강조하고 그것을 시 감상에 적용하기 위해서는 구체적인 작가의 생각이나 세계관 등을 알 수 있는 내용 등이 보충되어야 한다. 현재 학교 현장에서 이루어지는 시 교육의 경우 일제시대와 어느 정도 관련성을 가지고 있다고 판단되면 기계적으로 역사주의적 해석관을 도입하는 경우가 많다. 그러다 보니 이러한 교육에 익숙해진 학습

10 나 두 야 간다 / 나의 이 젊은 나이를 / 눈물로야 보낼거냐 / 나 두 야 가련다 // 아늑한 이 항군들 손쉽게야 버릴거냐 / 안개같이 물어린 눈에도 비최나니 / 골잭이마다 발에 익은 묏부리 모양 / 주름살도 눈에 익은 아, 사랑하던 사람들 // 버리고 가는 이도 못 잊는 마음 / 쫓겨가는 마음인들 무어 다를거냐 / 돌아다보는 구름에는 바람이 희살짓는다 / 앞 대일 언덕인들 마련이나 있을거냐 // 나 두 야 가련다 / 나의 이 젊은 나이를 / 눈물로야 보낼거냐 / 나 두 야 간다

11 성북동 산에 번지가 새로 생기면서 / 본래 살던 성북동 비둘기만이 번지가 없어졌다 / 새벽부터 돌 깨는 산울림에 떨다가 / 가슴에 금이 갔다 / 그래도 성북동 비둘기는 / 하느님의 광장 같은 새파란 아침 하늘에 / 성북동 주민에게 축복의 메시지나 전하듯 / 성북동 하늘을 한 바퀴 휘 돈다 // 성북동 메마른 골짜기에는 / 조용히 앉아 콩알 하나 찍어 먹을 / 널찍한 마당은커녕 가는 데마다 / 채석장 포성이 메아리쳐서 / 피난하듯 지붕에 올라 앉아 / 아침 구공탄 굴뚝 연기에서 향수를 느끼다가 / 산 1번지 채석장에 도루 가서 / 금방 따낸 돌 온기에 입을 닦는다 // 예전에는 사람을 성자(聖者)처럼 보고 / 사람 가까이 / 사람과 같이 사랑하고 / 사람과 같이 평화를 즐기던 / 사랑과 평화의 새 비둘기는 / 이제 산도 잃고 사람도 잃고 / 사랑과 평화의 사상까지 / 낳지 못하는 쫓기는 새가 되었다

자는 아주 작은 전기적 사실이나 시어를 근거로 추측과 추론이 가득한 해석에 도달하는 경우가 많다.

나)는 문학 감상에 대한 지식을 단편적으로 적용했을 때, 발생하는 문제를 보여 주는 사례이다. 이장희의 작품을 반영론적인 입장으로 재단하여 읽어 나가는 것은 이 작품에 관한 한 문제가 있다고 판단된다. 설사 이렇게 읽을 수 있다 하더라도 이를 위해서는 여러 단계의 기호들이 모여 의미를 구성해야 한다는 사실을 이 작품의 감상자는 제대로 인식하지 못하고 있다.

다)는 엉뚱한 맥락에 기대어 작품을 감상한 경우에 해당한다. 박용철의 작품을 1960년대나 1970년대에 적용할 이유가 없음에도 불구하고 그에 준하여 장황하게 내적 의미를 규명하고 있다. 차라리 신경림의 「농무」에서처럼 현재적 의미를 짚었다면 오히려 시 감상의 본질에 가까워질 수 있었을 것이다.

라)는 학습자가 가지고 있는 배경지식의 협소함을 구체적으로 드러내 주는 예이다. 성북동이 한 도시의 동 이름이고, 성북동 비둘기는 도시와 자연과 관계가 있을 것 같고, 비둘기는 평화를 상징하는 존재라는 학습자의 언급은 불확실하며 주변적이라는 점에서 작품을 제대로 감상하는 데 그다지 도움을 주지 못한다. 정확하게 '성북동'이라는 지명이 의미하는 바가 무엇이며 비둘기가 도시와 자연의 무엇에 대해 표상하고 있는지에 대한 학습자의 명확한 지각이 따르지 않는 한 이 감상자는 구체적인 수준에서 작품의 총체적인 감상에 도달하기가 어려울 것이다.

그런데 배경지식과 관련하여 시를 감상할 때, 학습자들이 보이는 현상 중에 하나는 배경지식을 동원하여 작품을 감상하다가 배경지식 속에서 길을 잃는다는 것이다. 예를 들어 윤동주의 「길」 에 대해 한 감상자는 "「길」이라는 시

잃어버렸습니다. / 무얼 어디다 잃었는지 몰라 / 두 손이 주머니를 더듬어 / 길에 나아갑니다. // 돌과 돌과 돌이 끝없이 연달아 / 길은 돌담을 끼고 갑니다. // 담은 쇠문을 굳게 닫아/ 길 위에 긴 그림자를 드리우고 // 길은 아침에서 저녁으로 / 저녁에서 아침으로 통했습니다. // 돌담을 더듬어 눈물짓다 / 쳐다보면 하늘은 부끄럽게 푸릅니다. // 풀 한 포기 없는 이 길을 걷는 것은 / 담 저 쪽에 내가 남아 있는 까닭이고, // 내가 사는 것은, 다만, / 잃은 것을 찾는 까닭입니다.

를 되새겨 보노라면 시인의 순결한 정신에 새삼 숙연해진다. 그의 갈등과 소망을 들여다봄으로써 나 자신을 되돌아보는 성찰의 계기가 되었다. 식민지 청년의 고뇌를 그토록 맑고 깨끗한 시로 승화시킬 수 있었던 그의 모습을 『하늘과 바람과 별과 시』에 실린 다른 작품에서도 볼 수 있을 것이다. 하늘과 바람과 별을 지향하는 그의 시 작업은 도도히 흐르는 시대의 탁류 속에서 무척이나 외로웠을 것이다"와 같이 윤동주의 시적, 작가적 경향을 장황하게 언급하며 정작 「길」이라는 작품에 대해서는 피상적인 수준에서 언급하다 마는 양상을 드러낸다.

신동엽의 「껍데기는 가라」[13]라는 시에 대해 감상하면서 또 다른 감상자는 "나는 이 '껍데기'의 의미를 신동엽 시의 연장선상에서 이해하고 싶다. 즉, 지금도 이 시에서 형상화된 껍데기가 동일하게 존재하고 있다는 것이다. 세계에 이바지하는 기업으로 이미지 광고를 내보내는 기업이 정경유착의 중심에 있고, 거기에는 정치의 기득권자들이 항상 연루되어 있다. (중략) 이런 비판적인 현실 인식으로 읽는다면, 이 시가 지금 이 시대를 잘 표현해 주고 있다고 할 수 있을 것이다. '껍데기'를 찾고자 의도적으로 비판적일 필요는 없으나, 나의 삶이 안온하다고 해서 껍데기가 없다고 생각하는 것은 위험하다 할 수 있다"로 감상문을 끝맺고 있다. 신동엽의 이 작품에 대해 종합적, 총체적으로 그 의미와 가치를 규명하기보다는 사회적 현상과 '껍데기'의 의미에 시선을 고정함으로써 작품의 다양한 감상 가능성을 놓쳐 버리고 있는 것이다.

13 껍데기는 가라. / 사월도 알맹이만 남고 / 껍데기는 가라. // 껍데기는 가라./ 동학년(東學年) 곰나루의, 그 아우성만 살고/ 껍데기는 가라. // 그리하여, 다시 / 껍데기는 가라. / 이곳에선, 두 가슴과 그곳까지 내논 / 아사달 아사녀가 / 중립의 초례청 앞에 서서 / 부끄럼 빛내며 / 맞절할지니 // 껍데기는 가라. / 한라에서 백두까지 / 향그러운 흙가슴만 남고 / 그, 모오든 쇠붙이는 가라.

2) 시 감상 교육 시 유의할 사항

시 감상 방법론을 학습자에게 적용하고 그들이 자신만의 시 감상 방법론을 도출하도록 이끌어 주려고 할 때, 몇 가지 사항에 주의해야 한다.

첫째, 학습자에게 개개인에게 알맞은 시 감상 방법을 터득하도록 하기 위해서는 배경지식을 제대로 동원할 수 없는 낯선 시, 성취감을 높일 수 있는 다소 어려운 시를 제공할 필요가 있다. 물론 이러한 사항은 기초적인 시 이해 능력을 가지고 있는 학습자의 경우로 한정해야 한다고 반론을 제기할 수도 있다. 그러나 대부분의 학습자는 자신이 익히 알고 있는 작품의 경우에는 기존의 감상의 벽을 뛰어넘지 못했다. 소위 '문학성'과 '교육적 가치' 등에 의해 규제되는 시 감상 상황을 극복하기 위해서는 차라리 어려움은 겪겠지만, 스스로의 힘으로 시 감상에 이르는 길을 찾아가게 하는 것이 효율적이다. 그 과정에서 포기하지 않도록 다른 학습자와 제휴하게 하거나 교사나 시 전문가의 도움을 받을 수 있도록 세부적인 장치가 마련되어야 함은 물론이다.

둘째, 자유로운 감상을 하기 위한 구체적인 도움을 주되, 감상 방법을 구체화하여 제시하지는 말아야 한다. 학습자들은 제시한 방법에 끊임없이 기대게 되어 오히려 자유로운 감상에 실패할 확률이 높다. 그러므로 감상 방법론의 구체화에 대해서는 일정한 관점을 수립할 필요가 있다. 이승복의 언급(1999: 283~285)에서 그러한 일면을 찾아볼 수 있다. 그가 제시한 구체화 방법은 다음과 같다.

> 첫째, 구체화란 먼저 피학습자의 태도 형성에서 이루어져야 한다. 시 교육의 목표는 교수자의 역할이 아니라 학생의 발견으로 이루어져야 하며, 이때 학습자 스스로 총체적 시각에 대한 의지와 흥미가 고착될 수 있도록 충분한 과정이 설치되어야 한다.

> 둘째, 이미 수직/수평의 총체성을 포함하고 있는 대상을 시 학습과 관련시켜야 한다는 것이다. 자연, 사회, 역사, 윤리 등 인간학과 관련해야 할 제반 영역에 대한 학습 기회가 반드시 시 학습에 선행되거나 병행되어야 한다.
>
> 셋째, 수직/수평의 총체를 의식과 원형에서도 획득할 기회가 제공되어야 한다는 점이다. 상상력의 신장과 원형적 정서의 공유는 학생의 몫이다. 그들에게서 이루어져야 할 것이지, 확정된 내용으로 그들에게 제시되고 강요될 수는 없다. 따라서 교과과정에서는 구체화된 상상력과 원형의 모형보다는 상상력과 원형을 찾아 갈 수 있는 교감의 기회가 제공되어야 한다.

셋째, 배경지식이나 관련 지식을 활용할 때의 유의점이나 활용 방법에 대한 구체적인 안내가 있어야 한다. 대부분의 사람들은 감상과 이해의 과정에서 개방적이고 지치지 않는 호기심이 약화되고 문화 낭(cultural cocoon)으로 들어간다. 이들은 문화가 부여한 명칭에 따라 모든 사물을 분류하고 그에 따라 사고를 한다. 그러므로 이때 유의할 것은 학습자가 시적 정황을 경험적 도식으로 만들려는 것을 제어해야 한다는 점이다. 학습자는 신속히 정형화된 사고로 만드는 경제적인 것을 선호하고 추구하는 경향이 있다. 학습자의 이러한 사고 경향은 시의 여러 요소들을 친숙한 도식으로 바꾸려 들므로(노철 2004: 343~345) 이에 대해 끊임없이 경계하고 방지책을 강구해야만 한다.

넷째, 학습자의 수준과 인지 능력, 맥락 등을 단계화할 필요가 있다. 단순히 보충, 심화로 구분되는 수준이 아니라, 경험의 폭과 깊이, 사물에 대한 인지 경향 등에 대한 종합적인 검토가 필요하다는 것이다. 학습자 변인이 다양한 수준과 범위에 걸쳐 있고, 현재 상황에서 유형화하기 어렵다고 해서 방기해 놓는 것은 시 교육 이해와 감상의 개선에 아무런 도움도 주지 못한다. 그러므로 현재의 곤란함에 대해 강조하기보다는 각 연구자가 자신의 위치에서 학습자의 본질을 명확히 파악하기 위한 노력을 해 나가다 보면 의미 있는 결론

2. 학습자의 시 감상에 대한 자기 평가 내용

가) 아직은 배우는 입장이기에 해석하는 중간중간 조금 이 부분은 어떻게 해석하는 게 좋을까라는 생각이 들었다. 해석을 하는 데 있어서도 생각을 하고는 있지만 좋은 해석의 방법이라든가 전문적인 용어, 아직은 나의 배경 지식의 부족함을 느끼게 되었다. 다양한 시를 접하는 것도 하나의 방법이겠지만, 좀더 부족한 배경 지식을 쌓는 데 주력해야겠다 생각되었다.(오세영의 「음악」에 관한 감상문)

나) 부족한 점은 시를 너무 한 쪽으로 치우쳐서 생각했다는 것이다. 아들을 잃고 쓴 시이기 때문에 완전히 거기에 관련시켜서 생각했는데, 다른 쪽과 관련시켜 생각하는 여유가 보이지 않는 글이다. 다른 해석은 전혀 허용하는 자세가 아니다. 또한 두루 묶어서 설명을 했을 뿐, 시어 하나하나가 무엇을 의미하고, 어떤 이미지가 연상되는지 세밀한 분석이 이루어지지 못했다.(정지용의 「유리창」에 관한 감상문)

다) 시를 감상하는 데에 있어서 전체적으로 포괄적인 내용을 다루지 못하고 너무 형식적으로 나누어 부분 부분을 감상하기에 더 큰 비중을 둔 것 같아서 감상 전개의 매끄러운 흐름이 끊긴 것 같다. 이런 실수를 보완하기 위해서는 시 감상의 기준을 너무 세밀하게 나누어 감상하기보다는 '내용적인 면, 형식적인 면, 시대 상황과 연결시킨 감상' 이렇게 큰 범위의 감상 기준을 제시하여 감상 전개의 흐름을 끊지 않고 중복된 해석의 실수 없이 시 감상문을 쓰도록 노력해야 할 것이다.(김지하의 「타는 목마름으로」에 관한 감상문)

에 도달할 수 있을 것이라고 판단된다.

다섯째, 자신의 시 감상에 대해 객관적으로 진단하고 평가할 수 있는 기회를 자주 제공해야 한다. 비록 감상문을 자신이 만족할 만한 수준으로 작성하지 못했다고 하더라도 많은 학습자들은 자신의 시 감상 과정 및 결과에 대해 비교적 객관적인 평가를 내릴 수 있다. 그러므로 그러한 평가가 자신의 글쓰기에 피드백될 수 있도록 일정한 기회를 지속적으로 제공해 주어야 한다.

2. 시를 시답게 이해하고 감상하기 위한 방안

시 감상에 대해서는 다소 낭만적인 태도를 취하는 것이 오늘날 이 시대의 문화를 향유하는 이들의 공통된 성향이라고 할 수 있다. 이는 시를 연구하고, 시에 대해 비평하는 전문가들 사이에서도 종종 발견할 수 있는 현상이다.

시가 지니고 있는 장르상의 특성과 시 감상의 특수성을 고려할 때, 이러한 반응은 물론 예측 불가능한 것은 아니다. 하지만 한편으로 시 감상은 철저한 논리와 과정, 단계를 수반하는 것이라고 할 수 있다. 특히 시 교육의 관점에서 볼 때, 시 감상은 단계화, 절차화의 요구에 부응할 수밖에 없다.

> 감상은 그저 생각하는 대로 멋대로 생각해 버리라는 방임이 아니라 정당하고 적절한 방법과 절차에 따라 의미를 발견하고 가치 있는 판단에 이름으로써 결론에 도달하는 과정이다. 바로 이 점이 이해와 감상의 관계가 어떠해야 할 것인지를 시사한다(김대행 2000: 177).

> 문학감상교육을 위한 과정 설계에 몇 가지 시사를 얻을 수 있다. 그것은 첫째, 문학감상교육을 위한 교수학습과정 설계에서는 목표 중심보다는 과제 중심의 절차 모형이 더 적합하다는 것이며, 둘째, 이 모형이 학습자의 실제 감상과정에 정합하는 교수학습절차를 갖추어야 할 필요가 있다는 것이고, 셋째, 비평교육이나 창작 교육과 긴밀히 연계된 세부 절차 모형으로 확장될 수 있어야 한다는 것이다(최지현 1998: 327).

이러한 논의에 따르면, 감상은 더 이상 주관적이고 부분적이며 낭만적인 행위가 아니라고 할 수 있다. 물론 직관에 의한 감상과 감동을 기반으로 하는 감상, 철저한 이해에 기반해 있지는 않지만 나름대로의 방식으로 의미화하는 감상, 부분적인 측면에 주목하는 감상 등의 여러 감상도 분명 시 감상의 유형이라고 할 수 있다. 이와 관련하여 동화와 이화, 감정이입과 거리두기 등의 개념이 시 교육 안에서 논의되기도 했다.

그러나 시 교육에서 이루어지는 감상은 좀 더 객관적인 감상이어야 한다. 적어도 교육의 틀 안에서 이루어지는 이해와 감상 행위는 객관성과 타당성이라는 기준에 의거하여 다른 학습자들이 동의할 수 있는 수준에서 이루어져야 하기 때문이다.

그렇다면 이해와 감상의 객관성과 타당성은 어떻게 확보될 수 있을까. 이는 시 텍스트에 대한 꼼꼼한 읽기, 배경지식을 적극적·객관적으로 활용한 읽기 등으로 요약할 수 있다. 다음 사례를 통해 꼼꼼히 읽기의 구체적 방법을 파악해 보자.

사례 - 꼼꼼히 읽기

아모도 그에게 水深을 일러 준 일이 없기에
흰 나비는 도모지 바다가 무섭지 않다.

靑무우밭인가 해서 나려 갔다가는
어린 날개가 물결에 저러서
公主처럼 지쳐서 도라온다.

三月달 바다가 꽃이 피지 않어서 서거푼
나비 허리에 새파란 초생달이 시리다.
- 김기림, 「바다와 나비」

〈김기림의 「바다와 나비」에 관한 단상〉

「바다와 나비」. 언제 쓰인 시지? 아, 1939년에 발표된 거구나. 그렇담 일제 치하의 암울했던 시대적 상황과 관련이 있겠군. 이렇게 직접적으로 관련시켜도 되는 걸까? 김기림은 사실 시대적 울분을 작품 속에 담아내지는 않았지. 그렇다고 하더라도 당시의 시대적 상황을 고려할 수밖에 없었을 거야. 그도 문제적 개인으로 당대를 살았던 모더니스트였으니까.

「바다와 나비」. 김기림의 시 중 그나마 작품의 메시지가 분명하고 이해하기 쉽다고 알려진 작품이지. 교과서에도 실리고 말이야. 대학수학능력시험에도 출제되었던 작품이잖아. 그렇지만 과연 쉬운 작품일까? 의미가 명확해 보여도 의외로 어려운 작품들이 많이 있더라고. 이 시도 만만치 않아.

어쨌거나 찬찬히 작품을 살펴보자. 「바다와 나비」. 제목에 일정한 의미가 있을 거야. 이 작품, 김기림의 1946년 시집인 『바다와 나비』의 표제시지. 김기림이 그만큼 애정을 가지고 있었던 작품으로 해석해도 될까?

'바다' 하면 떠오르는 느낌과 '바다와 나비' 하면 떠오르는 느낌은 참 많이 다른 것 같아. '바다'의 경우에는 자신의 배경 지식이 일정한 연관을 맺지. 경포 바다, 그 파란 바다……. 눈 내리던 겨울 바다, 뜨거운 햇살 아래 반짝이던 은빛 모래……. 그런데

'바다와 나비'는 그림이 잘 그려지지 않아. 그 넓고 파란 바다와 작고 연약한 나비를 어떻게 한 장면 속에 넣지? 그림으로 치면 매우 썰렁하거나 모던한 느낌의 그림이 될 거야. '나비'는 어떤 색이어야 할까? 파란 바다니까 화려한 느낌의 호랑나비나 빛깔 고운 큰 나비는 안 될 거고, 노랑나비나 하양나비여야 할 것 같은데……. 하양나비가 바다와 더 어울릴 것 같아. 색채 대비도 그렇고, 느낌도 그렇고…….

시를 읽어 보자. 3연으로 구성되어 있군. 1연과 3연은 2행이고 2연이 3행으로 되어 있네. 죽 읽어 보면, 참고서나 다른 비평가들이 이야기하는 것처럼 강렬한 색채 대비를 느낄 수 있어. 흰색, 청색, 새파란색. 차갑고 서러운 느낌이야. 사람들이 일반적으로 좋아하는 파란색과는 느낌이 달라. 청색과 새파란색이라는 표현 때문일 거야. 특히 '새파란'이라는 말에서는 새파랗게 날이 선 칼날이 연상돼. 뭔가 위태로운 느낌. 가슴 깊이 스며드는 서러움과 차가움.

죽 읽고 나면 명사들 하나하나가 머릿속에 각인돼. 왜 그럴까? 서로 대비되는 시어들 탓일 거야. 수심을 알 수 없는 깊은 바다, 물결, 새파란 초생달이 자연 또는 세계의 광활함과 알 수 없음과 범접할 수 없음 등을 연상하게 해. 반면에 어린 날개, 공주, 나비 허리 등은 미약함, 연약함, 서러움, 지침, 왜소함 등과 관련이 될 것 같아. 그렇다면 자연과 세계에 대항하는 나약한 존재로서의 나비를 생각할 수 있겠군. 이게 의미하는 바는 굉장히 다양하겠지. 말 그대로 자연과 세계, 그 속의 인간과 대상의 존재 방식에 대해 언급한 것일 수도 있겠고, 시대 상황과 관련하여 일제와 일제 치하에 있는 우리 민족의 현실을 생각할 수도 있겠고, 시인의 삶의 철학을 드러내는 것일 수도 있겠고…….

그런데 '흰 나비'가 '청무우밭'인가 해서 바다로 내려갔다는 구절은 의미심장하네. 흰 나비가 그것이 바다인지 알고 접근했느냐 그렇지 않느냐에 따라 해석에 차이가 있겠어. 만약 흰 나비가 바다인지 알고 접근했다면 자기가 태어난 고향 또는 이상향의 이미지를 그리워하면서 바다로 내려간 것이고, 바다인지 모르고 접근했다면 그야말로 착각에 의해서 그것이 청무우밭이라고 생각해서 내려간 거겠네. 전자라면 흰 나비는 일종의 모험심과 도전 정신을 가지고 새로운 세계를 경험해 보려는 의지를 가지고 접근한 것이고, 후자라면 반가운 마음에 세상 물정 모르고 내려간 거라고 할 수 있겠지.

어린 날개가 물결에 절어서 공주처럼 지쳐서 돌아온다는 표현도 여러 가지로 해석 가능하겠어. 청무우밭인 줄 알고 내려앉으려다 물결에 닿아서 소스라치게 놀라 돌아오는 나비의 모습을 표현한 것일 수도 있고, 바다에 내려앉아 보려고 여러 차례 시도하다가 더 이상 날개를 움직일 수 없는 상태까지 되어 완전히 지친 상태에서 돌아오는 어린 나비의 모습을 그린 것일 수도 있겠지. 그런데 왜 공주에 비유한 걸까? 게다가 '공주처럼 지처서 도라온다'고 표현하고 있어. 우리가 '공주'라는 말에서 떠올리는 이미지는 일반적으로 연약하다, 세상 물정을 아무것도 모르다, 과보호를 받으며 곱게 자라다 등의 이미지와 우아하다, 아름답다, 호화롭다, 동화적이다, 낭만적이다 등등이 있지. 이 시는 아마도 전자와 더 밀접한 관련을 맺고 있는 것 같아. 우아한 나비의 모습에서 공주를 떠올리는 것은 가능할 텐데, 이 시의 발상은 그건 아닌 것 같아. 나비의 지친 모습에서 공주를 떠올리고 있거든. 공주의 어떤 모습이 지친 나비와 유사하다고 보았던 것일까? 수동적인 삶을 살아갈 수밖에 없는 여리디 여린 존재로서의 공주가 세상에 뛰어나갔다가 시련과 아픔을 겪은 채 어깨를 늘어뜨리고 돌아오는 모습을 떠올리면서 비유한 것으로 보아야겠지?

3연은 시적 화자의 주관적 심상이 극대화되어 나타난 부분으로 볼 수 있어. 아마도 이 시가 시적 형상화에 성공했다고 느낀다면 그 이유를 찾을 수 있는 연일 거야. 시적 화자의 정서와 시적 대상인 어린 나비의 정서가 압축되어 선명하게 드러나고 있어. 삼월달 바다라는 이미지가 주는 차가움과 잔인함, 비정함……. 나비 허리의 가늘고 연약하고 위태로운 느낌……. 그 두 대상 위에 칼날처럼 떨어지는 달빛. 바다의 경우에는 달빛이 오히려 그 거대한 위용을 잘 드러내 주는 대상이 되겠지만, 나비 허리를 비추는 달빛은 시리기만 했을 거야. 그래서 서럽네. 그래서 아름다운 거고. 구체적으로 나비 허리에 새파란 초생달이 '시리다'고 표현한 이유는 물결에 절어 버린 나비의 감각을 그렇게 표현한 것일 수도 있겠고, 새파란 초생달의 푸르면서도 시린 빛깔을 그렇게 표현한 것일 수도 있겠어.

흰 나비의 무모해 보이는 도전은 우리 삶의 한 단면을 보여 줘. 그리고 좌절과 시련 속에 서 있는 위태로운 나비의 모습은 우리의 자화상이 되어 버리지. 이런 경험은 누구에게나 있을 거야. 창작주체에게도 이 시를 창작하게 한 그러한 경험은 있었겠지. 그것을 1939년 발표 당시의 시대 상황과 연결지으면 또 다른 해석이 가능해. 이런 식의 해석은 너무 정형화되어 있어서 하기 싫지만, 바다를 일제, 흰 나비를 우리 민족으로 보면 당시의 시대적 상황과 창작주체의 역사 의식, 이 시의 주제를 도출해 낼 수 있지.

그리고 권력의 메커니즘으로 이 시를 읽으면, 권력을 갖지 못한 자가 권력을 가지고 있는 자에 저항했다가 겪는 시련의 과정을 형상화한 것 정도로 읽을 수도 있겠어. 그러고 보니 이 시는 정말 읽기에 따라 해석이 다양해지겠군. 그래도 변하지 않는 것은 시적 대상 간의 관계겠지?

김기림이 이런 시를 그 당시에 썼던 정황을 쉽게 단정하긴 어렵겠어. 여러 요소가 복합적으로 작용했겠지. 선명한 이미지와 비교적 명확한 메시지. 이런 시들을 좀더 양산해 냈다면 김기림의 작품에 대한 평가도 많이 달라졌을 텐데. 실제로 김기림 시 중에 의외로 이해하기 쉽고 짤막한 작품도 꽤 발견할 수 있는데, 사람들은 그런 부분에 대해서는 망각해 버리는 것 같아. 작품보다는 시론으로 더 많은 이야기를 한 시인으로 평가받기 때문인 것 같아. 김기림이 의도한 것은 무엇이었을까? 시인? 비평가? 어느 쪽에 더 초점을 두고 있었을까? 김기림이 쓴 글을 보고 추론하는 것이 아니라 김기림 자신의 솔직한 고백을 들어 보았으면 좋겠군. 김기림……「바다와 나비」……

위의 감상문에는 발표 시기부터 작가에 관한 배경지식, 작품의 제목, 전체적인 느낌, 형식적 특성, 구체적 시어, 현실에의 적용, 다른 해석의 가능성 등이 포괄적으로 적용되고 있다. 사실 모든 작품을 이러한 절차에 따라 읽어 나가기에는 어려움이 있다. 한 편의 작품을 이런 식으로 읽는 데에도 많은 노력과 시간이 필요하기 때문이다. 그러나 시를 시답게, 객관적으로, 타당하게 읽어 나가기 위해서는 이러한 노력이 필수적이다. 몇몇 조건에 따라 시를 읽는 방식이 달라질 수 있긴 하지만, 교수·학습에 임하는 국어 교사의 경우, 대부분의 시를 이러한 수준에서 점검하고 학습자와 대면해야 한다.

3. 현대시 이해와 감상의 실제

기호의 특성과 관련하여 일어나는 의미 작용은 기표에 기의를 더하거나 빼내는 작용이라고 할 수 있다. 특히 메시지의 수신자 쪽에서 보면 의미를 재생산해 내는 작용이다. 의미는 전달될 수 없다. 그래서 생산자 쪽에서 일어난 의미 작용은 수신자 쪽에서 일어날 의미 작용과 같을 수도 있고 다를 수도 있다(송문석 2001: 274).

이 의미 작용 과정에서 학습자는 나름의 독특한 역할을 수행한다. 학습자 내지는 독자는 내포독자의 역할을 수행하기 위해 먼저 텍스트가 요구하는 내포독자의 위치를 판단하여 자신의 위치를 결정한다. 그리고 그들의 서정적 체험을 가능하게 하기 위해 시 텍스트는 독자가 텍스트 상황 내에 직접 들어와 텍스트 내의 인물과 스스로를 동일시할 것을 요구하기도 하고, 텍스트 밖에 있는 학습자 내지 독자가 발화 주체의 서정적 상태를 긍정적으로 이해할 것을 요구하기도 한다(김남희 2004: 312).

그렇다면 시 감상교육론의 위상은 무엇인가. 그것은 당연히 문학론이 아니라 시 감상 방법을 내용으로 하는 교육론이다. 그런데 대부분의 시 교육론이 '시란 무엇이다', 혹은 '시는 무엇으로 이루어져 있다'의 규명에 경도되어 정작 여러 가지 중에 '무엇'을 선택적으로 가르쳐야 하는 문제에는 소홀하다는 사실을 알 수 있다. 더구나 '무엇'이 해결되면 '어떻게'도 따라서 해결된다고 여기는 일부 생각들은 다소 무책임해 보인다. '어떻게'는 개별적이며 주관적이고 상황적이어서 논리적 체계로 정립할 대상이 아니라는 의식이 깔려 있는 것이다. 다소 주관적이고 막연해 보이는 '어떻게'의 요소가 연구에서 배제될 때에는 교육론의 성질보다는 문학 이론 연구에 더 가까워질 수밖에 없다(심재휘 2002: 189).

문학 작품의 감상은 다양한 이론과 밀접한 상관성이 있다. 특히 애브람스(M. H. Abrams)의 도식은 작품의 이해와 감상에 많은 시사점을 제공하고 있다. 구체적인 작품을 통해 시의 이해와 감상 방법을 익혀 보자.

여승은 합장하고 절을 했다
가지취의 내음새가 났다
쓸쓸한 낯이 옛날같이 늙었다
나는 불경처럼 서러워졌다
평안도의 어느 산(山) 깊은 금덤판
나는 파리한 여인에게서 옥수수를 샀다
여인은 나어린 딸아이를 때리며 가을밤같이 차게 울었다

섶벌같이 나아간 지아비 기다려 십년(十年)이 갔다
지아비는 돌아오지 않고
어린 딸은 도라지꽃이 좋아 돌무덤으로 갔다

산(山)꿩도 섧게 울은 슬픈 날이 있었다
산(山)절의 마당귀에 여인의 머리오리가 눈물 방울과 같이 떨어진 날이 있었다

– 백석, 「여승」

우선 반영론의 관점에서 이 시를 읽어 보면, 이 시는 1930년대라는 시대적 배경과 일정한 관련을 맺는다. 남편은 돈을 벌기 위해 집을 나가 돌아오지 않고, 어린 딸아이를 키우며 힘들게 살아가던 옥수수를 파는 여인이 사랑하던 딸마저 잃고 여승이 될 수밖에 없었던 피폐한 현실의 삶이 이 작품 곳곳에 서려 있다.

객관적 존재론의 관점에서 읽는 경우에는 제목 '여승'이 갖는 의미, 연과 연 사이의 시간적 순서, 시어의 비유적 의미, 시상의 전개, 시적 화자의 어조와 정서, 반복되는 시어 등의 여러 관점에서 접근이 가능하다.

표현론은 작가의 삶과 밀접한 연관을 맺는다. 그러므로 표현론적 관점에서 시를 이해하기 위해서는 작가의 연보와 자서전, 평전 등을 확인하는 작업이 선행되어야 한다. 백석 시인의 연보를 통해 작품의 이해와 감상에 다가가 보자.

- 1912년 7월 1일 평북 정주군에서 장남으로 태어남.
- 1929년 오산고보 졸업.
- 1930년 조선일보 신년현상문예에 단편소설 '그 모(母)와 아들'이 당선되어 등단.
  장학생으로 일본 동경의 청산학원에서 영문학 공부.
- 1934년 귀국 후 조선일보 출판부 근무.
- 1935년 조선일보에 '정주성'을 발표하면서 시인으로 등단.
- 1936년 시집 『사슴』 출판. 4월에 함흥 영생고보 영어교사로 부임.
- 1938년 서울에서 활동.
- 1939년 만주로 이동. 번역 활동.
- 1945년 신의주를 통해 귀향. 번역 활동.
- 1956년 아동문학에 관한 글 발표 시작.
- 1959년 삼수군 관평리의 국영협동조합에서 양치기로 일함. 시 다시 쓰기 시작함.
- 1962년 10월경 복고주의에 대한 비판 관련 창작 활동 중단.
- 1995년 사망 추정.

백석 시인이 평북 정주군 출신이므로 시에 등장하는 평안도의 한 여인과 일정한 관계를 맺고 있었을 수도 있다는 점, 단편소설로 등단하였다는 사실과 시의 서사적 구성이 연결될 수도 있다는 점, 1930년 즈음에 서울과 함흥 등을 오갔고 30년대 후반 만주로 이동하였다는 사실 등을 통해 당대의 다양한 삶의 모습을 포착할 수 있는 다양한 경험을 했을 것이라는 점 등을 추론해 낼 수 있다.

효용론의 관점에서는 독자 개개인의 다양한 관점과 경험이 도입될 수 있다. 고통스러운 삶의 모습을 통해 부모님과 가족의 힘든 상황을 생각해 낼 수도 있고, '산절'과 '여승'의 이미지를 통해 종교적 삶의 의미에 대해 생각해 볼 수도 있으며, '눈물 방울'을 통해 사랑하는 사람과의 이별 등을 떠올릴 수도 있다. 그것이 독자 스스로의 삶의 정체성을 수립하는 데 도움이 되고, 내면화 단계로까지 확장될 수 있다면 더욱 바람직할 것이다.

한편 문예 사조의 관점에서 작품을 이해하고 감상할 수도 있다. 리얼리즘, 모더니즘, 기호학, 해석학, 정신분석, 포스트모더니즘, 페미니즘 등의 다양한 이론을 작품의 이해와 감상에 도입하는 것인데, 이는 이론에 대한 숙지가 기반이 되어야 한다는 점에서 입문 단계의 학습자들에게 강요하기는 어려우리라 판단된다. 다만 교사의 경우에는 이론적인 측면에 관심을 가지고 있는 학습자도 있을 수 있으므로, 그에 대한 대비가 있어야 할 것으로 보인다.

참고문헌

김남희(2004),「서정적 체험을 위한 시 교육 연구 시론」,『문학교육학』 제14호, 한국문학교육학회.
김대행(2000),『문학교육 틀짜기』, 역락.
노철(2004),「시 감상교육에서 상상력 활용에 관한 연구」,『문학교육학』 제14호, 한국문학교육학회.
민음사 편(1988),『정지용 전집 1-시』.
송문석(2001),「현대시 텍스트의 의미처리 연구 시론」,『한국문학이론과 비평』 제13호,
한국문학이론과 비평학회.
심재휘(2002),「시 교육론—시 감상교육을 중심으로」,『현대문학이론연구』 제17호, 현대문학이론학회.
유영희(2006),「학습자의 현대시 감상 경향에 관한 연구」,『청람어문교육』 제33집, 청람어문교육학회.
이승복(1999),「자유로운 사유를 위한 시 교육」,『시안』 제4호, 시안사.
최지현(1998),「문학감상교육의 교수학습모형 탐구」,『선청어문』 제26호, 서울대학교 국어교육과.
______(2000),「문학교육에서 정전과 학습자의 정서체험이 갖는 위계적 구조에 관한 연구」,
『문학교육학』 제5호, 한국문학교육학회.
평민사 편(1996),『천상병 전집』.
Dilthey, W.(1910). 이한우 옮김(2002),『체험 · 표현 · 이해』, 책세상.

제10장

현대시 창작 교육의 방법과 교수·학습

1. 교육과정과 시 창작 교육

창작 교육의 필요성과 효용성에 대해서는 이제 더 이상 논의할 필요가 없다. 제7차 교육과정에서 '창작' 영역을 내용 체계 안에 확실하게 제시함으로써 문학교육의 이해와 표현이라는 두 축을 지탱하는 한 축으로 자리매김하게 되었기 때문이다. 그간 국어과 교육과정에서 '창작' 영역은 많은 변화 과정을 겪어 왔다. 교육과정의 흐름과 관련하여 '창작' 영역의 위상이 어떻게 변모되어 왔는지를 살펴보면 그 과정을 파악할 수 있다.

1) 제1차~2015 개정 국어과 교육과정의 창작 교육 관련 내용

초기에 개념 없이 사용되었던 창작 교육은 제4, 5차 교육과정의 암흑기를 거쳐 제7차 교육과정에 이르러서야 비로소 본격적으로 교육 현장에 도입되기 시작한다. 이후 몇 차례의 교육과정을 거치면서 창작 교육은 문학교육의 핵심적인 영역으로 자리 잡았으며, 이러한 흐름은 최근 개정된 2015 개정 국어

⦿ 중학교

○ 제1차 교육과정(1955): '중학교 국어과의 지도 내용' 중 '언어 문화의 체험과 창조' 부분에서 '문학 및 예술'의 하위항인 '시가류'에 "자기가 좋아하는 형식으로 시를 짓는다"라는 항이 있다. 그리고 각 학년의 지도 내용에는 '쓰기(글짓기)'와 관련하여 2학년 지도 내용으로 "⑮ 자기가 좋아하는 형식으로 시를 짓는다", "⑯ 간단한 창작을 할 수 있다"가 있으며, 3학년 지도 내용으로 "⑫ 창작에 흥미를 가지고 개성적인 글을 쓴다"라는 항이 있다.

○ 제2차 교육과정(1963): 2학년 학년 목표의 '쓰기' 부분에 "5. 자기가 좋아하는 형식으로 시를 쓰고, 간단한 창작을 할 수 있도록 한다"라는 항이 있고, 3학년 학년 목표의 '쓰기' 부분에 "3. 창작에 흥미를 가지고 개성적인 글을 쓰며, 희곡이나 시나리오도 쓸 수 있도록 한다"라는 항이 있다.

○ 제3차 교육과정(1973): 특별히 관련된 항목이 따로 있다기보다는 학년, 영역별 '지도 사항'을 제시하고 그것과 관련하여 '주요 형식' 부분에 '시' 장르를 포함시키는 방식을 택하고 있다. 관련된다고 유추되는 것으로는 1, 2, 3학년에 공통으로 들어 있는 "미래에 대한 꿈과, 인간과 자연에 대한 애정을 가지고 개성을 살려서 쓰기"이고 2, 3학년에 들어 있는 "자주적이며 창의적으로 쓰기"와 3학년에 들어 있는 "상상한 것을 쓰기, 비유법으로 효과적으로 쓰기" 정도이다.

○ 제4차 교육과정(1981): '지도 및 평가상의 유의점'에 "'문학'은 작품의 이해와 감상을 중심으로 하여 평가한다"라는 항목을 명시하여 학습자의 창작 행위를 원천적으로 봉쇄하고 있다. 이는 5, 6차 교육과정에서 일관되게 나타나는 정신이다.

○ 제5차 교육과정(1987): 관련 항목 없음.

○ 제6차 교육과정(1992): 관련 항목 없음.

○ 제7차 교육과정(1997): 8학년 문학 영역에 "(6) 여러 갈래의 글을 쓴다. - (기본) 시, 소설, 수필, 희곡 등 여러 갈래의 글을 쓴다. - (심화) 쓴 글을 친구와 바꾸어 읽고 잘 된 점을 토론한다"라고 되어 있어, 창작과 관련된 항이 명시되어 있다.

○ 2007년 개정 교육과정(2007):

- 국민공통기본교육과정의 '문학' 영역
  - (7학년) (4) 시어와 일상어의 관계에 대한 이해를 바탕으로 노랫말을 쓴다.
  - (8학년) (5) 자신이 상상한 세계를 문학 작품으로 표현한다.
  - (9학년) (5) 일상의 가치 있는 체험을 문학 작품으로 표현한다

○ 2009 개정 국어과 교육과정(제2011-361호):

- '중 1-3학년군' 내용 성취기준

  (1) 비유, 운율, 상징 등의 표현 방식을 바탕으로 작품을 이해하고 표현한다.

  (4) 표현에 드러나는 작가의 태도에 주목하며 작품을 이해하고 표현한다.

  (9) 자신의 일상에서 의미 있는 경험을 찾아 다양한 작품으로 표현한다.

○ 2015 개정 국어과 교육과정:

- '중학교 1~3학년' 성취기준

  [9국05-01] 문학은 심미적 체험을 바탕으로 한 다양한 소통 활동임을 알고 문학 활동을 한다.

  [9국05-02] 비유와 상징의 표현 효과를 바탕으

로 작품을 수용하고 생산한다.

[9국05-09] 자신의 가치 있는 경험을 개성적인 발상과 표현으로 형상화한다.

⊙ 고등학교

○ 제1차 교육과정(1955): 쓰기 영역의 '창작적인 면'과 관련하여 '시가, 수필, 소설, 설화, 희곡 등'을 쓸 수 있다고 언급하고 있으며, '지도 내용'에서는 쓰기 영역과 관련하여 "6. 시, 수필, 소설 등 여러 가지 형식의 창작을 할 수 있다. 창작에 흥미를 느끼게 하고 창작 의욕을 북돋아 주어, 그 소질을 충분히 발휘할 수 있도록 지도한다"라고 밝히고 있으며, '구체적 목표' 부분에서는 "14. 여러 가지 형식의 문학적인 창작을 함으로써 자기 표현의 즐거움을 경험한다"라고 진술되어 있다.

○ 제2차 교육과정(1963): 『국어 I』의 '쓰기' 영역에서 "⑧ 시, 수필, 소설 등의 여러 가지 형식 창작을 할 수 있도록 한다."라고 되어 있다. 창작할 장르는 제1차 교육과정과 마찬가지로 '시가, 수필, 소설, 설화, 희곡 등'으로 규정되어 있다. 『국어 II』의 경우에는 『국어 I』의 경우에 준한다는 설명이 덧붙어 있다.

○ 제3차 교육과정(1974): 쓰기 영역의 '주요 사항'에 '여러 가지 형식의 문학 작품'이 거론되어 있다.

○ 제4차 교육과정(1981): 『국어 I』의 경우, 명시적으로 시 창작과 관련된 언급은 없다. '지도상의 유의점'에 "소설이나 희곡의 창작은 문학 창작에 흥미와 재능을 가진 학생을 대상으로 하며, 정규 수업 시간에는 지도하지 않도록 한다"라는 언급과 '평가상의 유의점'에 "'문학'은 작품의 이해와 감상을 중심으로 하여 평가한다"라고 하여 기본적으로는 학습자의 창작 활동에 부정적인 시각을 드러내고 있음을 알 수 있다.

○ 제5차 교육과정(1988): 관련 항목 없음.

○ 제6차 교육과정(1992): 관련 항목 없다고 볼 수 있음. 『작문』 과목과 관련하여 '작문의 실제' 부분에 '문학적인 글 쓰기'가 포함되어 있고, 그 아래 하위항목으로 "① 시의 형식이나 운율에 맞추어 시를 쓴다"라고 되어 있다.

○ 제7차 교육과정(1997): 『국어 생활』 과목과 관련하여 '창조적인 국어 생활' 중 '생활 속의 문학 활동'에 "② 일상 생활 경험과 그 성찰을 문학적 방식으로 표현한다"라는 항목이 있고, 『문학』 과목에서는 '내용 체계'에 '문학의 수용과 창작' 영역을 두고 '(라) 문학의 창작' 부분에서 "① 다양한 시각과 방법으로 기본 갈래에 해당하는 작품을 창작한다"라는 항목을 발견할 수 있으며, '문학의 가치화와 태도' 부분에서는 "작품의 수용과 창작 활동에 적극적으로 참여한다"라는 항을 볼 수 있다. 특히 '평가' 부분에서 "바. 문학 작품의 창작 활동은 창작의 창의성과 진실성을 평가하되, 작품의 구성 요소를 분석적으로 평가하는 데 치우치지 말고 총체적 평가가 이루어지도록 한다. 특히, 전문 작가 수준을 요구하는 평가가 이루어지지 않도록 한다"라고 명시하여 고등학교 수준의 창작 교육이 지향하고 있는 바가 무엇인지 언급하고 있다.

○ 2007년 개정 교육과정(2007):

- 국민공통기본교육과정의 '문학' 영역

(10학년) (4) 문학 작품에 대한 비평적 안목을 갖춘다.

-『문학』 과목 교육과정

나. 세부 내용

(2) 문학 활동

(나) 문학의 생산

① 내용과 형식, 맥락, 매체를 바꾸어 작품을 비판적·창조적으로 재구성한다.

② 다양한 시각과 방법으로 작품을 창작한다.

(다) 문학의 소통

① 작가·작품·독자 및 생산·유통·수용의 역할과 틀을 이해한다.

② 다양한 매체를 통한 문학 작품의 수용과 생산에 참여한다.

○ 2009 개정 『문학 I』 과목 교육과정(2009)

나. 세부 내용

(2) 문학 활동

(나) 문학의 생산

① 내용과 형식, 맥락, 매체를 바꾸어 작품을 비판적·창조적으로 재구성한다.

② 다양한 시각과 방법으로 작품을 창작한다.

(다) 문학과 매체

① 매체 자료의 창의적인 표현 방식과 심미적 가치를 문학적 관점에서 이해하고 향유한다.

② 매체와 관련된 작가·작품·독자, 생산·유통·수용의 특성을 이해한다.

③ 다양한 매체를 통한 문학 작품의 수용과 생산에 참여한다.

○ 2009 개정 국어과 교육과정(제2011-361호)

-『국어 II』 과목

나. 세부 내용

(14) 문학이 정서적, 심미적 삶을 고양함을 이해하고 작품을 수용·생산한다.

-『문학』 과목

나. 세부 내용

[문학의 수용과 생산]

(2) 작품은 내용과 형식이 긴밀하게 연관되어 이루어짐을 이해하고 감상하며 창작한다.

(5) 다양한 시각과 방법으로 작품을 재구성하거나 창작한다.

○ 2015 개정 국어과 교육과정

- '고등학교 1학년' 성취기준

[10국05-01] 문학 작품은 구성 요소들과 전체가 유기적 관계를 맺고 있는 구조물임을 이해하고 문학 활동을 한다.

-『문학』 과목

나. 성취 기준

(2) 문학의 수용과 생산

[12문학02-05] 작품을 읽고 다양한 시각에서 재구성하거나 주체적인 관점에서 창작한다.

과 교육과정에까지 이어지고 있다. 물론 교육과정에서의 이러한 인식이 실제 교수·학습 과정에서 제대로 반영되고 있는지에 관해서는 좀 더 면밀한 검토가 필요할 것으로 보인다. 아직까지 많은 교사들은 창작 교수·학습에 어려움을 겪고 있고, 창작과 관련된 특화된 교수·학습 방법을 찾기도 쉽지 않아 보인다. 그러나 교육 현장에서 창작 교육이 필요하다는 인식의 전환은 분명하게 이루어지고 있고, 순수 창작이 아닌 창조적 재구성의 경우에는 여러 시도도 이어지고 있다는 점에서 고무적인 현상이라 할 만하다.

2) '창조적 재구성'과 '창작'

2007년 개정 교육과정에서 창작 교육 분야와 관련하여 주의 깊게 점검해 보아야 할 개념은 '창조적 재구성'과 '창작' 개념이다. 국어과 교육과정에서 '창조적 재구성'은 '창작'과는 다른 개념으로 분류되고 있다. 국민공통기본교육과정의 '문학' 영역 내용 요소 체계에서 창작 관련 내용을 점검해 보자.

〈제7차 교육과정〉	〈2007년 개정 교육과정〉
○ 문학의 수용과 창작	○ 수용과 생산
- 작품의 미적 구조	- 내용 이해
- 작품의 창조적 재구성	- 감상과 비평
- 작품에 반영된 사회·문화적 양상	- 작품의 창조적 재구성
- 문학의 창작	- 작품 창작

위의 교육과정에서 알 수 있다시피 창작 교육에서 이루어지는 교수·학습 활동은 교육과정의 '창조적 재구성'과 '창작' 영역을 포괄하는 개념이다. '창조적 재구성'은 기존 작품을 기본 제재로 삼아 다시 쓰기(패러디하기), 이어 쓰기, 부분적으로 고쳐 쓰기, 다른 갈래로 고쳐 쓰기 등의 다양한 개념을 포괄하고 있는 개념이다. 창작에 어려움을 느끼는 학습자를 대상으로 하여 창작에 대한 두려움을 해소하고, 창작의 방법을 터득하는 데 효과적인 교수·학습 내용으로 제7차 교육과정 이후 교과서에 적극적으로 구현되고 있다. '창작'은

시, 소설, 수필 등의 문학 장르에 해당하는 작품을 학습자가 자신의 정서와 감정을 반영하여 스스로의 창작 방법에 따라 집필하는 것으로 아직까지는 이론적, 체계적으로 교육 상황에 반영되고 있지는 못하다.

창조적 재구성 관련 교육 내용은 비교적 활발하게 교육 현장에 반영되고 있는 데 비해, 창작 관련 교육 내용이 교육 현장에 적극적으로 반영되지 못하는 이유는 여러 가지가 있을 수 있다. 먼저 창작에 대한 신비화가 해소되지 못한 때문이다. 학습자나 교사 모두 아직 본격적인 문학 작품을 창작하는 것에 대한 거부감을 가지고 있는데, 이는 천부적인 재능을 타고나지 못한 상황에서 작품다운 작품을 쓰기는 어렵다는 자신감 결여에서 기인하는 것으로 보인다. 둘째, 구체적인 교수·학습 방법상의 어려움 때문이다. 창작 교육을 해야 한다는 점에 대해서는 인정하나 그것을 어떤 단계를 거쳐 어떻게 가르쳐야 할지 많은 교사들은 난감해하고 있다. 창작 행위를 하려는 의지를 가진 학생들은 추상적인 차원에서나마 지도가 가능하지만, 전혀 의지가 없는 아이들을 어떻게 창작의 길로 이끌 것인가에 대해서는 속수무책이다. 교육과정 해설서나 교과서상에 그러한 내용이 구체적으로 제시되어 있다면 그에 따르면 되지만 그렇지 못한 현실이기 때문에 교사들의 고민은 깊어질 수밖에 없고, 기피하고 싶은 교육 내용이 될 수밖에 없다는 것이다. 셋째, 평가상의 어려움 때문이다. 학습자들이 적극적으로 창작 활동을 수행한다고 해도 교사가 평가 전문성을 갖추고 있지 못한 상태라고 느끼는 경우가 많으므로 교육 내용으로 반복해서 설정하기가 어렵다. 평가의 가장 중요한 요건 중 하나가 객관적 평가 척도에 근거한 신뢰도라고 할 수 있을 텐데 창작의 경우에는 그러한 요건을 충족시키기가 쉽지 않다.

그러나 그렇다고 해서 창조적 재구성 활동에만 초점을 맞추고 창작 활동은 등한시하는 것은 교육 내용의 균형 잡힌 교수라는 기본 전제에 위배된다. 여러 가지 문제점들은 있지만, 조금씩 상황을 극복할 수 있는 방안들을 모색하면서 한 걸음씩 앞으로 나아가기 위한 노력이 이어져야 할 것으로 보인다.

2. 시 창작 교육 시 유의해야 할 사항

창작 교육은 교육 현장에서 교수·학습상의 어려움을 많이 호소하는 분야 중 하나이다. 특히 초등학교에서 놀이 차원의 동시 쓰기 교육을 주로 받다가 중등학교로 진학한 학습자의 입장에서 시 창작은 난감한 과제가 아닐 수 없다. 그런 상황에서 시 교수·학습 시 무리하게 창작을 강요하면 학습자의 시에 대한 관심과 흥미가 떨어져 시 창작 교육뿐만 아니라 시 이해와 감상 교육에도 나쁜 영향을 미칠 수 있다. 그러므로 창작 교육을 시행할 때에는 몇 가지 사항에 유의해야 한다.

먼저, 교육 주체 차원에서 유의해야 할 사항을 점검해 보면, 교사는 학습자의 창작을 도와주는 도우미 역할에 충실해야 한다. 창작 활동에 어려움을 겪는 학습자를 위해서는 좀 더 쉽게 창작 활동을 할 수 있도록 단계적으로 안내자 역할을 해야 하며, 창조적으로 작품을 구상하고 조직해내는 학습자에게는 좀 더 훌륭한 작품이 될 수 있도록 조언자 역할을 담당해야 한다. 초보적인 단계의 학습자는 창작에 대해 막연한 두려움을 느끼는 경우가 많으므로 교사는 이러한 두려움을 해소시키기 위한 다양한 노력을 기울여야 한다. 같은 연령대의 학습자가 창작한 작품을 소개함으로써 학습자의 자신감을 고취시키고, 잘 된 점에 대해 부분적으로라도 칭찬을 해 줌으로써 창작 동기를 북돋워 주어야 한다. 이때, 학습자의 창작 성향이 다양할 수 있으므로, 교사의 문학관에 따라 일방적인 내용으로 수업을 진행해서는 안 된다.

학습자는 창작 활동은 누구나 할 수 있는 행위라는 사실을 인식하고, 좀 더 자신감 있게 창작 활동에 임해야 한다. 주어진 주제에 대한 다양한 자료를 수집하고, 자신의 경험을 이끌어 내며, 창작에 필요한 기본적인 지식을 습득하는 데 주력해야 한다.

교수·학습 차원에서는 학습자의 흥미와 수준에 적합한 창작 활동 관련 내용이 제시되어야 한다. 이를 위해 학습자가 자율적으로 창작 주제를 정하고, 갈래를 정하게 하는 방법도 고려해 볼 수 있다. 그러나 이 경우, 창작 활동에 흥미를 가지고 있지 않은 학습자의 경우에는 오히려 당황스러워할 수도 있으므로 유의해야 한다. 창작 주제와 갈래를 제시해 주고 교수·학습을 하는 경우에는 창작 활동에 참여하는 다양한 주체들의 다양한 경험에 대해 충분히 의견을 교환하고, 해당 갈래를 창작하기 위한 기초적인 지식이 공유될 수 있도록 유의해야 한다.

평가 및 피드백은 창작 교육 분야에서 끊임없이 논란이 되어 왔던 부분이다. 창작 교육의 평가는 순위를 매기기 위한 서열 평가보다는 학습자 개개인의 발전 양상을 점검할 수 있는 질 평가가 이루어져야 한다. 그러므로 포트폴리오 등의 수행 과제를 통해 교사의 평가, 학습자 상호 평가, 학습자 스스로의 자기 평가가 이루어질 수 있도록 유도하는 것이 좋다. 또한 여러 학습자가 자신들이 쓴 작품 중에서 가장 좋은 작품을 모둠별로 선정하고 그 작품에 대해 품평회를 하는 과정에서 작품 창작의 실질적인 방법을 터득하게 하고 작품에 대한 피드백이 이루어지도록 하는 것도 바람직하다. 이 경우, 교사의 모둠 평가나 학습자 상호 간의 모둠 평가가 가능하다.

3. 시 창작 교육의 몇 가지 방법

그간의 시 창작 교육은 창조적 재구성 차원에서의 모방시 쓰기와 순수 창작시 쓰기의 두 가지 양태로 전개되어 왔다. 순수 창작시 쓰기가 유의미하게 교육 현장에서 구현될 수 있는 상황에는 도달하지 못한 상태이므로 여기에서는 주로 '창조적 재구성' 차원에서 몇 가지 방법을 소개하기로 한다.

1) 시행 재배치하기

시행을 재배치하는 방법은 기존의 시를 적극적으로 활용할 수 있다는 점에서 이해와 감상 교육과도 연계가 가능하다. 학습자들이 시행을 재배치하는 과정에서 행과 연의 구성 방식을 터득하게 할 수 있다.

남들은 님을 생각한다지만
나는 님을 잊고저 하여요
잊고저 할수록 생각히기로
행여 잊힐까 하고 생각하여 보았습니다.
잊으려면 생각히고
생각하면 잊히지 아니하니
잊도 말고 생각도 말아볼까요
잊든지 생각든지 내버려 두어 볼까요
그러나 그리도 아니 되고
끊임없는 생각 생각에 님뿐인데 어찌하여요.

구태여 잊으려면
잊을 수가 없는 것은 아니지만
잠과 죽음뿐이기로
님 두고는 못하여요.
아아 잊히지 않는 생각보다
잊고저 하는 그것이 더욱 괴롭습니다.

- 한용운, 「나는 잊고저」

한용운의 이 작품은 내용 자체는 이해하기 쉽지만 학습자들에게 익숙하지 않은 작품이다. 내용이 쉽게 이해가 되기 때문에 이 작품을 제재로 삼아 행과 연을 구분하는 방식을 연습해 볼 수 있다. 먼저 교사가 학습자들에게 현대시의 행과 연, 행간걸림 현상 등에 대해 설명해 주고, 행과 연 구분을 하지 않은 한용운의 「나는 잊고저」라는 작품을 제시해 준다. 그러고 나서 모둠별로 학습자들끼리 행과 연, 행간걸림 등을 이용하여 시행을 재배치하게 한 후, 그렇게 구분한 까닭을 발표하게 한다. 이때, 각 모둠별로 발표한 내용을 비교하고 각각이 어떤 의미 차이를 보이는지 토론하게 한다. 예를 들어 "끊임없는 생각 생각에 님뿐인데 어찌하여요"와 같은 시행은 앞 행과 연결해서 산문처럼 진술할 수도 있고, "끊임없는 생각 생각에/ 님뿐/ 인데 어찌하여요"와 같이 '님'이라는 존재를 강조하는 형태로 구분할 수도 있다.

2) 두 시 결합하여 한 편의 시 완성하기

기존의 두 시를 결합해 가면서 한 편의 시를 완성하게 할 수도 있다. 채연숙(2003: 435~439)은 독일 현대시와 영화에 등장하는 '의미귀납'에 주목하고 있다. 의미귀납은 어떤 서사를 할 때 정서적 매개물을 사용하여 앞의 장면과 뒤의 장면을 효과적으로 연결하면서 사용하는 기법이다. 이 의미귀납은 매우 포괄적인 의미로 시행의 재배치, 두 시의 결합, 시행의 해체 등을 포함하는 의미이다.

그녀는 독일 현대시에서 진하게 쓴 시행과 이탤릭체로 쓴 텍스트 행이 서

행간걸림'은 '시행걸침', '시행 엇붙임' 등의 용어로 기술되어 온 것으로, 여러 시인들의 시에서 골고루 나타나는 형식적 특성 중의 하나이다. 행간걸림은 의미와 소리, 내용과 형식의 긴밀한 연관 관계를 가장 잘 보여 주는 시적 표현 방식이라고 할 수 있다. 그런데 기존의 시론에서는 이 행간걸림 현상에 대해 명확하게 의미를 규정짓지 않고 넘어가는 경향이 있었다. 황정산은 '시행 엇붙임'이라는 용어를 사용하면서 이를 형태에 따라 '올려붙임', '내려붙임', '걸침'으로 분류하고 있다. 또 기능에 따라 '형식적 엇붙임', '단절의 엇붙임', '연결의 엇붙임'으로 분류하였다.

로 교차되면서 하나의 시로 만들어 놓은 작품을 소개하고 있다. 바흐만의 시 「광고(Reklame)」가 그것이다.

우리가 어디로 가는지
걱정 마라 걱정하지 마라
어두워지고 추워지면
걱정하지 마라
그러나
음악으로
우리가 뭘 해야지
유쾌하게 음악으로
그리고 뭘 생각해야 할지
유쾌하게
파국이 눈앞에 보이는데
음악으로
우리 어디로 가져갈까
가장 좋은 것은
매년 마다 생기는 우리의 문제와 끔찍한 일들
꿈의 세탁소로 걱정 마라 걱정하지 마라
그러나 무슨 일이 일어나는가
가장 좋은 것은
죽음의 정적이

오면.

여기서는 독일어 원본은 제시하지 않고 번역본만 제시하기로 한다.

이 시에서 우리는 세 편의 텍스트와 만난다. 현재 제시되어 있는 형태 그대로의 시 한 편과 진한 활자로 제시되어 있는 시 한 편, 그리고 기운 활자로 제시되어 있는 시 한 편이 그것이다. 독자는 이 텍스트를 접하는 순간 시의 형식적 측면에 대해 고찰하게 된다. 서로 다른 활자체를 통해 활자체가 같은 것끼리 읽어야 할 거라는 감상 전략을 수립하게 되는 것이다. 그러한 감상 전략은 성공적이어서 텍스트의 해석과 감상을 더욱 풍부하게 한다. 그리고 제시된 시 형태 그대로 읽었을 때, 제대로 이해할 수 없는 시의 의미가 명확해진다.

이 시의 경우에는 진한 활자로 제시되어 있는 시행이 우리 삶의 어두운 면을, 기운 활자로 제시되어 있는 시행이 우리 삶의 유쾌하고 즐거운 면을 그리고 있다. 물론 시어의 의미 하나하나를 세세하게 어떻게 해석해야 하는지에 대해서는 좀 더 고민해야겠지만, 일단 이 두 면이 교차되어 있는 것이 삶이라는 것, 그것이 결국에는 '죽음의 정적'과 연결된다는 것, 이 '죽음의 정적'은 시의 제목인 '광고'와 연결된다는 것 등은 시 형식을 통해 짐작할 수 있다. 이러한 사항들에 도달하게 되면 독자의 관점에서 다양한 의미망을 형성하는 것이 가능해진다.[3]

이 시를 통해 우리는 창조적 재구성 활동에 대한 아이디어를 얻을 수가 있다. 김수영의 1956년, 1966년 작품 「눈」을 교육 제재로 활용한다고 가정할 때, 다음과 같은 작품을 구성할 수 있다.

3 채연숙(2003: 440)은 이 시에 대해 다음과 같이 해석하고 있다.
"여기서 말하고자 하는 것은 '광고'를 통해 그저 부수적으로, 시적 화자의 연상 작용 속에서만 드러나는 현대 사회의 심리이며, 동시에 우리가 더욱 절실하게 삶에서 느끼게 되는 의문점들에 대한 대답이다. 이탤릭체로 된 시행들은 명랑함과 걱정 없음을 계속 반복함으로써 심리적으로 시적 화자에게 일종의 주술적인 면을 강화하는 효과를 준다. 결국 바흐만이 제목을 '광고'라고 붙인 것은 현대 물질 문명의 대명사라고 말할 수 있는 광고가 무의식중에 얼마만큼 우리의 심리에 파고들어 와 있는지 하는 것을 패러디로 보여 주고자 한 때문일 것이다. 또한 삶의 위로와 유쾌함을 기획하는 사회가 그 사회의 생산물과 더불어 오히려 무관심이라는 허의의식을 창출하고 있음을 암시한다. 이것은 마치 '꿈의 세탁소'라는 것이 있어서 현대 사회에 살고 있는 우리의 두려운 문제 앞에서는 침묵이요 죽음뿐이라는 것을 보여준다."

눈이 온 뒤에도 또 내린다

눈은 살아있다
떨어진 눈은 살아있다
마당 위에 떨어진 눈은 살아있다

생각하고 난 뒤에도 또 내린다

기침을 하자
젊은 시인(詩人)이여 기침을 하자
눈 위에 대고 기침을 하자
눈더러 보라고 마음놓고 마음놓고
기침을 하자

응아 하고 운 뒤에도 또 내릴까
한꺼번에 생각하고 또 내린다

눈은 살아있다
죽음을 잊어버린 영혼(靈魂)과 육체(肉體)를 위하여
눈은 새벽이 지나도록 살아있다

한 줄 건너 두 줄 건너 또 내릴까
폐허(廢墟)에 폐허(廢墟)에 눈이 내릴까

기침을 하자
젊은 시인(詩人)이여 기침을 하자
눈을 바라보며
밤새도록 고인 가슴의 가래라도
마음껏 뱉자

여기에서 기운 활자로 되어 있는 시가 1956년에 쓰인 「눈」이고, 진하게 되어 있는 시가 1966년에 쓰인 「눈」[4] 이다. 이 두 작품은 각각 독립적인 의미를 가지고 있고 형상화 면에서 완성도가 높은 작품으로 평가받고 있다. 이들을 결합하여 하나의 작품으로 구성해 보면 지금까지와는 전혀 다른 의미가 구성된다. '눈'의 의미를 무엇으로 규정할 것인지에 대한 문제는 차치해 두고라도 시적 화자의 '눈'에 대한 갈등과 기대가 위의 새로운 작품 속에서 하나의 의미망을 형성하게 된다. 이 시를 읽는 독자들은 각각의 시에 대해 독립적인 의미를 머릿속에 형성해 두고 있는 상태인데도 두 시가 결합된 새로운 시 텍스트 앞에서 감상 방법을 달리해야 함을 인식하게 된다. 형식이 달라짐으로써 의미에도 변화가 생긴다는 사실을 확실히 인식할 수 있게 되는 것이다.

이러한 시와 시의 결합은 같은 시인의 같은 제목의 시끼리도 가능하지만, 다른 시인의 다른 시끼리도 가능하다. 다루고 있는 대상이 유사하거나 주제가 유사할 경우뿐만 아니라 전혀 이질적인 경우에도 결합이 가능하다. 시를 구성하는 데 학습자들이 어려움을 겪을 경우, 모둠별로 수업을 진행하거나 전체 학급을 대상으로 수업을 진행할 수도 있다.

3) 시행 해체하여 재구성하기

시행을 하나하나 해체해 가면서 시를 창작하는 방법을 생각해 볼 수 있다. 시 창작이 일종의 유희 과정이라고 한다면 시에서도 퍼즐 맞추기와 같은 방법적 검토가 가능하다. 정현종의 「사랑할 시간이 많지 않다」를 제재로 삼아 시행을 해체하여 의미를 재구성해 보도록 하자.

4 이 작품은 원래 한 행이 한 연을 이루고 있는 시이다. 결합을 위해 마지막 네 연을 두 행씩 결합시켰음을 밝혀 둔다.

사랑할 시간이 많지 않다
아이가 플라스틱 악기를 부 - 부 - 불고 있다
아주머니 보따리 속에 들어 있는 파가 보따리 속에서
쑥쑥 자라고 있다
할아버지가 버스를 타려고 뛰어오신다
무슨 일인지 처녀 둘이
장미를 두 송이 세 송이 들고 움직인다
시들지 않는 꽃들이여
아주머니 밤 보따리, 비닐
보따리에서 밤꽃이 또 막무가내로 핀다

이 시는 다음과 같은 형태로 해체하여 재구성할 수 있다. 물론 기존 작가의 작품을 해체한다는 사실 자체가 바람직하지 않은 것으로 인식될 수도 있지만, 시 창작 교육 현장에서 활용하는 시는 어디까지나 제재로서의 시이므로 원래의 작품을 훼손하거나 모욕하려고 하는 의도는 담겨 있지 않다고 보아야 한다. 학습자들의 창조적, 문학적 사고를 길러 주는 데 도움이 된다면 다양한 방법을 모색해 볼 수도 있다.

무슨 일인지 처녀 둘이
쑥쑥 자라고 있다
시들지 않는 꽃들이여
아이가 플라스틱 악기를 부 - 부 - 불고 있다
보따리에서 밤꽃이 또 막무가내로 핀다

이는 어디까지나 다양한 가능성 중의 한 사례일 뿐이다.

아주머니 밤 보따리, 비닐
장미를 두 송이 세 송이 들고 움직인다
할아버지가 버스를 타려고 뛰어오신다
아주머니 보따리 속에 들어 있는 파가 보따리 속에서
사랑할 시간이 많지 않다

원작의 차분한 시상이 산만하게 흩어지면서 모더니즘 경향을 띠는 시로 변화되고 있음을 확인할 수 있다. 그러면서 현대인의 분주하고 부조리한 삶을 반영하는 것으로 주제가 전환되고 있다.

시 텍스트를 해체할 때, 이처럼 낱낱의 시행으로 쪼갤 수도 있지만, 연관되는 시행끼리 연결하여 해체하는 것도 가능하다. 그리고 필요하다면 동일한 시행을 여러 번 사용하거나 중첩시키는 것도 가능하다. 그렇게 되면 학습자들이 자신이 원하는 의미에 도달하기가 훨씬 용이해진다.

사실 시 창작 과정에서 학습자에게 가장 큰 걸림돌이 되는 것은 새로운 언어를 창출해 내야 한다는 심리적 부담감이라고 할 수 있다. 그러므로 위와 같은 방법들을 통해 시의 기본적인 의미를 이해하고 감상하며 시 텍스트를 구성하고 있는 형식적 장치에 대한 이해가 가능해지면 학습자들의 시 향유 또한 깊고 넓어질 것이다.

제1차~2009년 개정 교육과정 및 교육과정해설서.

유영희(2008), 「형식과 내용의 상관성을 중심으로 한 시 창작 교육 방안 연구」, 『문학교육학』 제25호, 한국문학교육학회.

채연숙(2003), 「독일 현대시와 영화에 사용되는 몽타주와 의미귀납」, 『뷔히너와 현대문학』 제21호, 한국뷔휘너학회.

제11장

현대시 교육에서의 평가

학교 현장에서는 여러 형태의 평가가 이루어지고 있다. 크게 예를 들면, 학업성취도 평가와 같은 표준화된 평가가 있는가 하면, 교수·학습 과정에서 이루어지는 평가도 있다. 여기에서는 표준화된 평가보다는 교수·학습 과정에서 이루어지는 평가를 중심으로 살펴보도록 하자. 시 교육의 경우, 평가를 통해 알고자 하는 것은 학생의 현대시 능력에 대한 좀 더 구체적인 정보다. 여기서 현대시 능력이란 점수나 등수로 환원될 수 있는 '성적' 중심이기보다는 학업 성취 정도와 학업 성취를 위한 노력, 태도, 흥미도 등 총체적인 현대시 능력에 대한 세밀하고도 구체적인 정보다. 현대시 교육에서 이루어지는 평가 또한 학생의 총체적인 현대시 능력에 대한 구체적인 정보를 파악하기 위한 평가, 그러한 평가 결과를 바탕으로 좀 더 의미 있는 현대시 교수·학습을 설계할 수 있는 평가를 강조해야 할 것이다.

1. 현대시 교육에서 평가의 특성

1) 현대시 교육에서의 평가에 대한 반성

우리의 학교 교육은 오랫동안 선택형 평가 문항을 선호했으며, 요즘도 선택형 평가 문항은 여전히 중요한 자리를 차지하고 있다. 그런데 그동안 학교 현장에서 활용한 선택형 문항은 그다지 좋은 평가를 받지 못했던 것이 사실이다. 구체적인 문항을 살펴보면서 논의를 해 보자. 단순 지식 중심의 시 교육이 이루어지던 시기에 현대시 교육에서 활용하던 대표적인 평가 문항으로 다음을 들 수 있다.

문항 1) 다음 중 청록파 시인에 속하지 않는 사람은?

① 박목월　② 김영랑　③ 조지훈　④ 박두진

문항 2) 다음 시조의 초장과 중장에서 주로 사용된 심상의 종류는?

담머리 넘어드는 달빛은 은은하고
한두 개 소리 없이 나려지는 오동(梧桐) 꽃을
가랴다 발을 멈추고 다시 돌아보노라.

① 후각적　② 청각적　③ 시각적　④ 촉각적　⑤ 미각적

위 두 문항은 모두 제3차 교육과정기에 주로 학교 시험에 출제된 문항이다. 극단적인 예이기는 하지만 두 문항 모두 단편적인 지식을 평가하고 있다는 데서 공통점을 찾을 수 있다. 1번 문항은 청록파에 대한 부분적이고도 지극

문항 1과 문항 2 그리고 각 문항에 대한 서술 내용은 최미숙(2002)의 내용을 수정·보완한 것이다.

히 단편적인 지식을 알고 있는가를 질문하는 데 그치는 문항으로, 청록파 시인 세 사람을 암기하는 것 이상의 교육적 효과를 얻을 수 없다는 한계가 있다. 사실, 청록파 시인에 대해 안다는 것은 그 시인들이 처한 상황 속에서 왜 그러한 작품을 창작했는가를 알고, 세 시인의 시의 경향이 어떤 특성을 지니고 있으며 어떤 공통점 때문에 '청록파'라고 부르는지에 대해 이해하는 것을 의미할 것이다. 또한 그러한 관점에서 그 시인들의 작품을 이해하고 감상하는 것으로 나아가야 의미가 있다. 그런데 1번 문항의 질문으로서는 청록파 시인의 이름을 아는 것이 그들 작품의 전체적인 감상에 어떤 방식으로 도움을 주는가라는 질문에 별다른 답변을 할 수가 없으며, 따라서 현대시 교육의 관점에서 볼 때 의미 있는 문항으로 보기 어렵다.

2번 문항은 시에 사용된 표현 기법을 문제 삼는다는 점에서 단순 암기를 위한 문항과는 차이가 있는 듯하다. 시를 이해하고 감상하기 위해 심상에 대해 아는 것은 중요한 능력이다. 그런데 과연 이 문항이 한 편의 시를 이해하고 감상하는 데 어떤 역할을 하고 있는가 하는 점에서는 역시 1번 문항과 마찬가지로 시원한 답을 하기 어렵다. 2번 문항 역시 심상에 대한 이해가 작품 전체의 이해와 감상으로 이어지지 못하고 있으며, 이는 결국 심상에 관한 단편적인 지식만으로 답할 수 있는 문항이라는 한계를 지니고 있기 때문이다.

기존의 선택형 평가 문항에 대해 살펴보면, 이 외에도 우리는 단순 지식을 평가하기 위해 활용했던 많은 발문, 예를 들면 '다음 중 이 시의 소재는?', '이 시의 주제는?', '이 시의 성격은?', '이 시의 형식상 갈래는?' 등의 발문들을 사용하는 과정에서 실제로는 시적 사고의 폭과 깊이를 위한 평가, 실질적인 시의 이해와 감상·표현 능력에 대한 평가를 하지 못했던 것이 사실이다. 이러한 단편 지식 위주의 평가는 학생이 지니고 있는 전체적인 현대시 능력을 제대로 평가하지 못한다는 점이 문제이지만, 그러한 평가 방식이 주를 이루면서 현대시 교수·학습 자체가 단편적인 지식 중심으로 이루어졌다는 점도 문제라 할 수 있다.

그런데 문제는 이런 유형의 평가 문항을 여전히 학교 현장에서 활용하고 있다는 점이다.[2]

※ 다음 시를 읽고 물음에 답하시오.

(가) 정호승의 「내가 사랑하는 사람」
(나) 나희덕의 「배추의 마음」
(다) 이형기의 「낙화」
(라) 유재영의 「둑방길」
(마) 김기림의 「바다와 나비」

문항 3) 위 시 (가)~(마) 중, 형식상 종류가 다른 하나는?
① (가) ② (나) ③ (다) ④ (라) ⑤ (마)

문항 4) (가) 시에 나타난 표현 방법이 아닌 것은?
① 반복법 ② 대구법 ③ 의인법 ④ 설의법 ⑤ 대조법

문항 5) (다) 시에서 가장 두드러진 심상은?
① 시각 ② 청각 ③ 미각적 심상
④ 후각적 심상 ⑤ 공감각 심상

문항 6) (마) 시에서 다음의 설명에 해당하는 것을 찾아 한 단어로 쓰시오.
나비가 동경하는 삶의 공간 ( )
냉혹한 현실 ( )

2 예로 제시한 문항은 2010학년도 서울 시내 모 중학교 3학년 시험에 출제된 문항이다. 이 문항의 지문에 원래 실려있던 시 원문을 여기서는 생략하고 제목만 제시하였다. 참고로, 문항 6의 정답은 '청무우밭, 바다'이다.

3번 문항의 경우 지문에 제시된 5편의 시 중에서 형식상 종류가 다른 하나를 찾으라는 것, 즉 해당 시의 형식이 자유시인가 정형시인가 알고 있는지를 묻는 문제다. 5편의 시 중 1편을 시조(「둑방길」)로 제시하여 답을 유도하고 있는데, (라)가 시조라는 것을 안다면 이 문제를 해결하는 데 단 몇 초밖에 걸리지 않는다. 특히 (라)는 국어 교과서에서 배운 작품이기에 이 문항은 그야말로 시적 사고가 필요 없는 단순 문항이라 할 수 있다. 4번과 5번 문항도 학생의 실질적인 시 이해와 감상 능력을 평가하기 위한 문항으로서의 역할보다는 그와 관련된 지식 일부를 알고 있는지 평가하기 위한 문항으로서의 역할이 더 큰 경우다.

6번 문항은 선택형 문항이 아니라 단답형 문항인데, 시에서 찾아 쓰라는 발문은 사실 넓은 의미의 선택형 문항과 유사하다고 볼 수 있다. 시의 의미구조를 알아야 답할 수 있는데, 매우 단순한 의미구조를 질문하고 있기 때문에 시적 사유를 유발하는 문항이라고 보기는 어렵다.

이렇듯 오랫동안 현대시 교육에서의 평가는 주로 시에 관한 단순 지식을 평가하거나 시적 사유와는 별다른 관련이 없는 단순 질문을 하는 경우가 많았다. 이러한 평가 문항으로는 학생의 현대시 능력을 제대로 평가하기 어려울 뿐만 아니라 학생들이 시를 멀리하게 하는 요인이 되었다는 비판을 받기도 했다.

2) 현대시 교육에서의 평가의 방향

그동안의 현대시 교육에서 반성해야 할 것은 현대시 교육의 특수성에 대한 인식을 토대로 평가를 하지 못했다는 점이다. 문학교육은 지식 중심의 교과 학습과는 다르다. 합리적이고 객관적인 지식을 가르치고 배우는 것이 아니라, 인간의 정서, 인간의 상상력이 개입한다는 점에서 차이점을 지닌다. 지식의 구조적 맥락 자체보다는 대상에서 느끼는 우리의 마음의 움직임, 그것에 대한 정서를 표현하는 것을 중요시한다(김용선 1990). 물론 문학 작품을 감상하기 위해 필요한 기본적인 문학적 지식이나, 혹은 문학사적 지식이 필요하기는 하지만, 그것은 문학 작품 감상을 위한 기본 전제이지 그것 자체가 주요 평가 대상이어서는 안 될 것이다. 그런 지식을 토대로 해서 이루어지는 감상과 표현 내용이 평가의 대상이며, 그 감상의 과정이나 방식이 매우 추상적이고 정서적이면서도 복합성의 차원에서 이루어진다는 점을 고려하여 평가해야 한다.

현대시 교육에서의 평가를 반성하고 좀 더 바람직한 방향으로 나아가기 위해서는 근원적인 문제로 돌아가야 할 필요가 있다. 그것은 우리는 왜 시를 읽는가 하는 문제이다. 나의 정서나 심리세계를 고양시키기 위해서, 다른 사람의 일상사를 간접적으로 경험하기 위해서, 여유 시간을 즐기기 위해서, 무엇인가 한 차원 높은 사고를 하고 싶어서, 여러 인간 군상이 살아가는 모습을 보고 싶어서, 언어를 통해 이루어지는 세밀한 정서의 결을 느끼고 싶어서 등 다양한 이유가 가능할 것이다. 이런 모든 이유들이 가능한 것은 시가 우리의 삶의 문제를 다룬다는 점, 그것도 언어를 통해 다룬다는 점 등을 들 수 있다. 그리고 무엇보다도 우리들에게 감동과 즐거움을 주기 때문일 것이다.

그러나 그동안 시 교육에서 이루어진 평가는 그러한 내용을 담아내지 못했다. 시의 주제, 형식상의 분류, 내용상의 분류, 표현법에 대한 기계적인 이해 등으로 일관했던 교수·학습은 평가에서도 그대로 드러났으며, 특히 선택형 평가 방식은 그것을 더 가속화시켰다고 할 수 있다. 결국 그러한 교육 내용과 평가 방법을 통해 시를 우리 삶에 대한 문제제기와 고민으로부터 멀어지게 만들었으며, 그로 인해 감동과 즐거움이 사라진 시 교육이 되어 버린 것이다.

시를 즐기고 향유하는 활동을 위한 평가 방안을 모색하기 위해서는 서열을 매기고 점수화하기 위한 평가가 아니라 학생의 실질적인 현대시 능력 신장을 위해 장점과 단점을 파악하고, 그것을 바탕으로 학생들을 지도하고 조언하기 위한 평가를 전제로 할 필요가 있다. 그리하여 평가를 통해 학생들은 자신의 현대시 능력에 대한 정보를 확인하고, 조언을 받으며, 능력을 좀 더 신장시킬 수 있도록 해야 한다. 참고로, 시 교육의 본질에 맞는 평가는 선택형 평가보다는 수행평가이다. 학교 여건 때문에 선택형 평가 방식을 활용할 경우도 있겠지만 시를 읽고 토론을 하거나, 시에 대한 글을 쓰거나, 시에 대한 감상을 표현하거나 시 쓰기 등의 활동을 통해 평가하는 방식이 좀 더 시 교육의 본질에 맞는 평가일 것이다.

2. 현대시 평가 도구 개발의 유의점

앞에서 서술한 시 교육에서의 평가의 어려움을 해결하기 위해서는 여러 노력이 필요하며, 무엇보다 평가 문항을 제작하는 과정에서 고려해야 할 점이 많다. 여기에서는 선택형 평가 문항을 제외한 수행평가 문항을 중심으로 하여 현대시 교육에서의 평가를 위해서는 어떤 점에 유의해야 하는지 살펴보고자 한다(최미숙 2000). 특히 현대시 교육 평가 도구 제작을 위한 몇 가지 방안에 대해 살펴보고자 한다.

(1) 시에 대한 독자의 다양한 해석을 고려한 평가

개인에 따라 정서나 경험도 다르고 생각하는 방식도 다르기 때문에, 또 각 개인의 관심사가 다르기 때문에 같은 시를 읽고도 생각하는 것 혹은 느낌을 표현하는 방식 그리고 궁극적으로 시를 해석하는 방식이 다양할 수 있다. 특히 시 해석 교육과 관련하여, 국어과 교육과정에서도 다양한 시 해석을 강조하고 있다. 이런 점을 고려하여 시에 대한 독자의 다양한 해석을 고려한 평가, 즉 시에 대한 다양한 종류의 반응을 인정할 필요가 있다. 독자의 반응이 문항이 요구하는 조건에 합당하다면 모두 동일한 수준을 지닌 반응으로 판단하여 평가할 필요가 있는 것이다. 그리고 평가 도구에서 제시하고 있는 요구 조건에 비추어 반응의 정도를 위계화하는 방안도 동시에 고려해야 한다. 그래야 해당 문항이 평가하고자 하는 부분에서 학생이 어느 정도 혹은 어느 수준으로 성취하고 있는지 파악할 수 있기 때문이다.

다만 이 경우 다양한 반응을 허용하되, 다만 그 다양성이 의미를 갖기 위해서는 그것이 자기 나름의 근거를 가진 것이어야 하며 주체적인 것이어야 한다. 학생이 어떤 언어 상황에서 스스로 사고·판단, 평가하고, 그 결과를 토대로 어떤 선택을 하고 그것을 표현하는 반응의 과정에는 필히 학생 개인의 주체적인 판단의 과정이 개입하게 마련이다. 그 판단의 과정과 결과를 표현하게 하고 평가할 필요가 있을 것이다.

(2) 시에 대한 특정한 종류의 반응을 유도하기 위한 조건 제시

학생이 특정 성취 기준이나 평가 기준에 어느 정도 도달했는지 파악하기 위해서는 평가 문항을 작성할 때, 시에 대한 학생들의 느낌이나 해석, 생각을 자유롭게 쓰라는 문항보다는 특정한 종류의 반응을 유도하는 것이 좋다.

특정한 종류의 반응이란 성취 기준, 학습 목표에서 요구하는 교육적으로 유의미한 반응의 유형을 상정한 것이다. 예를 들면 다음 발문을 들 수 있다.

- '다음 시에서 어떤 정서를 느꼈는지 쓰고, 그런 정서를 유발한 시적 표현을 예로 들어 서술하되 각 표현에서 느낀 점을 구체적으로 쓰시오.'

- '이 시의 시적 화자가 사물을 보는 방식의 특성과 효과를 서술하고, 그에 대한 자신의 생각을 쓰시오.'

이러한 문항을 통해, 무한정 자유로운 반응이 아니라 특정 종류의 요구 사항에 대해 어느 정도로, 어느 수준으로 반응했는가를 중심으로 평가할 수 있다.

(3) 시에 대한 문학적 반응을 시기적·공간적으로 자유롭게 열어 놓는 평가

한편, 문학적 반응을 시기적·공간적으로 자유롭게 열어놓고, 학생들이 수시로 문학에 대한 감상을 기록할 수 있는 시 감상 기록장 같은 포트폴리오형 평가 도구를 활용하는 것도 좋다. 특히 시 감상 기록장을 활용하는 것이 좋은데, 감상 기록장이란 학생들이 평소에 읽은 문학 작품에 대한 감상이나 생각을 수시로 기록한 결과물의 모음집을 말한다. 한 학기나 일 년 단위로 기록하게 한 뒤, 기록의 과정과 결과를 평가할 수 있다. 시 감상 기록장을 한 달에 한 번 정도 교사가 수합하여 학생이 서술한 문학적 반응에 대해 조언과 격려의 말을 쓴다. 학기 초에 미리 교사나 학교가 선정한 문학 작품 목록을 제시할 수도 있고, 학생 스스로 자신이 읽고 기록하도록 권장해도 된다. 학생들이 스스로 문학 작품을 찾아서 읽고, 항목에 따라 자유롭게 자신의 생각을 표출할 수 있다는 점, 그리고 시간에 구애받지 않고 평소에 읽은 책에 대한 생각을 드러낼 수 있다는 장점이 있다.

(4) 학생이 감상한 내용을 자유롭게 쓰도록 하고 평가하는 방안

특별한 요구 사항 없이 학생이 자신이 읽은 시에 대한 자신의 생각을 자유롭게 서술하도록 하고 평가하는 방식이다. 학생이 생각한 내용이나 사고의 흐름을 자유롭게 쓰게 한다는 점에서 다양한 반응을 가능하게 한다는 것을 장점으로 들 수 있다. 시에 대한 덧글(혹은 댓글) 형식의 짧은 감상 내용을 쓰도록 하는 방안도 가능하다.

(5) 문학적 반응의 과정을 중심으로 채점 기준을 작성하는 방안

시에 대한 학생 개인의 반응 과정을 드러낼 수 있도록 평가 문항을 상세하게 구조화하고, 반응이 충실하게 드러나는 과정을 기준으로 채점 기준을 작성하는 방안이다. 이는 교수·학습을 통해 학습한 문학 작품 감상 방법을 제대로 적용했느냐를 중심으로 하여 평가하자는 의미다.

- 이 시의 시적 화자가 사물을 보는 방식이 잘 드러난 표현을 찾아 서술하였는가.
- 이 시의 시적 화자가 사물을 보는 방식의 특성을 제대로 서술하였는가.
- 이 시의 시적 화자가 사물을 보는 방식의 효과를 서술하였는가.
- 이 시의 시적 화자가 사물을 보는 방식의 특성과 효과에 대한 학생의 생각이 잘 드러났는가.

위에서 예로 제시한 문항을 예로 들어 보자. '이 시의 시적 화자가 사물을 보는 방식의 특성과 효과를 서술하고, 그에 대한 자신의 생각을 쓰라'는 문항의 경우, 학생의 다양한 반응은 인정하되, 그 반응의 과정에서 드러내야 할 항목을 중심으로 채점 기준을 작성하는 방안이 가능하다.

시 감상에 대한 평가일 경우, 감상 내용 자체는 다양성을 열어 두되 그 감상에 이르는 구체적인 과정을 쓰도록 문항을 구조화하고, 그 과정을 중심으로 채점 기준을 작성하는 방안이 가능할 것이다.

3. 현대시 교육 평가의 실제

위에서 제시한 현대시 교육에서의 문제점을 효과적으로 해결할 수 있는

방안을 제시하기는 어려울 것이다. 그렇다 하더라도 바람직한 문학교육을 위해 그 문제를 해결하고자 지속적으로 노력해야 할 것이며, 여기에서는 그 해결의 실마리를 제시해 보고자 한다. 여기서는 주로 수행평가 문항을 중심으로 하여 현대시 교육에서의 평가에 대해 살펴보자.[3]

1) 시에 대한 의미 파악 능력을 평가하기 위한 문항

학교 현장에서 활용하고 있는 현대시 평가 문항을 점검해 보자. 또한 의미 있는 평가 문항의 특성을 생각해 보자.

시의 의미를 파악하는 능력은 시 교육에서 다루어야 할 중요한 교육 내용이다. 여기에서는 시의 의미 파악 능력을 평가하기 위한 문항의 예를 살펴보도록 하자.

문항 7) 다음 시에는 '만남과 헤어짐'에 대한 생각이 잘 드러나 있다. 이 시에 드러난 '만남과 헤어짐'의 의미를 쓰고, 그 의미에 대한 자신의 생각을 쓰시오.

님의 침묵

한용운(韓龍雲)

님은 갔습니다. 아아 사랑하는 나의 님은 갔습니다.
푸른 산빛을 깨치고 단풍나무 숲을 향하여 난 작은 길을 걸어서 차마 떨치고 갔습니다.
황금의 꽃같이 굳고 빛나던 옛 맹서는 차디찬 티끌이 되어서 한숨의 미풍에 날아갔습니다.
날카로운 첫 키스의 추억은 나의 운명의 지침을 돌려 놓고 뒷걸음쳐서 사라졌습니다.
나는 향기로운 님의 말소리에 귀먹고 꽃다운 님의 얼굴에 눈 멀었습니다.
사랑도 사람의 일이라 만날 때에 미리 떠날 것을 염려하고 경계하지 아니한 것은

3 3장에서 제시한 예시 문항은 최미숙 · 양정실(1998)과 이인제 외(1999)에 실린 것을 수정 · 보완하여 제시한 것이다.

아니지만,
이별은 뜻밖에 일이 되고 놀란 가슴은 새로운 슬픔에 터집니다.
그러나 이별은 쓸데없는 눈물의 원천을 만들고 마는 것은 스스로 사랑을 깨치는 것인 줄 아는 까닭에, 걷잡을 수 없는 슬픔의 힘을 옮겨서 새 희망의 정수박이에 들어부었습니다.
우리는 만날 때에 떠날 것을 염려하는 것과 같이, 떠날 때에 다시 만날 것을 믿습니다.
아아, 님은 갔지마는 나는 님을 보내지 아니하였습니다.
제 곡조를 못 이기는 사랑의 노래는 님의 침묵을 휩싸고 돕니다.

【유의 사항】
○ 시에 드러난 '만남과 헤어짐'의 의미를 서술하고, 그에 대한 자신의 평가와 관점이 드러나게 서술한다.(50%)
○ 시의 내용을 예로 들어가며 서술한다.(50%)

【예시 답안】
이 시에서는 나의 사람하는 님이 갔다고 말하고 있다. 그런데 '나'라는 사람은 '님'한테 영향을 많이 받은 사람인 것 같다. 님 때문에 '나의 운명의 지침'이 바뀌기도 했고, 귀먹고 눈 멀기까지 했으니까 말이다. 이렇게 자신에게 많은 영향을 주고, 인생까지 바꾸게 한 사람과의 헤어짐은 많은 충격을 줄 수밖에 없을 것이다. 하지만 시적 화자인 '나'는 님과의 이별에 슬퍼하지만은 않는다. 슬픔의 힘을 옮겨서 새 희망을 정수박이에 들어부었다고 말하고 있다. 그리고 님은 떠났지만 다시 만날 것을 믿으며, 님은 갔지만 나는 님을 보내지 않았다고 하고 있다. 님과 헤어지기는 했지만 그 헤어짐은 인정하고 싶지 않거나, 현실적으로는 헤어졌지만 그 님은 내 마음에 희망의 형태로 남아 있고, 이제는 다시 만나리라는 희망을 믿으며 살아가겠다고 하고 있다. 헤어졌다고 슬퍼하기만 하는 것이 아니라 그 슬픔을 새로운 희망의 힘으로 만드는 것이 의미 있고 부럽다는 생각이 들었다.
흔히 삶이란 만남과 헤어짐의 연속이라고 말한다. 살면서 만나는 많은 사람들이 결국에는 모두 헤어지게 되니 말이다. 그냥 단순하게 헤어지는 경우도 있지만, 헤어지고 싶지 않은데 어쩔 수 없이 사정 때문에 헤어지기도 하고, 또 죽음을 통해 헤어지기도 한다. 아무래도 중요한 것은 슬퍼한 이후의 일이다. 그 임이 과연 어떠한 존재였느냐에 따라, 그 임에 대한 나의 믿음이 어느 정도였느냐에 따라, 나의 의지가 결정되고 미래가 달라질 것이다. 이 시에서 '나'가 님과 헤어진 것이 무슨 이유인지는 잘 모르지만 어쩔 수 없는 사정 때문에 헤어진 것 같다. 이럴 때 그러한 상황을 슬퍼하거나 포기하기만 하는 것이 아니라 자신의 삶에 새로운 희망을 요소로 만드는 것이 힘들기는 하지만 참으로 의미 있는 것이라는 생각이 들었다.

【채점 기준】

상 : 시에 드러난 '만남과 헤어짐'의 의미를 제대로 서술하고 있으며, 그와 관련지어 자신의 평가와 관점을 구체적이고 설득력 있게 서술하고 있다.

중 : 시에 드러난 '만남과 헤어짐'의 의미를 제대로 서술하고 있으나, 그에 대한 자신의 평가와 관점이 긴밀하게 관련되지 않고 있다.

하 : 시에 드러난 '만남과 헤어짐'의 의미에 대한 서술이 시와 관련성이 떨어지며, 그에 대한 자신의 관점과 평가도 긴밀하게 관련되지 않고 있다.

이 문항은 시의 의미를 해석할 수 있는지, 시를 통해 얻은 감동을 내면화하고 이를 구체적으로 표현할 수 있는지를 평가하기 위한 문항이다. 이 문항은 두 가지 특성을 지닌 반응을 유도하고 있다. 하나는 '이 시에 나타난 만남과 헤어짐의 의미'에 대한 자신의 생각을 쓰라는 것이고, 다른 하나는 자신의 생각을 평소에 읽은 예술 작품과 관련지어 쓰라는 것이다. 이 경우 학생이 이 시를 읽고 느낀 생각을 쓰되, 문항에서 요구한 조건에 맞지 않는 반응을 보였다면 평가 결과는 낮을 것이다. 이 문항은 이 시가 주로 드러내고자 했던 '만남과 헤어짐'의 의미에 대한 생각을 자유로운 형식으로 쓰되, 그 생각을 구체화할 수 있도록 디딤돌을 제공한 후 반응하게 했다는 점에서 의미를 갖는다.

이에 비해 다음 문항 역시 시의 의미를 파악하기 위한 문항이기는 하지만 시 이해를 위한 부분만을 평가하고 있다는 점에서 아쉬움을 보이고 있다.

문항 8) 다음 시에서 힘들지만 가족들 앞에서 웃음을 보이려는 가장의 모습이 나타난 시구를 찾아 4어절로 쓰시오.(N 중학교 시험 문제)

가정

박목월

지상에는
아홉 켤레의 신발.
아니 현관에는 아니 들깐에는
아니 어느 시인의 가정에는
알전등이 켜질 무렵을
문수(文數)가 다른 아홉 켤레의 신발을.

내 신발은
십구 문반(十九文半)
눈과 얼음의 길을 걸어
그들 옆에 벗으면
육 문 삼(六文三)의 코가 납작한
귀염둥아 귀염둥아
우리 막내둥아.

미소하는
내 얼굴을 보아라.
얼음과 눈으로 벽을 짜 올린
여기는
지상.
연민한 삶의 길이여.
내 신발은 십구 문 반.
아랫목에 모인
아홉 마리의 강아지야.

강아지 같은 것들아.
굴욕과 굶주림과 추운 길을 걸어
내가 왔다.
아버지가 왔다.
아니 십구 문 반의 신발이 왔다.
아니 지상에는
아버지라는 어설픈 것이
존재한다.
미소하는
내 얼굴을 보아라.

모범 답안) 미소하는 내 얼굴을 보아라.

이 문항은 시행의 의미를 미리 해석하여 제시하고, 그 해석에 맞는 시행이 무엇인지 쓰라고 하고 있다. 그러다 보니 시의 해석에 맞는 시행을 골라서 쓰는 문항이 되었다. 이 문항보다는 시 전체의 의미 속에서 '미소하는 내 얼굴을 보아라'라는 시행의 의미가 무엇인지, 시 전체에서 어떤 역할을 하고 있는지 등을 서술하라는 문항으로 수정하는 것이 좀 더 의미 있을 것이다.

이어서 다음 문항을 보도록 하자.

나는 가끔 후회한다.
그 때 그 일이
노다지였을지도 모르는데……
그 때 그 사람이

그 때 그 물건이
노다지였을지도 모르는데……
더 열심히 파고들고
더 열심히 말을 걸고
더 열심히 귀 기울이고
더 열심히 사랑할 걸……

반벙어리처럼
귀머거리처럼
보내지는 않았는가,
우두커니처럼……
더 열심히 그 순간을
사랑할 것을……

모든 순간이 다아
꽃봉오리인 것을,
내 열심에 따라 피어날
꽃봉오리인 것을!

문항 9) 이 시에서 '꽃봉오리'가 어떤 의미로 사용되었는지 그 의미를 쓰시오.(5점)

-A중학교-
채점 기준)
정답(5점)〉 • 소중하고 가치 있는 것
정답(5점)〉 • 지금 최선을 다하면 나중에 훌륭한 결과를 얻을 수 있는 것
인정답(5점)〉 • 가능성이 있고 희망적인 존재 또는 희망이 있고 가능성이 있는 존재
비고〉 • 그 외 오답 처리

이 문항은 2개 이상의 복수 답을 인정하고 있다는 점에서 부분적이나마 학생의 다양한 반응을 배려하고 있는 문항이라고 볼 수 있다. 하지만 5점짜리 문

제에서 5점과 0점만 인정하고 있다는 점에서 아쉽다. 반응을 위계화하여 채점 기준을 마련하는 것, 다시 말하면 5점, 4점, 3점, 2점, 1점 방식 혹은 상·중·하 방식 등으로 위계화하여 채점 기준을 마련하는 것이 좀 더 의미 있을 것이다.

2) 독자의 주체적인 감상을 이끌어낼 수 있는 문항

시 교육에서 궁극적으로 지향해야 할 점 중의 하나는 독자의 주체적인 시 감상 능력일 것이다. 주체적인 시 감상을 배려할 수 있는 문항에 대해 살펴보도록 하자.

문항 10) 다음 시 중에서 자신이 공감하는 시를 한 편 고르고, 그 이유를 시의 표현을 예로 들어 구체적으로 서술하되 다른 3편의 시와 비교하며 서술하시오.

시골 아침

어머니는
아궁이에 새벽을
태우고 있다.

솥 안엔
아침이 끓는 소리.

그제야
잠꾸러기 앞산은
안개빛
커튼을 말아올리고

울아래엔
짹짹짹
아침을 쪼아먹는 참새들
나는 참새 울음을
신나게 쓸어모으고 있다.

작은 우리집

한차례 쏟아진 비 때문인지
먼 발치의 동네가
더욱 명확히 깨끗이 보인다.

나는 눈을 굴려 우리 동넬 찾았다.
크고 작은 얼룩덜룩 집들이
옹기종기 모인 우리 동네.

동네 집들 중 큰집들 사이에 갇혀버린 작은 우리집
아무리 찾으려 해도 보이지 않던 우리집
그러나 보인다 작은 우리집이
비록 지붕 끝만 보이지만
풀밭에서 바늘 찾는 기분이다.
작은 우리집을 보니
괜시리 앞 뒤 양 옆에 가로막고 선
큰집들이 얄밉다.

어머니의 마음

어머니의 마음은
하늘인가 봐

높고 높은 은혜를 베풀어주시니까

어머니의 마음은
바다인가 봐

깊고 깊은
사랑으로 감싸 주시니까

어머니의 마음은
따뜻함으로 가득 찼나 봐

넓고 넓은 품에 안기면
이불처럼 포근하니까

어머니의 마음은
행복으로 가득 찼나 봐

언제나 환한 웃음을
띠고 계시니까

아버지

말 한 마디 없이
불쑥 들어오시어
그냥 앉아만 계시는
그런 아버지보다는
오늘처럼 술에 취해
흥겨워하시는 아버지가
더 좋습니다

어머니가 뭐라시며 눈 흘겨도
못 들은 척
흘러간 노래 틀어놓고

홍얼홍얼 따라하십니다

옆방 이불 속
잠든 동생 옆에 누워
나도 아버지의 노래를
따라 불러 봅니다

무언가 슬픈 생각이 들고
아버지가 불쌍하게도 여겨집니다
그리고 이런 날은
잠도 잘 오지 않습니다

【예시 답안】

- 공감이 가는 시 :「아버지」
- 이유 :「아버지」 시를 선정한 것은 주제가 특별하거나 표현이 아름다워서가 아니라, 평범한 우리 생활 모습을 솔직하면서도 감동적으로 담았기 때문이다. 그래서 시를 읽는 사람이 쉽게 공감할 수 있도록 썼기 때문이다. 잘 쓴 시를 평가할 때 상징이 뛰어나고, 비유가 적절하게 사용되었으며 어떤 표현으로 포장하느냐보다는 얼마나 솔직하게 시인의 감정을 담아내느냐에 달려 있다고 생각한다. 이런 것을 「아버지」는 잘 담아냈다. 난 이 시를 처음 읽었을 때 눈물이 나올 뻔했다. '아, 맞아.. 이런 적이 있었지'라고 생각했다. 아버지가 좋다는 것을 그냥 직설적으로 표현하거나 추상적으로 표현한 것이 아니라 술에 취해 홍겨워하는 아버지의 모습, 흘러간 노래 틀어 놓고 홍얼홍얼 따라하는 아버지의 모습은 가족을 위해 고생하시는 아버지의 모습을 잘 드러내는 상황이라고 생각한다, 무엇보다 아버지를 통해 자주 들었던 흘러간 노래를 동생 옆에 누워 따라 부르면서 아버지가 불쌍하게 여겨진다는 표현은 아버지에 대한 마음이 정말 잘 드러난 표현이라는 생각이 들었다. 아버지에 대한 감정이 잘 드러나도록 시적 상황을 설정한 것이 시적 공감을 불러일으키는 데 중요한 역할을 했다고 생각한다.
- 「시골 아침」은 시를 너무 예쁘게만 쓰려고 한 것 같다. '아궁이에 새벽을 태우고~' '잠꾸러기 앞산은 안개빛 커튼을 말아올리고~' '아침을 쪼아먹는 참새들~'의

표현은 처음 읽을 때는 잘 썼다고 생각을 했는데, 조금 더 생각해보니 무슨 말을 하려고 하는지 잘 잡히지 않았다. 아름다운 풍경화처럼 그려진 시골 아침이라는 생각도 했지만, 실제로 내가 시골에 가서 본 아침 풍경과는 거리가 있다고 느꼈다. 또한 「어머니의 마음」 시는 늘 보았던 표현들이 나열되어 있어 식상한 느낌이 들었다. '낳으실 제 괴로움 다 잊으시고~'의 노래가 떠오르는 「어머니의 마음」. 그래서 더 이상의 상상력은 떠오르지 않았고 쉽게 공감이 가지도 않았다. 「작은 우리집」은 「아버지」 다음으로 공감이 가는 시였다. 그러나 맨 마지막 연에서 '작은 우리집을 보니 괜시리 앞 뒤 양 옆을 가로막고 선 큰집들이 얄밉다'라는 표현은 정말 시를 쓴 사람의 감정이 그대로 드러나 있어 더 이상 상상력이 작용하지 않았다. 반면에 「아버지」에서는 시 속의 '내'가 술 취한 아버지를 보고 이불 속에서 아버지의 노래를 따라 부르는 장면에서 많은 생각을 할 수 있었다.

【채점 기준】

상(2) : 좋은 시에 대한 자신의 생각과 기준을 분명하게 서술했다.

중(1) : 좋은 시에 대한 생각과 기준은 있으나 그 이유와 다른 시와 비교하는 부분에서 내용 전개가 비약이 있거나 추상적이다.

하(0) : 좋아하는 시에 대한 지신의 생각과 기준을 제대로 서술하지 못한다.

이 문항은 여러 편의 시 중에서 공감하는 시를 한 편 고르고, 그 이유를 서술하는 과정에서 시에 대한 독자의 개인적인 판단과 감상 능력을 평가하고자 하는 문항이다.

이 문항의 경우 다양한 반응이 나올 수 있음을 전제하고 평가할 필요가 있으며, 학생의 서술 내용을 종합한 후, 감동을 주는 시와 좋은 표현의 상관성에 관해 토의하는 시간을 갖도록 하는 것도 좋다.

3) 시 낭송(외워 낭송하기)과 감상 능력을 평가하는 문항

시 낭송은 시를 주체적으로 자기화하고 내면화하기 위한 첫 단계에 해당하는 중요한 활동이다. 시를 외워 낭송하고, 감상도 말하도록 하는 문항의 예를 살펴보도록 하자.

문항 11) 다음 시 중에서 좋아하는 시를 한 편 외워 낭송하고, 그 시에 대한 자신의 감상을 말하시오.

〈조건〉
- 시를 선택한 이유를 말할 것.
- 시를 통해 새롭게 알게 된 부분이나 깨달은 부분을 자신의 삶과 관련지어 구체적으로 말할 것.
- 한 달 후에 평가함.

백석의 「여승」
임길택의 「엄마 마중」
안도현의 「운동장에서」
도종환의 「흔들리면서 피는 꽃」
신경림의 「동해바다」

(학생들에게는 평가 한 달 전에 시를 나누어 준다)

【학생의 말하기 예시】

〈시 외워 낭송하기〉

동해 바다 - 후포에서

신경림

친구가 원수보다 더 미워지는 날이 많다

티끌만한 잘못이 맷방석만하게
동산만하게 커 보이는 때가 많다
그래서 세상이 어지러울수록
남에게는 엄격하고 내게는 너그러워지나 보다
돌처럼 잘아지고 굳어지나 보다

멀리 동해 바다를 내려다보며 생각한다
널따란 바다처럼 너그러워질 수는 없을까
깊고 짙푸른 바다처럼
감싸고 끌어안고 받아들일 수는 없을까
스스로는 억센 파도로 다스리면서
제 몸은 맵고 모진 매로 채찍질하면서

〈시에 관한 감상〉

외우라고 나누어주신 시 다섯 편을 여러 번 반복해서 읽어 보았습니다. 저는 그 중에서 신경림 시인이 쓰신 '동해바다'라는 시를 외워야 하겠다고 결정했습니다. 그 이유는 1연에 있는 '그래서 세상이 어지러울수록 남에게는 엄격하고 내게는 너그러워지나 보다'라는 구절이 준 감동 때문이었습니다. 이 구절은 이 시에서 제가 제일 공감했던 부분이며, 절정을 이루었던 부분입니다. 왜냐하면 이 구절을 통해 저의 모습을 뒤돌아볼 수 있었기 때문입니다.

이 시를 읽으며 동해 바다를 생각해 보았습니다. 그런데 왜 하필이면 동해 바다였을까 하고 생각했습니다. 아마도 그것은 동해 바다가 깊은 바다였기 때문이 아닐까 하고 생각했습니다. 바다 안에는 조개, 물고기 등 여러 가지 생물들이 함께 살고 있습니다. 하지만 바다 안은 고요하고 잔잔합니다. 그리고 바다 밖을 보면 파도로 자신을 때리고 부딪혀 가면서 바다 스스로를 다스리고 있는 것을 볼 수 있습니다. 바다 속 모습에서는 다른 사람과 어울려 살아가는 자세를, 파도치는 바다 밖의 모습에서는 자기 스스로에게 엄격해야 하는 자세를 이야기한 것이 아닐까 생각했습니다.

시인은 진정한 마음으로 바다를 본 것 같다는 생각을 하였습니다. 흔히들 바다는 고요하다고 말합니다. 하지만 바다의 진짜 모습을 말하라면 바다는 전혀 고요하지도 잔잔하지도 않다고 말할 수 있습니다. 왜냐하면 바다에는 파도가 있기 때문입니다.

자신을 채찍질하면서 부딪혀 가면서 자신을 다스리는 파도가 있기 때문이다. 저는 이 「동해 바다」라는 시를 읽고 많은 생각을 하였습니다. 자신에 대한 엄격함과 다른 사람에 대한 너그러움이 뒤바뀌어서는 안 되며, 만일 뒤바뀐다면 세상이 더 삭막해질 수 있다는 생각을 했습니다. 그런 생각을 했더니 비로소 시 속에 담겨진 멋진 뜻이 잘 느껴졌습니다.

【채점 기준】

상: • 감정을 실어 운율을 잘 살려가며 외워 낭송한다.

상: • 시를 통해 새롭게 알게 된 부분이나 깨달은 부분을 자신의 삶과 관련지어 구체적으로 말한다.

중: • 시를 외우기는 하지만 감정을 실어 운율을 잘 살려가며 외워 낭송하는 데는 어려움이 있다.

상: • 시를 통해 새롭게 알게 된 부분이나 깨달은 부분을 말하기는 하지만 자신의 삶과 관련지어 구체적으로 말하는 데는 어려움을 보인다.

하: • 시를 외우고 낭송하는 데 어려움이 있다.

상: • 시를 통해 새롭게 알게 된 부분이나 깨달은 부분을 자신의 삶과 관련지어 구체적으로 말하는 데 있어 전체적으로 어려움을 보인다.

'시를 외워 낭송하기' 문항은 오랜 시간을 가지고 시를 이해하고 감상하는 데 좋은 평가 방법이다. 미리 나누어 준 시 목록에서 한 편을 골라 외우기 위해 여러 번 거듭 읽으며 의미를 탐색해야 하고 그 과정에서 시를 깊게 이해하고 내면화하는 기회를 가질 수 있기 때문이다. 낭송 지도를 위해서는 '시적 화자가 되어 시를 낭송해 보는 활동'을 강조하는 것이 좋다. 시적 화자가 되어 시를 낭송하는 과정에서 자연스럽게 시의 정서에 공감할 수 있기 때문이다. 이 문항의 경우 녹음해서 오디오 파일로 제출하게 할 수도 있다.

4. 기타 현대시 평가 방법: 시화집 만들기

이 평가 도구는 작품을 스스로 선택하여 읽고, 작품에 대한 자신의 생각이나 느낌을 표현하는 습관을 지니는지를 평가하기 위한 문항이다. '시화집 만들기' 평가 도구는 '시 감상 기록장'과 유사한 포트폴리오 평가의 일종이라 할 수 있다. '시화집 만들기' 평가 도구의 특성은 다음과 같다. 우선, 학생들이 부담없이 쓸 수 있다. 둘째, 시에 대해 친밀하게 접근할 수 있다. 셋째, 시를 즐기고 자신의 것으로 만드는 데 중요한 역할을 한다. 넷째, 시에 접근하기 위한 초기 단계로서의 역할을 한다. 다섯째, 평가의 초점은 정해진 분량을 성실하게 수행했으며, 자신의 생각과 느낌을 짧지만 구체적으로 썼는가 여부이다.

'시화집 만들기' 평가 도구의 경우, 시 목록은 교사가 학기 초에 제시하는 것이 좋다. 평가 시기는 한 달, 혹은 한 학기 등으로 하되 충분한 시간을 주도록 한다.

문항 12) 다음 형식으로 덧글을 곁들인 시화집을 만들어 제출하시오.

〈가〉 시(시인) 〈나〉 시화(양면 계속)	〈다〉 시에 관한 덧글

【각 항목의 내용】

〈가〉 시(시인) : 자신이 읽은 시를 한 편 쓰고, 시인의 이름도 쓴다.

〈나〉 시화 : 시를 읽고 느낀 점을 그림을 통해 표현한다. 시를 쓴 페이지에 그릴 수도 있지만 양쪽 면에 걸쳐 그림을 그릴 수도 있다.

〈다〉 시에 관한 덧글(댓글) : 시에 대한 생각과 느낌을 자유로운 형식으로 서술하되, 시의 표현이나 내용을 중심으로 하여 구체적으로 서술한다. 이 시가 '나'에게 어떤 의미를 주었는지에 대해서도 서술한다.

- 기간 : 한 학기
- 최소 분량 : 10편 이상
- 예시

정우영의 「밭」 : 오셨던 어머니가 내려가겠다고 하십니다. 불편해서가 아니라고 하십니다. 온몸이 쑤시고 아픈 게 마늘, 참깨, 들깨 때문이라고 하십니다. 몸이 밭이고 밭이 몸이신 어머니. 땅심으로 사시는 어머니. 왜 땅을 버리면 안 되는지를 몸으로 말씀하시는 어머니. 그 어머니의 땅에서 우리도 나고 자랐습니다. 보통 이월엔 설이 있지요. 어머니를 가시게 하고, 어머니를 편히 모시지 못하고 우리는 돌아옵니다. 어머니는 그렇게 생각지 말라고 하시지만, 어머니를 생각하면 마음이 짠해집니다. 홀로 땅을 지키시는 우리 어머니(도종환 엮음 2007: 39).

【채점 기준】

〈상〉

- 시 작품을 자발적으로 찾아 읽으면서 시화집을 성실하게 작성하였다.(10편 이상)
- 시에 대한 자신의 주체적인 생각과 느낌을 구체적으로 표현하였다.

〈중〉

- 시 작품을 자발적으로 찾아 읽으면서 시화집을 성실하게 작성하였다.(5편~9편)
- 시에 대한 생각과 느낌을 표현하기는 했지만 내용이 상투적이다.

〈하〉

- 시를 자발적으로 찾아 읽는 습관이 부족하다.(4편 이하)
- 시에 대한 생각과 느낌을 상투적으로 표현하였다.

【학생의 예시 반응】

자화상

윤동주

산 모퉁이를 돌아 논가 외딴 우물을 홀로 찾아가선
가만이 들여다봅니다.

우물 속에는 달이 밝고 구름이 흐르고 하늘이
펼치고 파아란 바람이 불고 가을이 있습니다.

그리고 한 사나이가 있습니다.
어쩐지 그 사나이가 미워져 돌아갑니다.

돌아가다 생각하니 그 사나이가 가엾어집니다.
도로 가 들여다보니 사나이는 그대로 있습니다.

다시 그 사나이가 미워져 돌아갑니다.
돌아가다 생각하니 그 사나이가 그리워집니다.

우물 속에는 달이 밝고 구름이 흐르고 하늘이
펼치고 파아란 바람이 불고 가을이 있고 추억처럼 사나이가 있습니다.

〈가 학생〉

이 시에서는 화자가 자신을 돌아보고 성찰하는 자세를 비유적이고 감각적으로 표현한 것이 눈에 띈다. 이 시에서처럼 나도 자주 나 자신을 돌아보는 자세를 가져야겠다.

- ○○○ 학생

자화상

윤동주

산 모퉁이를 돌아 논가 외딴 우물을 홀로 찾아가선
가만이 들여다봅니다.

우물 속에는 달이 밝고 구름이 흐르고 하늘이
펼치고 파아란 바람이 불고 가을이 있습니다.

그리고 한 사나이가 있습니다.
어쩐지 그 사나이가 미워져 돌아갑니다.

돌아가다 생각하니 그 사나이가 가엾어집니다.
도로 가 들여다보니 사나이는 그대로 있습니다.

다시 그 사나이가 미워져 돌아갑니다.
돌아가다 생각하니 그 사나이가 그리워집니다.

우물 속에는 달이 밝고 구름이 흐르고 하늘이
펼치고 파아란 바람이 불고 가을이 있고 추억처럼 사나이가 있습니다.

〈나 학생〉

이 시에서는 '한 사나이'라 불리는 사람이 나온다. 그는 우물을, 우물 속에 비친 자신의 모습을 본다. 이 사나이는 시에서나마 자기 자신을 돌아보는 것이 아닐까? 밤늦게까지 혼자 있는 자신을 보며, 그런 자신이 싫어졌을지도 모른다. 그럼에도 불구하고 다시 돌아보게 되는 것은 자신이기 때문일 것이다. 그는 무의식적으로 자기 자신에 대한 이중적 감정을 가지고 있는 것이다.

- △△△ 학생

학기 초에 미리 교사나 학교가 선정한 시 작품 목록을 제시할 수도 있고, 학생 스스로 자신이 읽고 싶은 책을 찾아서 읽고 기록하도록 권장해도 된다. 이 평가 도구는 학생들이 스스로 시 작품을 찾아서 읽고, 자유롭게 자신의 생각을 표출할 수 있다는 점, 그리고 시간에 구애받지 않고 평소에 읽은 시에 대한 생각을 표현할 수 있다는 장점이 있다.

한편, 이 평가 도구의 경우, 적절한 시기를 정하여 학생의 기록 내용에 대해 교사가 조언과 격려의 말을 쓰는 것이 중요하다. 참고로 위에 제시한 두 학생의 글에 대한 교사의 의견을 예로 제시하면 다음과 같다.

〈가 학생〉

이 시에서는 화자가 자신을 돌아보고 성찰하는 자세를 비유적이고 감각적으로 표현한 것이 눈에 띈다. 이 시에서처럼 나도 자주 나 자신을 돌아보는 자세를 가져야겠다.

\- ○○○ 학생

\- 시 전체의 표현법에 대해 비유적이고 감각적으로 표현했다고 했군요. 이 시의 어떤 표현에서 그런 것을 느꼈는지 시에 드러난 표현을 예로 들어가며 구체적으로 서술하기 바랍니다. 그리고 이 시에 드러난, 나 자신을 돌아보는 자세가 어떤 특징이 있는지를 서술하면서 자신의 느낌을 서술한다면 훨씬 더 의미 있는 내용이 될 것입니다.

\- 선생님 의견

〈나 학생〉

이 시에서는 '한 사나이'라 불리는 사람이 나온다. 그는 우물을, 우물 속에 비친 자신의 모습을 본다. 이 사나이는 시에서나마 자기 자신을 돌아보는 것이 아닐까? 밤늦게까지 혼자 있는 자신을 보며, 그런 자신이 싫어졌을지도 모른다. 그럼에도 불구하고 다시 돌아보게 되는 것은 자신이기 때문일 것이다. 그는 무의식적으로 자기 자신에 대한 이중적 감정을 가지고 있는 것이다.

\- △△△ 학생

\- 이 시에 등장하는 '한 사나이'의 마음이 구체적으로 잘 드러나도록 서술해서, 느낌이 훨씬 구체적으로 전달되는군요. 되돌아본 자신의 모습이 싫어지기도 하지만, 그럼에도 불구하고 다시

돌아보게 되는 것은 자신이기 때문일 것이라는 생각은 이 시를 잘 이해했다는 것을 드러내 줍니다. 그런데 과연 자신이 싫어진 것이 '밤늦게까지 혼자 있는 자신'의 모습 때문일지에 대해서는 다시 한 번 생각해 볼 필요가 있을 것 같군요. - 선생님 의견

김광해(1994), 「국어교육 평가의 이상과 현실」, 『선청어문』, 서울대학교 사범대학 국어교육과.
김남희(2001), 「시 교육에서 교사의 역할」, 김은전 외, 『현대시 교육의 쟁점과 전망』, 월인.
김대행(1997), 「국어교과학의 목표와 영역」, 『선청어문』 제25집, 서울대학교 국어교육연구소
______(1997), 「영국의 문학교육: 평가를 통한 언어와 문학의 투시」, 『국어교육연구』 제4집, 서울대학교 국어교육연구소.
김대행 · 김광해 · 윤여탁(1999), 「국어능력 측정 방안 연구」, 『국어교육연구』 제6집, 서울대학교 국어교육연구소.
김용선(1990), 『교육학에 대한 또 다른 의견—바슐라르를 중심으로』, 인간사랑.
김창원(2001), 「대학수학능력시험과 시 교육 평가」, 김은전 외, 『현대시 교육의 쟁점과 전망』, 월인.
남명호 · 김성숙 · 지은림(2000), 『수행평가: 이해와 적용』, 모음사.
도종환 엮음(2007), 『꽃잎의 말로 편지를 쓴다』, 창비.
박인기(1996), 「시 교육과 평가」, 김은전 외, 『현대시 교육론』, 시와시학사.
백순근(2000), 『수행평가의 원리』, 교육과학사.
서울대학교 국어교육연구소(1998), 『국어교육학 사전』, 대교.
이인제 · 정구향 · 최미숙 · 양길석 · 이재기 · 양정실(1999), 「중학교 국어과 수행평가 시행 방안 및 자료 개발 연구」, 한국교육과정평가원.
최미숙(1999a). 「국어과 수행평가 정착 방안, 초 · 중등학교 교과별 수행평가의 실제(2): 국어, 수행평가 현장 정착을 위한 세미나 자료집」, 한국교육과정평가원.
______(1999b), 「국어과 수행평가」, 『고등학교 수행평가의 이론과 실제』, 한국교육과정평가원.
______(2002), 선택형 평가의 과거 · 현재 · 미래, 『함께 여는 국어교육』 2002년 겨울호, 전국국어교사모임.
______(2003), 선택형 평가의 한계와 가능성, 『함께 여는 국어교육』 2003년 겨울호, 전국국어교사모임.
______(2007a), 「디지털 시대, 시 향유 방식과 시 교육의 방향」, 『국어교육연구』 19집, 서울대학교 국어교육연구소.
______(2007b), 「미디어 시대의 시 텍스트 변화 양상과 시 교육」, 『문학교육학』 제24호, 한국문학교육학회.
최미숙 · 양정실(1998), 「국가 교육과정에 근거한 평가 기준 및 도구 개발 연구: 고등학교 국어」, 한국교육과정평가원.

허경철·백순근·박경미·최미숙·양길석(1999), 「수행평가 정책 시행 실태 분석과 개선 대책 연구」, 한국교육과정평가원.

Mortimer, J. & Charles, D.(1972). 민병덕 옮김(1999), 『독서의 기술』, 범우사.

작품 색인

용어 색인